破解

陳超明
陳淳麗 著

英文測驗密碼

各類英文考試**出題**
解題關鍵報告

PASS

Cracking English Tests
How to Test Better

前言 1

英文的重要性已無需贅述，讀書求學、業務職場、人際溝通處處需要英文；國際來往、網路交流盡是用英文流通進展。英文卻是許多人心中的痛，「千言萬語不知如何表達」、「鴨子聽雷」是大家最常說的話。

考試也是人人怕的洪水猛獸。沒有什麼學生喜歡考試。考試前的緊張、焦慮，幾乎要吞噬壓垮一個人；考試後，若成績不理想，那種痛苦、挫折與絕望，筆墨難以形容。

這本書卻是要來處理這兩個心結，討論如何「破解英文測驗密碼」！讓大家一次處理「英文」與「考試」的難題！

融合英文系任教二十年，擔任大大小小英文考試，包括大學入學考試、研究所入學考試、全民英檢、國家高普考的出題者、口試官、閱卷老師的經歷，本書真是想把出題的經驗與訣竅、解題的方法與技巧，告訴老師們、考生們與家長！讓出題的老師有正確的英語測驗觀念，試題能達到評量目標；也教教考生們對於不同的英語測驗題型，應採取何種準備方式與答題思考路徑。特別是考生能一看題目就猜到出題老師的測驗重點，進而順利答題、達陣！

因此本書包含三大部分：第一篇「觀念篇」將釐清「英文測驗到底考什麼？」、「一個好的測驗有哪些要素？」、「標準化測驗有什麼用？」、「英文測驗有哪幾種？功能為何？」等重要評量測驗觀念。第二篇的「實務篇」談到各類英文測驗，包括最常見的字彙題、文法題、克漏字、會話題、閱讀測驗、篇章結構、翻譯題、寫作題、聽力測驗；不但針對不同英文考試類型，建議老師的命題原則，也將詳述「考生秘笈」給應試者。讀完本章，您對題幹、選項、誘答、出題方向、解題竅門，將瞭若指掌了。第三篇為「教戰篇」，分別將目前大眾最容易接觸到的考試：國小英語能力評量、國中會考、大學學測、大學指考、高中段考、多益、全民英檢、研究所入學考試、甚至公司行號之專業英文測驗等，進行出題分析與解題技巧。讓老師們未來更熟悉出題及審題，考生解題更有自信。

期盼讀者看完本書能對英文測驗更熟悉，能有正確學習英文的觀念與方法，提升英文的學習力！

實踐大學應用外語學系教授

陳淳麗

前言 2

從我當英文老師開始，我就為如何出好的考試題目傷神，這個問題困擾了我很久，更想到應該要出一本測驗的書，告訴老師們正確的概念及出題的方法。一有這個念頭後，我就開始構思應該要如何有系統地說明測驗的種類、如何出題等，經過資料的蒐集、理論的說明、整併加上考題的分析等，現在這本書終於完成。

相信有很多老師都跟我一樣有這方面的困擾，很多測驗理論的書都告訴我們，測驗與評量非常重要，對於測驗的信度、效度及鑑別度的考量，影響到測驗的品質。各種量化、質化的研究，也著重在測驗題目的品質。可惜，竟然沒有一本研究報告或書籍，告訴我們如何出題！

臺灣市面上的測驗書，從全民英檢、多益考試到大學考試，各種測驗解題技巧與分析，都從文法觀點出發。但是，愈來愈多的考試，評量學生的是閱讀能力與理解能力。這些能力的分析與評估，如何從考題中找到脈絡呢？

❀ 老師真的知道如何出題嗎？

臺灣老師的出題能力，包括我自己，大都從實務經驗取得。我們為了學生的學習，出了一些小考；為了學生的期末成績，要精心設計段考、期中考及期末考；接受學校或外界委託，也要出一些入學考試或能力測驗的英文題目。考試這麼多，出題這麼多，老師們真的知道如何出題嗎？

從考生的觀點來看，從學英文開始，也不斷地被檢驗學習的成效，甚至於自己的能力。考完試後，除了看分數，大家都知道分數及測驗結果所代表的意義嗎？老師怎麼出題、老師出題合理與否等問題，好像很少人去質疑。

❀ 破解英文測驗出題與解題的迷惑

不僅考生迷惑，連我自己當老師，都感到迷惑：到底我們出的題目對不對？很多的研究或書籍提到教學，但是有多少的內容提到「如何出題」？如果「考試

領導教學」，那針對如何出題，如何考試的研究與書籍，不是應該也非常重要嗎？

　　這本書就是針對這些迷惑，提出系統性的解決之道。從測驗與評量的理論出發，討論各種測驗的性質、功能與效應；進一步，整理有關各項考題的出題原則與理念；從實務面，分析英文測驗題目的內涵與實際出題的方式；最後，分析、評估各項考試的出題合理性與適宜性。

　　這是一本結合理論與實務操作的測驗書。不但是寫給老師（出題者）看，也是給眾多考生參考。看看我們參與的考試，如何產生？如何破解？如何在英語學習中扮演積極的角色？

● 如何使用本書？

　　這是一本寫給老師（出題者）、也是寫給學生（考生）看的測驗實作書。

⊙ 從出題者的觀點

　　一、熟悉各種測驗的性質、功能與效益，針對不同的測驗，有不同的出題策略。

　　二、進入測驗本身，針對各種題型，瞭解各項選擇題、非選擇題的出題原則與技巧，如題幹的形式與選項的設計等。從原則中，體認什麼是好題目？什麼是不適合的題目？

　　三、從現成的題目分析與評估中，找到實務的切入點，讓自己的出題技巧符合測驗的目的。

⊙ 從考生的觀點

　　一、初步理解測驗的性質：知道為何要考試？考試有何功能？對學習有何幫助？

　　二、理解各項題型，如單字題、克漏字、測驗題等的命題原則，也進一步知道解題的技巧。

　　三、從測驗中，知道自己要學什麼，也知道自己學習的弱點在哪，調整自己學習的策略。

最後，拿高分，需要一點技巧與認知，看完本書，你就知道考試題目怎麼來的，希望對你拿高分有所幫助！

● 後語：測驗是學習的一部分

我們應該把測驗當做學習的一部分。不管是從老師的觀點或學生的角度，徹底突破測驗之謎，絕對有助於我們的學習！

實踐大學應用外語系講座教授

陳超明

本書使用方法

簡易版	可直接翻到第二篇，直接攻略各類英文題目之「考生秘笈」及第三篇的各類英文考試
進階版	完整透視英文測驗，閱讀全書的英文老師「命題原則」及「考生秘笈」，知己知彼，百考百勝

》》英文教師：

簡易版	可略過「考生秘笈」單元
進階版	了解考生的疑難雜症，閱讀全書、幫助學生對症下藥

目次

3

教戰篇

各項考試出題分析與解題技巧

觀念篇
英文測驗到底考什麼？

知己知彼，百「考」百勝

從小到大歷經無數次英文考試洗禮，是不是總覺得有突破不了的瓶頸與罩門呢？你知道「考試」又可細分為測驗、評量、評鑑嗎？而且其中還有很大的學問。

正所謂「知己知彼，百戰百勝」，不論是出題的老師或是要準備上考場的你，都應該先回歸根本，要出份好題目、考得好成績，都必須充分瞭解各種語言測驗的形式、內涵、功能與目的之後，方能縱橫考場，攻無不克，「考」無不勝！

第 一 章

為何我們需要英文測驗？

　　國際間的互動往來密切，英文是現代國際社會與地球公民最主要的溝通工具。網路上用英文發表的資訊都以極快的速度發展流通。就學或就業都需要英文，展望世界當然更要用到英文；不論是科技工業、政治外交、學術研究、經濟貿易等各個層面，英語文的重要性早已不言可喻。為了符合現實需要與適應時代潮流，日本、韓國、新加坡、泰國、中國大陸、馬來西亞等國都已將英語教學納入國小課程。臺灣也自 2001 年起，從小學開始實施英語教學。

　　英語教育學習是全國人民、政府、教育專家都關心的重要課題，要考量的因素很多，包括師資、教材、教法、環境、評量等要素，其中「評量」更是檢視教學、學習是否成功的重要關鍵。國人花了這麼多的精力、時間與金錢來學英文，總要藉由評量看看成效到底如何？進而檢視自己的英文能力！

考試不代表學習告一段落，而是學習過程的一部分

　　任何教育訓練或教學過程中，最重要的兩大領域就是教學與評量，兩者互相影響。英語教育大抵以教學為主，評量為輔；教學的部分要考慮師資、教材、教學活動、學習環境等；評量則包含考試、評鑑，針對學生學習的表現予以分析評價，目的在於瞭解學生的學習狀況，診斷學生是否有學習障礙，檢視教學目標是否達成，並且協助教師思考教學得失、修正教學方法或教材難易，作為調整教學

的依據或實施補救教學。

　　特別要注意的是，不管是「考試」、「測驗」或「評量」，都屬於整個教學學習過程的一部分，而不是教學的結束。換句話說，測驗是達到目的的手段，而不是終點本身（Evaluation is a means to an end, not an end to itself.）。

　　隨著測驗結果的出現，教師要省思如何調整教學難易度、修正教學方法、實施補救教學和個別輔導；對學生來說，成績不理想的要改進學習方式與態度，達到學習目標的則要更上一層樓。

◉ 什麼是測驗

　　語言學家 McNamara（2002）為語言測驗下的定義是：「語言測驗是一種程序，這個程序是為了要瞭解一個人普遍或特定的語言能力，用來預測在真實情境下的語言使用表現。」David Nunan 也曾將評量定義為「評估學生知識、技能程度的一連串步驟」。所以說，測驗不是結束，而是幫助教師改進教學、學生調整學習，測驗是一個與教學不斷互動的過程。

◉ 考試領導教學？

　　不過，不適當的測驗設計，會膨脹測驗評量的角色，反客為主，產生回沖效應（washback effect，又稱「後效作用」），也就是造成所謂的「考什麼才教什麼」。這樣的想法看似符合邏輯——要考什麼，我們就學什麼、教什麼，結果卻會變成考試領導教學，教學無法正常化。如何將這種負面的阻力化為助力，是我們在設計考試的時候應該小心的地方。

◉ 測驗、評量、評鑑有何不同？

　　測驗用來測量受試者某種技能或知識的能力。不過，過去和現在對於「考試」這個詞有不同的看法。英文中有 test, quiz, examination, measurement, assessment 及 evaluation 這幾個用詞；中文也有「考試」、「測驗」、「評量」和「評鑑」等不同概念。

先來看看評量理論的發展，談到「測驗」（testing）的概念，英文最早使用的字是 measurement，強調測驗就是「測量」，以量化、客觀的方式獲得分數，藉此來顯示學生的學習成果。1942 年，以 Ralph Taylor 教授為首的美國研究評鑑委員會使用 educational evaluation 一詞取代 testing；該委員會認為除了客觀的成績數字外，還要加入價值判斷，例如對分數的一些指標。到了九〇年代後期，開始有學者提出 assessment 的觀念，如 Bailey（1998）建議評量時應考量更多元、更全面性的學習成果。簡單來說，我們不能只看分數，而是要看分數所代表的能力指標，如多益 750 分代表什麼能力？學習者在聽力與閱讀能力方面有何表現？跟真正的能力之間的對等關係為何？

根據 Brown（2004）與 Lynch（2003）的解釋，testing 是「測驗」、assessment 是「評量」、evaluation 是「評鑑、評量」，三者涵蓋範圍明顯不同。簡而言之，testing「測驗」涵蓋的層面較小、assessment「評量」與 evaluation「評鑑、評量」考慮的層面較大。

● 搞清楚各個考試的內涵與分類！

臺灣在考試方面，常常沒有弄清楚以上觀念。很多老師或教育主管對於這些觀念的誤解，造成考試的濫用。因此，我們有必要做出澄清：

什麼是測驗？

「測驗」（testing）指課堂小考（quiz）、段考（test），或是規模較大的考試（examination），用來考核學生的知識或技能。三者依規模由小到大依序為：

1. Quiz：指「小考」，通常指教完一小段範圍後的考試，屬於比較不正式的小測驗，口試或筆試都有可能。例如「pop quiz」指的是沒有事先通知的隨堂小考。

2. Test：就是一般我們說的「考試」，各種考試都可以稱為 test。但如果比較 quiz、test、examination 三者，test 顯然介於 quiz 和 examination 中間，比 quiz 正式，但規模沒有 examination 大。

3. Examination（Exam）：為正式的考試，通常會要求考到一個標準（門檻），例如學校期中考叫 mid-term exam，期末考叫 final exam；或是由政府或大機構舉辦的大型正式考試，例如大學入學考試叫 College Entrance Exam（CEE），高考叫 Senior Examinations for Civil Service Personnel，普考叫 Junior Examinations for Civil Service Personnel。

不過托福（TOEFL, Test of English as a Foreign Language）、多益（TOEIC, Test of English for International Communication）和全民英檢（GEPT, General English Proficiency Test）等英語能力考試，用的是 test，因為這些考試並不需要達到一定門檻才算及格，但也都是大型且正式的集體考試，所以可納入 exam 的範疇。

● 測驗的內涵：一個好的測驗要注意哪些因素？

測驗強調考試的過程。我們對於考試的題型、施測的方式、試題信度與效度、分數成績的解釋等都要詳加考慮。舉行一個測驗要注意最重要的兩件事：第一、測驗考題抽樣要有代表性，第二、要客觀公正。

1. 測驗考題要有代表性：

出題老師（施測者）要有系統的抽取測驗範圍的重要項目，編製成試題，以測出學生的學習表現。考題抽樣如果不具代表性，比方說太偏重文法，對學生能力的推論當然就會有誤差。再舉英文閱讀測驗為例，如果文章都屬文學類，自然對有文學背景的英文系考生有利。又如語言能力測驗，如果只考字彙選擇題，就無法完全顯現學生的語言實力。

2. 客觀公正：

任何考試都是客觀量化的呈現，因此降低測驗的主觀因素非常重要。一個高度客觀的測驗，即使施測者或評分者不一樣，測驗分數或成績解釋的差異應該不大。如此說來，是非題、選擇題，顯然比寫作題、申論題、面談、口試等較為客觀。

所謂標準化測驗（standardized test），強調測驗的實施、計分、測驗結果，不會因時因地而改變你的能力分數。大家耳熟能詳的托福、多益和雅思（IELTS, The International English Language Testing System）或全民英檢（GEPT）都是標準化測驗。托福、多益由「美國教育測驗服務社」（Educational Testing Service，簡稱 ETS）舉辦；雅思由「劍橋大學測驗中心」（Cambridge ESOL）；全民英檢由臺灣的「語言訓練測驗中心」（LTTC）主辦，全都是受到學校、機構、各單位認可，能真正測出學生英語能力的考試。

什麼是評量？

● 不只看測驗成績，而是多元檢視你的能力

「評量」（assessment）較多元，除了測驗外，還可以用作業（homework）、報告（report）、表演（performance），演示（presentation）、面試（interview）、檔案評量（portfolio）、自我評量（self-evaluation）以及實作作品（project）等方式，加上教師對於學生表現的瞭解，綜合不同角度和觀點來瞭解學生的學習成效。

測驗強調客觀資料蒐集與分析學生學習成果，評量則重視全面的蒐集資料，包括學習者背景、學習方式、專注於問題解決和學習重要經驗的表現，而不只是評鑑成就。例如設計闖關遊戲，讓學生個別或分組在不同關卡完成某項工作；或是提出學習評量單，由學生上網蒐集資料完成等，這些都是評量的方式，與單純的考試不同。

● 評量的理論基礎：多元智慧乃十二年國教的基本精神

1985 年，哈佛大學迦納（Gardner）教授提出「多元智慧」（Multiple-intelligences）的概念。迦納教授認為人的智力是多元的，分為語言（linguistic）、邏輯－數學（logic-mathematical）、空間（spatial）、音樂（musical）、肢體－

運作（bodily-kinesthetic）、人際（interpersonal）、內省（intrapersonal）等七項能力； 1993 年，他再進一步提出自然探索（naturalistic）智慧，合稱為八大智慧。

　　依迦納教授的理論，每個人都擁有這八項智慧，只是有些智慧發達，有些智慧普通，有些較不發達。學生應該透過多元方式，並利用自已最強項的智慧來學習，才是最有效的學習。如果教師的教學偏重在認知，測驗也偏重在認知，對於其他智慧較高的學生是不公平的。因此，測驗內容若只是單一語言或數理能力，學生的智力將會被窄化限制。使用多元評量的方式，才能幫助各種學習類型的學生，充分展現學習成果，這也是十二年國教的精神。

● 臺灣多元評量的做法：我們做到了嗎？

　　基於教育多元化，評量也應多元化，教育部在民國八十七年八月二十六日公布的「國民中學學生成績考查辦法」指出：學校對國中學生成績之考查，應考慮學生身心發展與個別差異，以獎勵及輔導為原則，並依各學科及活動性質辦理，評量的方式包括下列十五項：

1. 紙筆測驗：根據學生接受教師依教學目標及教材內容所編之測驗的結果來考查。
2. 口試：就學生的口頭問答結果考查。
3. 表演：就學生的表演活動考查。
4. 實作：就學生的實際操作及解決問題等行為表現考查。
5. 作業：就學生的各種習作考查。
6. 設計製作：就學生的創作過程考查。
7. 報告：就學生閱讀、觀察、實驗、調查等所得結果之書面或口頭報告考查。
8. 資料蒐集整理：就學生對資料蒐集、整理、分析及應用等活動考查。
9. 鑑賞：就學生對於資料活動的鑑賞領悟情形考查。
10. 晤談：就學生與教師晤談的過程，瞭解學生產生的反應情形。
11. 自我評量：學生依自己的學習情形，成果及行為表現，作自我評量。
12. 同儕互評：學生之間就行為或作品相互評量。

13. 校外學習：就學生的校外參觀、訪問等學習活動考查。

14. 實踐：就學生的日常行為表現考查。

15. 其他。

　　儘管教育部提出了多元評量方法，但是我們做到了嗎？

　　以上各種評量方式，都有其效用與功能，但有些方式比較客觀或量化，而有些智能的評量就很難量化或絕對客觀。在臺灣處處講究「公平、公正」的大環境下，除了測驗分數外，很多其他多元的方式很難使力。看起來公平、公正，然而很多人（包括關心子女的家長）都在善意與民粹的包裝下，犧牲了學習者（甚至自己）的其他智能而不自知！

什麼是評鑑？

　　相較於測驗和評量，「評鑑」（evaluation）的範圍更大，除了看學生學習的過程和態度，還要評估整個測試機制。在評估之後，評鑑會比較測量結果與原來設定的標準（criteria, standards），接著考量分數及質化描述，給予全面性的研判、詮釋。

　　評鑑的結果，會提供教師和學生更多建議改進的事項。這種方式，對於整體的教學改進或未來的補救教學，非常有用。

◉ 出題者與考試者都必須瞭解各種考試的不同目的

　　各個考試或評量有不同的目的與使用方式。不管是出題者或考生，都一定要瞭解這些方式，知道想要達到的目的，才不會被這些考試所誤導。負責出題的老師或行政人員，也不會弄錯考試的方向，出錯題目，誤導考生。

◉ 不同的教學評量有不同的功能

　　為了瞭解評量的分類與內涵，接下來要進入比較實際的評量操作。我們可以將評量按照時程、形式、分數解讀、功能、評分形式，分為下列幾種：

★ 依時程來分

依評量進行的時間，可分為「總結式評鑑」（summative evaluation）與「形成式評鑑」（formative evaluation）。

⊙ 總結式評量

用來評估教學結束時，學生的學習成就，例如每學期結束前舉行的期末考試。

⊙ 形成式評量

在教學過程當中進行，教師教完一個段落，就讓學生作評量測驗，隨時監控學習進度，提供師生及時的回饋，並瞭解教學、學習成敗的原因，例如課堂小考。

★ 依形式來分

依評量的形式，分為「測驗式評量」（test-based evaluation）、「活動式評量」（task-based evaluation）與「檔案評量」（portfolio assessment）。

⊙ 測驗式評量

指的是傳統評量，大部分是紙筆測驗，例如大學指定科目考試（簡稱「指考」）或國中教育會考（簡稱「會考」）等；也可以是口說測驗，例如全民英檢的口說考試、單項式測驗（discrete-point test），例如單字拼寫，或整合型測驗（integrative tests），例如一般閱讀測驗，一併測試學生的字彙、文法、文意、閱讀等能力。

⊙ 活動式評量

顧名思義是以活動方式進行評量，屬於比較活潑的評量方式，如師生互動、角色扮演、歌謠遊戲、小組討論、完成任務、解決問題、闖關遊戲等。讓教師藉著觀察學生活動時所表現的能力，進而評估學生的學習狀況。

⊙ 檔案評量

近年來在國內中小學十分流行。檔案評量的方式要求每位學生都有自己的檔

案夾。定期或不定期將學生的作品放入檔案中，做成一整套的評量，而非一般考試零散項目的考核。

　　檔案整理好之後，教師會再安排檢視檔案資料的時間，提供建議及回饋，到了期末再綜合各方面因素，給予最後成績。這種持續累積評估作品產生的過程，就是一種整體、系統性的評量。

　　「檔案評量」著重學習的過程，可以解決以往學生因考試焦慮，而導致成績受影響的情況。許多老師也會同時納入學生的自我評定與學生之間的互評。

★ 依分數解讀來分

❀ 如何解釋評量的結果：通過不通過？還是分數的高低？

　　此外，依照評量資料解釋的方式，也就是分數出來後，對於分數不同的說明，我們可以將評量分為「常模參照評量」（norm-referenced evaluation）與「標準參照評量」（criterion-referenced evaluation）。

⊙ 常模參照評量

　　把學生的學習表現與特定團體的其他人比較，分析不同學生之間的差異以及他們互相比較的能力。

　　「常模參照評量」通常使用百分等級來評分。我們一般在學校的考試就屬此類。例如以全班的成績為參照，我們會說某學生是該班三十位同學中的第五名。

　　大家熟悉的托福、多益、GRE（Graduate Record Examinations，申請美國研究所的考試）等測驗常常被用來當作能力評量，也是一種常模參照評量。

　　這些考試所測試的內容是一個人整體的語言表現，與學生在特定時間、特定科目的學習並沒有直接的關連。雖然托福、GRE 有成績對照表，看起來像是拿我們的成績與標準成績比較，但實際上是每次都跟所有考生來比。只是因為每次的全體考生人數（母數）很多，整個比較的標準人數變化不大，個人單一的成績也不會有很大的變化。

⊙ 標準參照評量

此種測驗評量是拿一個已經設定好的標準，來評鑑學生學習表現。教師檢視每位學生的知識和技能是否達到預定的標準，給予通過（pass）或不通過（fail）的成績。例如考駕照會看你是否通過某些駕駛技術的關卡，如果通過就給予駕照。

學校的「教育目標」或單一科目的「教學目標」常常被用來發展「標準參照測驗」的題型及題目內容。所謂「教育目標」，根據英語測驗專家 Brown（2004）所說，指的是教師期望學生在課程結束時，能達到的特定技能或知識。

「全民英檢」就是一種「標準參照測驗」，學生考到某一個分數，就是達到某種「教育目標」或「教學目標」，即可通過該級標準，如全民英檢中級，就是表示達到臺灣高中程度所設定的英文能力。

◉ 常模參照評量（以「多益」為例）跟標準參照測驗（以「全民英檢」為例）有何不同？

多益是常模參照評量，而全民英檢是標準參照評量，兩者的不同可分為三大類：

⊙ 試題代表性

常模參照評量（多益）

包含大範圍的學習檢定，每個特定單元只用少量試題來測試學生。簡單地說，就是在特定的大範圍，測驗學生英語能力達成與否。

標準參照評量（全民英檢）

通常集中於有限範圍的學習檢定，每個特定單元都有相當多的試題數目，主要目的是測試學生的精熟度，並會訂定測驗的範圍，如考某些單字或情境，看看學生是否熟悉。

⊙ 測驗結果的解釋

常模參照評量（多益）

將每位學生的成就與他人比較，瞭解個人與團體間的相對水準，強調學生之

間的差異。也會比較跟其他國家或團體間的能力差異，所以多益常常提出臺灣與亞洲國家間的英文能力比較。

標準參照評量（全民英檢）

僅強調個人是否已達到或未達到的能力。

⊙ 出題難度的設計

常模參照評量（多益）

出題難度平均分配，不考太簡單和太困難的極端試題。

標準參照評量（全民英檢）

試題難度配合設定好的學習目標，不會改變試題的難度，也不必顧慮試題是否太簡單或太困難。

★依功能來分

● 十二年國教所採用的評量方式

根據測驗的功能，可區分為「安置式評量」（placement evaluation）與「診斷式評量」（diagnostic evaluation）。

⊙ 安置式評量

又稱「上課前的分班測驗」。主要評量學生在教學前已具備的能力。老師會在教學前先看看學生的表現，以利後續教學。例如測驗國一新生在國小教過的二十六個英文字母與單字達成的情形。此外，許多大學在新生入學時舉行的英文分級考試，就是安置式評量考試。

⊙ 診斷式評量

在教學活動中，想要發現學生學習時遇到了何種困難，可以給予診斷式評量。這種評量讓教師瞭解學生學習困難的原因，作為補救教學或個別教學的參考。

「診斷式評量」的目標是為了「協助每位學生達到標準」及「協助學習有困難的學生」。這和我們平時認知的考試不同，是教育體系中一種精密設計的測

驗，據此瞭解學生哪個地方沒跟上，比方說是發音不正確？還是單字能力不足？

進行診斷式評量之後，要提出解決方案，針對問題對症下藥，例如「個人化教育計畫」（Individualized Educational Program，簡稱 IEP）或是補救教學（remedial education）。

自教育部宣布 2014 年十二年國教上路後，國中就開始實施「診斷式評量」，找出學習落後的學生，再於寒暑假提供補教教學。

十二年國教強調適性教學，因此「診斷式評量」就很重要，國中會考基本設計以「診斷式評量」為主。然而，最近很多家長主張以此法做為入學參考標準，模糊了此考試的定位，未來一定會產生很多問題。

★ 依評分形式來分

依評分人員的不同，可將評量分成：「教師評量」（teacher evaluation）、「自我評量」（self-evaluation）與「同儕評量」（peer evaluation）。

◎教師評量

「教師評量」為最傳統的評量方式。成績評量往往是老師的責任，只有老師能客觀、公正地評定學生的學習成果。

但由於教育多元化、評量多元化的趨勢，目前傾向於評量應由教師、學生自己、同學、家長，甚至相關人員共同擔任。評量以教師評量為主，自我評量與同儕評量為輔，提供教師不同角度的資訊。

◎自我評量

「自我評量」讓學生根據自己的學習目標，自我反省、評估學習的狀況。教師先製作「自我評量表」給學生，要求學生定期為自己的學習表現打分數，以瞭解自己的努力或對小組的貢獻，並在完成後交給教師作為教師評分參考之用。

實施自我評量可以讓學生對自己的學習負責，在改進學習態度及調整學習策略上，也會有正面的影響。

◎同儕評量

「同儕評量」藉由學習同伴間的互評表來觀察、記錄、評估同學的學習狀況。例如，學生分組活動、討論時，可以依每個成員的出席率、態度、討論情形、

配合程度、尊重他人意見的程度、具體的貢獻等給予評分，讓教師知道每位學生在小組的參與情形。

◎ 注意評分的公平性：評分或測驗成績影響學習動機

大部分的學生對於考試分數或一般非考試的評分非常在意，教師若沒有設計公平的計分方式，將會造成同組成員間，乃至師生的對立。

◎ 增加學習英文的動力：給學生考一百分的經驗！

很多學習者對於自己學習的成果非常在意，如果成績好，會大大增強學習動機與興趣；如果成績不好，通常就會扼殺未來繼續學習的動力。很多人在小五、小六或國中放棄英文，大多是因為跟不上及成績太差。自暴自棄、放棄學習都是臺灣學生英文不好的主因。老師要適當使用分數來鼓勵學生，讓學生有考一百分的經驗，學習動力將會大大提升。

給學生一百分的經驗，絕對是學習很大的誘因！

◎ 考試、測驗學問大！

以上介紹的幾種不同考試或評量的方式，各有其設計理念。也因為設計理念不同，而有不同的詮釋與運用。過去很多人都認為考試只是想知道學習者學會了什麼？或是區分出所有考生的差異表現，誰是第一名、誰最差，其實這都是對考試嚴重的誤解。

考試不是要考倒學生。測驗、評量都只是全套教學活動的一部分，目的在幫助學生順利學習、協助教師教學。不論是出題老師或上考場的學生，唯有瞭解這些功能與目的，對於考試有正確的認知，才能設計出理想題目、考出好成績。

第二章

英文測驗的目的：
教學相長 師生雙贏

● 測驗不只是分出學生能力高低

英文測驗的目的主要是瞭解學生的英文程度，包括聽、說、讀、寫等能力。測驗出來的數據資訊，能提供教師與學生極多的回饋。教師不僅能依據測驗評定學生語言能力，也能藉著測驗，檢視教學方法是否有效、哪一部分的課程內容是不是對學生來說比較困難、哪些活動有用等；學生則可以檢視自己的學習過程，修正學習方向或策略。

● 測驗不是終點，而是過程

有些老師甚至使用測驗來做學習。加州曾有一位小學英文老師連續一個月使用某一項測驗，讓學生反覆熟悉英文的現在完成式，一個月後，全班都學會了。可見測驗也有學習的功能！

語言測驗的種類繁多，要使這些語言測驗適切地發揮效果，必須謹慎評估測驗的目的。選擇適合的測驗，這樣測驗的結果才真正具有意義。

過去教學評量或考試，往往被視為教學活動的結束或終點。常常會聽到這樣的話：「我們最後一堂課要考試。」好像考試總是課程的句點。這樣的觀念其實不對，考試或評量應該是整個「教學與學習」歷程的一部分。

測驗是教師瞭解學生學習的過程，這種過程在師生互動之中產生。換句話說，測驗評量是連續且動態的過程。教師必須善用實施測驗後得到的結果，適當給學生回饋。也就是說，測驗是協助師生達到教學目標的手段（means），而不是終點（end）。

測驗專家 Lester（1996）對測驗的目的有以下看法：

（1）瞭解學生的成就或進展情形。

（2）回饋學生，幫助學生瞭解自己的解題策略、思考方式、解題的習慣。

（3）改進學生的學習態度。

（4）凝聚溝通教學的重點。

（5）改進教學內容及教學方法。

前三項提供學生學習上的回饋、作為教師補救教學的依據，以及幫助家長瞭解孩子的學習情形；最後二項則提供教師教學決策的補強。

英文測驗有何目的？

英文測驗有五大目的，分述如下：

一、讓教師瞭解學生對課程內容吸收的程度，強化學習效果

在課程中施行小考或隨堂測驗，隨時提供教師學生學習情形與進步情形，作為教學調整的依據。

對於已經達到學習目標的學生，可以肯定成就、激發潛能。對於未達目標的學生，教師採取適度的補救教學。

舉例來說，學生考英語聽力測驗時，常逢數字、年代、日期會聽錯答錯：聽到 nineteen thirty 是 1930 年，聽到 one thousand nine hundred and thirty 是數字 1930，nine thirty 則是時間 9:30。當老師瞭解學生學習困難所在，就可以特別加強數字的聽寫練習。

給予學生適當的高成就肯定，如前面所說的「一百分經驗」，對於強化學習與加強學習動機，絕對有很大的助力。

● 二、讓教師檢視教學成果、改進教學內容及教學方法

沒有一套教學方法可以適合所有的學生。教師個人魅力、教學技巧、教室氣氛及學生學習成就感等，都會影響學生學習的成功與否。例如文法的練習要從教師完全控制的機械式練習（mechanical drill）增進到有意義的練習（meaningful drill），盡量使所學的教材與現實生活相結合。教了一個進度，立即進入應用的階段，這樣學生透過使用與練習後，才會覺得自己學到了有用的文法知識。如果只是反覆解釋或測驗文法知識，對語言學習反而是一種傷害。

● 三、讓教師檢視教材難易度

一個正確且公平的評量，可以反映出教材是否適合學生學習。如果發現班上學生某次考試有一半以上不及格，可能是學習內容的難度過高、進度過快、範圍太廣，不適合學生。

⊙ 教會學生比教完教材重要！

老師上課所教的內容，無論是字詞、語法結構和語用概念，都應該要能讓學生理解大部分的內容，也就是「教會」學生！難度不應超過學生能力太多。在學理上，這就是所謂的「能理解的內容」（comprehensible input），也就是 Krashen 所提出的「i+1」* 概念。教師在實施測驗後，可以根據評量結果做教材的調整，如調整教材的難易度或教學進度。把學生已經學會的部分當作基礎，再往上推疊。

教師別一直趕進度，而忘了確認學生有沒有跟上。適當的測驗可以檢視自己是否教會學生，還是只是教完課程而已。

* Stephen Krashen 的 i+1 理論主要談得是第二語言學習中的 input hypothesis（輸入假設理論）。所謂第一個 i 指的是所學習語言（這裡是英文）的一些語言能力與知識，而 +1 指的是涵蓋英語學習外部的一些資源，如學習者從教師、閱讀材料、同儕及學習環境等的一些輸入。Krashen 認為好的語言輸入，除了語言本身的內容與知識吸收外，對於外部環境 (context) 的理解與吸收，也是有助於學習。也就是學習英語，不僅是要學習其語言能力，也要吸收跟英語有關的文化、歷史、社會及生活知識等的外部資源，這就是他所謂的 i+1。

◎ 四、讓學生瞭解自己的學習策略、思考方式及學習態度

考完一個考試後，學生看了成績，就會對自己的英語能力有一些評估。特別是學生如參加大型的標準化語言測驗，如托福、多益，可以真正瞭解自己的英文程度。

成績好的學生可以藉著測驗知道自己的優點，證明自己的英語實力，增加自信心。成績比較不理想的學生，也可以看成績來瞭解自己的問題所在，有系統地改善學習策略及學習態度。

舉例來說，計畫留學美國、加拿大的學生必須參加托福與 GRE 考試，如果在 GRE 拿了不錯成績，在托福的閱讀、聽力、寫作也都拿了高分，卻偏偏口語能力不盡理想時，就要想辦法在發音、口語表達方面多下功夫。

◎ 五、讓學生家長瞭解孩子在校學習成效

學校與教師有責任讓家長知道學生的學習情形，測驗成績就是極重要的資訊。測驗能客觀地讓家長知道學生已達到哪些等級，家長也比較好判斷孩子的進步情形及學習成效。

除了每學期或每個階段在學校的考試外，家長常常藉由較大型的語言認證考試來瞭解孩子的英語程度。近年來，很多英語檢定考試愈來愈熱門，如「全民英檢」、「多益」、「多益普及測驗」（TOEIC Bridge）、「全國兒童暨青少年英文能力分級檢定」（STYLE & JET）、「劍橋小院士」（ILTEA English Tests for Young Speakers of Other Languages, EYS）等。

測驗的目的是要回饋教師及學生，而非獲得成績數字而已。英語老師想要知道某一項目的學習成效，應該適度地增加測驗的次數，並且使用各種不同的測驗評量方式。

至於階段性測驗分數的評定，如小考或隨堂測驗，以鼓勵學生為原則，適時給予鼓勵能增加學生學習英語的成就感，及提高對英語學習的興趣。

◉ 正面思考：考試真的領導了教學嗎？

考試命題的合理性與客觀性，直接影響教師的教學以及學生的學習策略。不良的測驗設計，會造成負面的影響，包括對教學產生回沖效應，演變為考試領導教學。

其實考試應是為教學服務，測驗重點也應該是教學所要達成的目標。以大學指考英文科目來說，主要是以閱讀理解力及英文表達能力（如寫作）為主。但是現在很多學校或補習班的英文老師，仍著重於背單字及文法句型講解，忽略了英文閱讀理解能力的培養。

教學者要知道機械式的文法句型代換，是無法提升學生寫作能力的。

◉ 一點感慨：大學考試不考文法

「考試領導教學」這句話，其實並未在大學考試得到印證！舉例來說，九十九年學測的英文題目，再次支持一個看法：大考不考文法！然而，高中教學是否還在繁瑣的文法規則中打轉呢？補習班老師在解題時，是否又大聲疾呼哪一種句型與文法規則很重要呢？

攤開九十九年學測的英文題目，嚴格來說只有一、兩題文法題，如綜合測驗的第 27 題 The chemicals can be absorbed into the body and cause physical discomfort...（此題出得不甚理想，因為不應該測驗學生文法細節）。其他題目大都是理解題，也就是必須要看上下文語意才會知道答案。從單字題開始，都是考上下文的語意（如詞彙的第 1 題 Mr. Lin is a very productive writer; he publishes at least five novels every year. 寫了五本小說，所以是 productive writer「產量豐富的作家」；第 4 題 Due to inflation, prices for daily necessities have gone up... 物價上漲是因為 inflation「通貨膨脹」）或是英文的搭配詞或慣用語，如 tight schedule, house chores, swimming contests 等。就連很多老師都認為要考文法的綜合測驗（所謂的克漏字），也都是與語意及上下文相關，跟文法無關。我們仔細看各題選項詞類或是用法類同就知道，各選項的文法形式類同但語意不同（如 gave up, ended up, took to, used to; deal with, head for, turn to, look into; textbook, notebook, workbook, pocketbook; in, while, after, without;

grown, tasted, identified, emphasized, etc.）。當然更不用說文意選填及閱讀測驗了，都是以語意理解為主！

考理解的測驗才是考學生的綜合語言能力，一是單字的掌握（包括定義、用法及搭配詞），二是英文語法的邏輯性（如字的排列次序、因果關係或是推理的能力），三是大量的閱讀（如閱讀有關消費者行為、青少年生活、食品衛生、城市或是地區介紹等類型的文章）。這三者才是提升英語能力的基礎，文法只是輔助理解的工具，並非考試的重點，也不是掌握英文的唯一關鍵。掌握了單字的用法、語意，知道上下文的連接，自然就會造句、翻譯及寫作文了！

這幾年來的大學英文考試幾乎都以測驗學生的理解力與語文的使用能力為主，再配合學生的生活經驗及一些認知能力。我們應該為大考的命題委員鼓鼓掌！這樣的命題方式告訴我們語言學習的重要途徑：**大量閱讀不同類型的文章，使用所學到的字詞。**透過掌握單字及上下文的連貫性，英文能力得到提升，大學考試就不是問題！

第三章

英文測驗種類面面觀

語言測驗學者 Hughes（2003）依評量的目的，提出四種語言測驗評量：

● 一、語言能力測驗（Proficiency Tests）

語言能力測驗是綜合性的語言測驗，目的在評量考生的一般語言能力，而不是以任何教材或任何課程訓練為標準。常見的英語能力測驗，例如：ETS 舉辦的「托福」（TOEFL）、「多益」（TOEIC），還有 LTTC（The Language Training & Testing Center，語言訓練測驗中心）舉辦的「全民英檢」（GEPT）、「大學校院英語能力測驗」（College Student English Proficiency Test，簡稱 CSEPT）、「外語能力測驗」（Foreign Language Proficiency Test，簡稱 FLPT，包括英、日、法、德、西班牙語五種語言）等。

其他諸如 SC-TOP（Steering Committee for the Test Of Proficiency-Huayu，國家華語測驗推動工作委員會，簡稱華測會）舉辦的「華語能力測驗」（Test of Proficiency，簡稱 TOP）及 Alliance Française de Taïwan（臺灣法國文化協會）舉辦的「法語能力測驗」（Test de Connaissance du Français，簡稱 TCF）也都是語言能力測驗。

大學學測及指考原本是學習成就測驗，主要是考學生在高中所學過的種種知識。但近年來，測驗內容除了基本語言能力外，對於未來進入大學就讀的英語能

力也很重視，取材也多以真實生活情境為主，愈來愈偏向於語言能力測驗。

● 二、學習成就測驗（Achievement Tests）

學習成就測驗是針對某種學習成果而設計的。在學習特定的科目，如國中的英語課程，我們先訂定學習目標，挑選教材，設定進度，經過一個月或一學期教育或訓練後，再檢驗學生學習是否達到學習目標，其目的是測驗學習成效。例如學校的期中、期末英語科考試。

● 三、學習困難診斷測驗（Diagnostic Tests）

學習困難診斷測驗並不是綜合性的語言測驗，而是一種精細的評量，目的在分析個別學生於某一學習領域的優、缺點，探討其學習的疏漏或缺陷，及背後可能的原因。

診斷測驗後，會根據學習者的需要，提出補救教學方案。英語教學專家 Worner（1977）認為教師最後常常採用形成性評量及總結性評量，來瞭解學生的學習狀況。但這兩種評量對學生在學習上發生困難時，卻未必能提供足夠的訊息。因此當學生持續發生學習困難，教師就必須適時採用診斷評量，來發現問題。

英語也有專門的學習困難診斷測驗，例如「英語閱讀能力診斷測驗」以「認字」、「詞彙理解」及「句子理解」來檢視學生英語閱讀的識字與句子理解能力；其它還有「英文文法診斷測驗」和「發音診斷測驗」等。

我們這幾年來在台東進行小學教學實驗，就經常以診斷測驗的概念來檢視學生英文二十六個字母的達成率，以及 120 個單字的精熟度。

● 四、分級編班測驗（Placement Tests）

Placement test 亦可譯成「安置性測驗」，評量的是學生的起點行為，大多在課程一開始時施行。依據測驗的結果評估學生的需求與能力，以便決定教學的起點，並選擇適合學生的教材和教法。

老師經常針對不同程度編班或編組，將程度或學習目標相近的學生納入同一

班（組），使教學進行得更順利。例如許多大學的英文分組編班測驗。

但是這種能力編班測驗，無法運用在臺灣現今的國小、國中及高中，能力分班過去由於特權與標籤化，已經被污名化，造成現在臺灣學校的課堂上，已經學過的學生（大都是有補習或家境較好的學生）與未學過的學生（大都出身經濟弱勢的家庭）都混在一起，老師無法順利教學。

無法進行能力分班，不僅造成學習的不公平，也形成教學瓶頸。如何在現有環境下，進行正常教學，成為所有英文老師的最大挑戰。

測驗專家 Baily（1998）則在以上四種外，另加了五種測驗：

⬤ 五、入學篩選測驗（Admission Tests）

入學測驗又稱為篩選測驗（screening test），測驗考生的程度是否足以進入該校或該層級就讀。例如美國大學法學院入學考試（Law School Admission Test，簡稱 LSAT）、美國大學商管學院入學考試（Graduate Management Admission Test，簡稱 GMAT）等。國內大學入學考試的英語科目，或是一些私立中小學辦的入學英語考試，都是英語的入學篩選測驗。

⬤ 六、語言性向評估測驗（Aptitude Tests）

一般性向測驗的目的在發現學生的性向與優勢，測量學生在某種職業或活動的潛在能力，依據評量結果作為升學或選擇職業參考。

性向測驗有兩種：第一是「綜合性向測驗」（general aptitude test），鑑別受試者各方面的潛在能力，以數個測驗結果推測其在不同方面性向的高低，例如智力測驗或職性測驗。

另一個是「特殊性向測驗」（Specialized Aptitude Tests）目標在鑑定出受試者具有哪方面的特殊潛在能力，如數學、文學等。

至於「語言性向評估測驗」（language aptitude test）的目的並不是想測試學生某語言的語言能力、知能，而是想要瞭解受試的學生是否有任何語言的潛在學習能力。

美國重視性向測驗，認為「潛在能力」勝過現有的「成就能力」。

國內升高中、大學的考試都是「成就測驗」（achievement test），指考、學測、會考拿高分，證明學生對高中或國中的學習內容吸收得很好，得心應手；相較之下，美國式的教育有不同的觀點：無論是申請美國大學的入學測驗 SAT（Scholastic Assessment Tests）或申請研究所的入學測驗 GRE（Graduate Record Examinations）都屬「性向測驗」（aptitude test），因為他們相信「性向測驗」在預測未來的表現要比「成就測驗」更有效。

這兩項測驗也都各有普通測驗（General Test）和學科測驗（Subject Tests）。SAT 普通測驗考寫作（Writing）、數學（Mathematics）和批判性閱讀（Critical Reading）三類型題目；GRE 普通測驗考分析寫作（Analytical Writing）、語文（Verbal Reasoning）及計量（Quantitative Reasoning）三類型題目。考的內容與在學校所學內容重疊性不大，但都是信度、效度很高的「標準化測驗」，也屬性向測驗。

● 七、優勢語言判定測驗（Dominance Tests）

優勢測驗（dominance test）原是用來測試受試者在學習過程中，是左腦或右腦掌控優勢並主導主要學習。七〇年代出現的腦半球理論：左右腦各司其職，掌管特定功能。例如：右腦對於空間、音樂、視覺及臉孔辨識具有優勢。左腦則在評估、數學與邏輯方面具有優勢。當然，這是概括性的說法，一般人是左右腦並用，只是並非 50% 對 50%，而是有一邊較為掌控。

這種測驗用在語言教育上，成為「優勢語言判定測驗」，用來檢定何種語言是雙語人士的主要語言（優勢語言）。例如有小朋友從小在雙語環境中長大，能順利使用兩種語言，但可藉由此種測驗找出哪一個語言是他的優勢語言。

● 八、實作測驗（Performance Tests）

實作測驗異於傳統的「紙筆測驗」（paper-and-pencil test），這種測驗的方式能測驗受試者在真正環境中實際表現的能力。有些人在標準化測驗表現不佳，如文法、句型或閱讀不強，但是真正實際運用的時候，即使有些文法錯誤，

還是可以用英語流利溝通。因此，實作測驗（如簡報、工作報告等）能檢測出一個人的實際語言溝通能力。

實作測驗包括兩大部分：一、選定學生重要的工作或任務。第二、根據學生的表現評定成績。考試在指定的地點，由施測者依現場的設備與情境出題，受試者當場實作。考試方式可以是實驗、寫作、解決問題、實際操作、口頭報告等，透過直接觀察學生表現來評分。駕照考試的路考即屬於此類考試；許多高階專業認證考試，如電腦技能的認證，也廣泛以實作測驗施測；目前新托福考試（TOEFL iBT, Internet-Based Test）也是採用這種測驗方式。

九、學習進步測驗（Progress Tests）

Progress test 也稱為「升級測驗」，例如上完一個級數 A 級後，考核學生是否可以升級到下一階段 B 級。

一般在較長時間的教學或評鑑中，教師搭配定期的評量考核，就是一種「學習進步測驗」，用來檢查學生是否達到各階段的學習目標．

藉著每次的進步測驗，一方面，教師可掌握課程進行當中每一位學生的優勢及弱勢；另一方面，學生也能確認自己的能力，肯定自己學習的努力，然後訂定接下來的目標與計畫。

學習進步測驗的設計，其實著重在學生的成就感。因此，測驗的設計是種正面思考，也就是考「學生會的」，而不是考「不會的」！

第四章

英文測驗功能：
測出你的英語力

不同的測驗各有不同的功能，因此要知道如何使用這些測驗，作為實際的用途。大體而言，英語測驗可以歸出三種功能：

一、測出受試者一般的英語綜合能力（proficiency）。
二、測出受試者某階段的英語成就（achievement）。
三、測出受試者未來學習英語的能力（aptitude）。

一、測出英語綜合能力（Proficiency）

測出英語綜合能力的測驗（proficiency test），不會界定考試或教材的範圍，測驗內容與考生的英文課程不完全相關，但考題的英文單字、文法、句型在一般的英文教材與英文課程中學生都接觸得到。

英語能力測驗就是要評量考生對英文的掌控力，當然必須是信度、效度都高的「標準化測驗」（第五章將解釋何謂信度、效度），這樣考出來的成績才有意義。

臺灣常見的英語能力考試有：

1. 托福（TOEFL, Test of English as a Foreign Language）
2. 多益（TOEIC, Test of English for International Communication）
3. 雅思（IELTS, The International English Language Testing System）
4. 劍橋兒童英語測驗（YLE, Cambridge Young Learners English Tests）
5. 劍橋國際英語認證（Main Suite）
6. 劍橋職場英語檢測（BULATS, Business Language Testing Service）
7. 全民英檢（GEPT, General English Proficiency Test）
8. 大學校院英語能力測驗（CSEPT, College Student English Proficiency Test）

　　許多語言測驗常常對應「歐洲語言學習、教學、評量共同參考架構」（CEFR, The Common European Framework of Reference），由歐洲理事會（Council of Europe）在 1996 年公布的一國際認定的語言能力分級參考標準。CEFR 將語言能力由 A1（入門級）到 C2（精通級）分為六個等級，是一套全世界政府（包括臺灣）、學術機構及企業廣泛認可，用來描述及界定語言能力的標準。

CEFR 分級	整體能力分級說明
C2（精通級）Mastery	對所有聽到、讀到的信息，能輕鬆地做觀想式瞭解。能由不同的口頭書面信息作摘要，再於同一簡報場合中重做論述及說明。甚至能於更複雜的情況下，隨心所欲地自我表達且精準地區別出言外之意。
C1（流利級）Effective Operational Proficiency	能瞭解多知識領域且高難度的長篇文字，認識隱藏其中的深意。能流利隨意地自我表達而不會太明顯地露出尋找措辭的樣子。針對社交、學術及專業的目的，能彈性地、有效地運用言語工具。能清楚的針對複雜的議題進行撰寫，結構完整地呈現出體裁及其關聯性。
B2（高階級）Vantage	針對具體及抽象主題的複雜文字，能瞭解其重點。主題涵蓋個人專業領域的技術討論。能即時地以該語言作互動，有一定的流暢度且不會感到緊張。能針對相當多的主題撰寫出一份完整詳細的文章，並可針對所提各議題重點做出優缺點說明。

B1（進階級） Threshold	針對一般職場、學校、休閒等場合，常遇到的熟悉事物時，在收到標準且清晰的信息後，能瞭解其重點。在目標語言地區旅遊時，能應付大部分可能會出現的一般狀況。針對熟悉及私人感興趣之主題能簡單地撰稿。能敘述經驗、事件、夢想、希望及志向，對看法及計畫能簡短地解釋理由及做出說明。
A2（基礎級） Waystage	能瞭解大部分切身相關領域的句子及常用辭（例如：非常基本之個人及家族資訊、購物、當地地理環境，工作）。針對單純例行性任務能夠做好溝通工作，此一任務要求簡單直接地對所熟悉例行性的事務交換訊息。能簡單地敘述出個人背景，週遭環境及切身需求與事物等狀況。
A1（入門級） Breakthrough	能瞭解並使用熟悉的日常表達方式，及使用非常簡單之詞彙以求滿足基礎需求。能介紹自己及他人並能針對個人背景資料，例如住在哪裡、認識何人以及擁有什麼事物等問題作出問答。能在對方語速緩慢、用詞清晰並提供協助的前提下作簡單的交流。

本表中文翻譯取自教育部 94 年 7 月 21 日台社（一）字第 0940098850 號函附件

二、測出階段性的英語成就（Achievement）

要測出學生在學習或訓練後，獲得知識或技能的程度，使用的就是「成就測驗」（achievement tests）。

成就測驗在求學階段特別重要。成就測驗評估一個人的學習成效。以教師的角度來看，成就測驗可以瞭解學生學習的情形、調整教材教法難易和教學內容進度，例如學期中定時及不定時考的「形成式測驗」（formative tests）、期末考的「總結式測驗」（summative tests）或是升級的「學習進步測驗」（progress tests）。

以學生及家長的角度來看，成就測驗可以作為選課、選組或升學就業的參考資料；至於以學校的角度，成就測驗更是學生入學、編班、編組的依據，例如「入學篩選測驗」（admission test）、分級編班測驗（placement tests）以及「學習進步測驗」（progress tests）等。

如果從測驗題目的編製與規劃的角度，成就測驗可分為**教師自編測驗**和**外部**

測驗兩大類。

⊙ 教師自編測驗

　　教師自編測驗從試卷編製、施測、閱卷計分，到分數解釋等，完全由教師負責。目的就是要瞭解學生是否達成教學目標，作為教師調整教學與學生調整學習的依據。

　　教師自編測驗是依學生個別狀況量身訂作，回饋更為直接，可以幫助老師對症下藥，因此在教學過程扮演重要角色。教師自編測驗包括課堂小考、週考、抽考、月考、期中考、期末考、定期評量等。

⊙ 外部測驗

　　外部測驗是由學校之外的機構研發，專家小組參與，整份測驗的信度、效度，到常模的建立，以及施測步驟、評分計分均能受到控制，常屬標準化測驗。

　　這種測驗不會因為時間、地點，或施測者與評分者不同，而影響分數。所得到的測驗分數也較有意義，例如國中會考、大學學測或指考、統測等。

● 三、測出未來學習英語的能力（aptitude）

　　有些英文測驗可以用來預測受試者的優勢和潛力，評估未來在哪些方面較有成功的機會，可作為指導升學或選擇職業的指標。

　　最常見以英文呈現的性向測驗就是 SAT（Scholastic Assessment Tests）與 GRE（Graduate Record Examinations）。這兩種測驗都是美國 ETS 所發展的。SAT 是評估學生適不適合唸大學的性向測驗，GRE 則是用來評估學生適不適合唸研究所的性向測驗。這兩種測驗都分「綜合性向測驗」（general aptitude test）與「特殊性向測驗」（specialized aptitude test）兩種性質的測驗。

　　學生想唸大學或研究所，一定要參加 SAT 或 GRE 的「綜合性向測驗」。至於想特別表現自己能力的學生，再選擇「特殊性向測驗」。

⊙ SAT

　　綜合性向測驗稱為「理解測驗」（SAT Reasoning Test）考的內容是：

· 讀寫能力（Literacy）

· 數學（Mathematics）

· 批判性閱讀（Critical Reading）

臺灣現在規劃國中會考時，大抵也參考此種考試，以素養作為基礎。

「SAT 主題測驗」稱為「學科測驗」（SAT Subject Tests），總共有二十種科目可供選擇：文學、美國史、世界史、數學 1、數學 2、生物學、化學、物理學、中文與聽力理解、法文、法語與聽力理解、德文、德語與聽力理解、現代希伯來文、意大利文、日語與聽力理解、韓語與聽力理解、拉丁文、西班牙文、西班牙語與聽力理解。

⊙ GRE

「研究所入學測驗」稱為普通測驗 （General Test），考的內容是：

· 分析寫作（Analytical Writing）

· 語文（Verbal Reasoning）

· 計量（Quantitative Reasoning）

「研究所學科測驗」也稱為「學科測驗」 （Subject Tests），有七類學科，共九種科目可選擇：生物化學、細胞與分子生物學、生物學、化學、電腦科學、英國文學、數學、物理學、心理學。

第五章

選出最適合的測驗：
測驗的信度、效度、
鑑別度（難易度）與實用度

坊間各種英語測驗琳瑯滿目，常常令人眼花撩亂，不知該選哪一種好。其實選擇英語測驗就跟血拼一樣，比價錢、比品牌，更要比品質。換成測驗理論的術語，就是必須瞭解大大小小考試的「信度」、「效度」、「鑑別度」與「實用度」，進而選出真正能測出實力、公平公正的測驗。

● 任何測驗都要講求信度、效度、鑑別度與實用度

信度（reliability）指一個評量工具（試卷、問卷、量表）穩定、可靠的程度，也就是每次施測是否都能產生相同（相似）的結果。重複施測的結果一致性高，表示一個測驗的信度高。以考英文為例，一個考生在短期內（如兩、三個禮拜內），如果沒有加強學習，連考幾次某英文測驗的分數都很接近的話，就表示這個測驗的信度高。

效度（validity）指的是評量工具的有效程度，亦即測驗結果是否真實反映我們想要獲得的資訊。語文測驗的效度高，表示這個評量工具，能夠精準考出學生的語言能力。

除了信度與效度，測驗還要具有鑑別度（discrimination）與實用度（practicality）。鑑別度指能區別參加測驗受試者的能力高低程度，也就是在探討這個考試是否太難或太簡單，能否分辨出不同程度考生的能力。

實用度強調良好的測驗不能太貴，可以使用多次，存續一段時間，而且測驗執行起來方便又容易。

◉ 什麼是測驗的信度？今天多益考 750，明天再考也是 750 上下

「信度」強調兩次或數次測驗結果的「比例關係」，又稱「相關係數」。例如，以磅秤測量某人體重，第一次測得 40 公斤，第二次還是 40 公斤，將 40 比 40，得出 1.0 的信度係數，代表該磅秤的信度很高，非常可靠。

就考試而言，信度高，代表該份試題能如實反應出考生的能力。標準化測試（standardized test）通常能達到 0.9 以上，例如 TOEFL 的信度大約是 0.95；換句話說，一位考生在短時間之內參加兩次 TOEFL 考試，成績差異不會太大。至於課堂上的考試信度係數，介於 0.7 至 0.8 之間算是可接受的範圍。很多學者指出，字彙、文法、閱讀測驗應達 0.9 至 0.99，聽力測驗應在 0.8 至 0.89 之間，而口試至少需達 0.79。

◉ 如何檢驗測驗的信度？

最常見的有「再測法」（the test-retest method）、「複本法」（the parallel method / the alternative method）及「折半法」（the spilt-half method）。

⊙ 再測法（The Test-retest Method）

在不同時間，使用同一測驗，對同一批受試者施測，以獲得的兩組分數計算。此法雖然簡單，卻容易因受試者背誦題目或從測驗中學習等因素而受到影響，第二次施測時，往往分數會較高，影響測驗信度。

⊙ 複本法（The Parallel Method / The Alternative Method）

對同一批受試者使用兩套試題，難易程度相同，但題目不同，再根據得分結果計算信度。此法最大的困難是，要設計一套與原試題在題型、語法、題數、難易度都一致的複本，短期內很難做到。

⊙ 折半法（The Spilt-half Method）

當一項測驗沒有複本，又只能施行一次時，就可以採用「折半法」：也就是將一組題目分成兩半，提供給同樣的考生應答，比較這兩半成績的相關係數，來算出信度。

● 如何提高測驗的信度？

唯有信度高的測驗，才能有較高的效度，但效度高並不能保證信度一定高。要如何提高信度呢？

好的測驗、讓人信服的測驗，一定要可信度高。不僅是大型的標準化測驗，即使是學校的段考或期末考，也應考量如何提高測驗的信度。以下幾點實務操作的方式供教師參考（Hughes, 2003）：

1. 試題數量要足夠，才具代表性。
2. 不要給考生太多自主性，如五題選三題回答，就不是好的信度方式。
3. 測驗題目的語意要清楚，才不會誤導考生。
4. 試卷要給明確的作答指示。施測者的口頭指示需先擬好書面稿再照著念。
5. 試卷版面與字體的呈現，要清晰易讀，確保試題印刷品質。
6. 考生應熟悉該測驗的題型與答題方式。
7. 即使施測時間、地點不同，測驗流程與情境也要一致。
8. 盡可能給予客觀性強的考題。
9. 主試單位要提供詳細評分標準。
10. 訓練評分者，不同評分者的評分標準要力求一致。
11. 封住考生姓名後，再交付評分者閱卷。
12. 如有主觀評分題型，一份試卷要能經由多人評分。

● 什麼是測驗的效度？

效度指一個測驗是否確實、周延、適切測出欲測驗的特質或功能。這裡強調評量工具與評量目標要一致。

效度高，代表確實測得需要的特質與學習成果。例如用磅秤測量身高，或用圓規測量時間，因為使用不當的測量工具，效度便會變差。

又如考學生的數學運算能力，卻以英文出題，或以艱深的中文文言文呈現，自然不會有好的試題效度可言。要提高效度，測驗內容須緊緊扣住教學內容。如果教學內容以訓練學生聽力為主，考試內容卻考學生閱讀能力，測驗的效度就很低。

英文測驗希望考學生對某個單字的認知能力，結果題幹出現的單字比原本要考的單字還難，甚至用了複雜的文法句型，這種喧賓奪主的出題方式，就無法達到效度。

● 如何測量效度？

測量效度有四種類型：包含「表面效度」（face validity）、「內容效度」（content validity）、「校標效度」（criterion validity）及「建構效度」（construct validity）。

⊙ 表面效度（Face Validity）

這是最基本也最容易達成的效度。此類效度是請該領域的專家僅就測驗的類型、方式、題型，憑主觀來判斷是否真的測量到所欲測量的能力。比方說要考英文時態，必須讓受試者一看就知道要考什麼。

⊙ 內容效度（Content Validity）

顧名思義，當然是查驗學習內容及學習目標是否在此測驗呈現。設計測驗時，必須蒐集所有相關的問題與變數，確定考試內容是否符合目標。

⊙ 校標效度（Criterion Validity）

又稱「實證效度」（empirical validity）或「統計效度」（statistical validity），是拿一個測驗測量的結果和指標來做比較。

⊙ 建構效度（construct validity）

又稱「衡量效度」（measure validity），目的在瞭解一種測驗真正要測驗的是什麼。例如若是要測驗學生的英文語言能力，卻沒有控制好出題方向，還測了學生的文化或歷史背景知識，就降低了效度。

如 Jefferson was elected as the (A. president B. congressman B. governer C. senator) of the United States. 這題雖考單字，考生卻必需知道 Jefferson 的職位才會作答，缺乏效度。

測驗的效度比信度難以分析。效度的概念較抽象，不像信度用具體的量化數據呈現。影響語言測驗效度的因素最主要是「取樣」（sampling），取樣主要的考量在於是否具代表性（representativeness）和可行性（practical），例如測驗題數、測驗內容是否涵蓋學習目標且具代表性。

信度是效度的必要條件，沒有信度，大概很難達到高效度的要求。

● 鑑別度也是測驗的關鍵指標！

一份試題除了考量信度、效度外，還要有鑑別度（discrimination，簡稱 D 值）。鑑別度指的是一份測驗要能測出各種能力，也就是能夠測出學生低能力、中能力、高能力的不同。例如，以一般的磅秤量體重沒問題，但是卻很難量出一顆櫻桃的重量。因此，需要測量出來的單位愈細膩，測量工具就必須愈精細。

英文測驗在有限的時間與題數內，要區分（鑑別）受試者的程度，題目的難易度便是關鍵。難易度極端的題目，也就是所有考生都答對或答錯，便是缺乏鑑別度！例如，所有考生都會答對的題目，像是問高中生 a / an 的用法，就代表鑑別度低，沒有存在的必要。

要注意的是，題目的難度與鑑別度並不完全相等。考題愈難，所有人都錯，鑑別度仍然不高。

就一般而言，所有受試者的成績結果應該呈現「常態分布」（normal distribution），也就是中等程度的人最多，極好或極差的人最少。

鑑別度的設計，其實跟測驗目的有關，如分班測驗，一定要能區分出高學習

成就與低學習成就者，才能分班。又如門檻測驗或入學篩選測驗，只要達到某個分數就可以通過，題目不一定要難易分配平均。

● 如何判斷鑑別度高低？

所謂的鑑別度（D 值），可用公式表示：D= PH - PL （PH：高分組通過人數百分比，排名前 27% ～ 33% 的受測者 ；PL：低分組通過人數百分比，排名後 27% ～ 33% 的受測者。D 愈大表示題目愈能鑑別高、低分組之受測者。）D 值須介於負一至正一之間，即 C-1 ≤ D ≤ +1）。所以說，D 值數字愈大，代表試題鑑別程度愈高；愈小，代表試題鑑別程度愈差。

簡單地說，這種計算方式可以準確保證高分組的考生在難的題目上會得分。而低分組的考生在難的題目上不容易得分。如果有一題題目，高分組的考生答錯了，低分組的考生竟然有人答對了，表示這一題缺乏鑑別度。

鑑別度高的測驗須包含各種難度的題目，以中等難度題目最多，難題及簡單題占少數為佳。而人數愈多的考試，愈需要精密的區分。一般大學指考約 50 題，要區分出前 5% 學生的難題，按比例約為 2 題，出多了難的題目便會擠壓中等難度的題目。

● 好測驗必須經濟、方便又實用

一個好的測驗還必須兼顧實用性（practicality），即實際執行上經濟、效率因素的考量。考量的因素有下列幾種：

⊙ 測驗不能太昂貴

昂貴包括金錢、時間、心力的支出。測驗的設計和編製必定要考量成本，整個測驗的設計從最初的撰寫試題、預試、修改、編輯、評量內容的效度與信度、印製，甚至說明手冊的製作等，都需要投注大量時間與金錢，因此任何測驗都要考量經濟效益。

簡單的小考或隨堂測驗，應該是由老師依照課堂進度，設計五至十題左右即可，如果超過二十題，就不符合經濟效益。

⊙ 測驗可以存續一段時間

　　產生一份測驗非常不易，必須能重複使用多次，或每次做一小部分的修改，但不影響考試的信度與效度。

⊙ 測驗應容易執行

　　施測流程應該很容易，不能過度繁瑣複雜，導致施測的教師或受試的學生慌了手腳，影響應試情緒。

⊙ 評分不應太過費時複雜

　　同樣以經濟的角度來考量，教師評分閱卷不應太耗時耗力。

⊙ 測驗時間不宜過長

　　為了減低受試者考試的壓力，題目不宜太多與太長。一個小時到兩個小時的標準化測驗，是比較不會有太大壓力的語言能力測驗，超過兩小時以上的測驗，對考生容易造成壓力。

第六章
英文測驗題型分類

　　前面幾章，從學理與測驗的發展，來看測驗評量的內涵與意義。本書主要討論量化的測驗方式，對於其他如實作、活動評量或檔案評量的質化評量，因篇幅所限，不再一一詳述。

　　本章先整理出測驗評量的題型。詳細的出題方式與解題技巧，則會在第二部分實務篇詳細說明。

◉ 字彙題

　　許多英文測驗的第一大題往往是字彙題，因為字彙量是英語能力非常重要的一環。字彙題測驗的目標在於考生對常用實詞詞彙（content word）的構詞、語意、搭配詞（collocation）的認知與運用能力。

◉ 文法題

　　近年來，「機械式文法」（mechanical grammar）的考題已很少見。所謂「機械式文法」就是考背誦的文法，例如：look forward to + Ving 這類的考題。比較常出現的文法題方向有二：第一是考會影響語意的文法，第二是時態的用法。

　　對於英語的使用，文法當然有其重要性，但是，除了少數考試會出現純粹語

法結構或文法規則的考題，目前幾乎所有文法題都是以理解為基礎。

● 克漏字測驗

Colze（克漏字）一字是從 closure（關閉）來的，最早出現在 Wilson Taylor 1953 年的研究報告。Taylor 認為人類在心理上的自然趨向是將破碎的圖案加以填滿，將未完成或不完整的人物變成完整的個體，因而有了 cloze 的概念。

影響 Taylor 觀念的還有 Gestalt Theory（格式塔理論）。格式塔理論於二十世紀初由德國心理學家韋特墨（Wehteimer，1880~1943）、苛勒（Kohler，1887~1967）和考夫卡（Koffka，1886~1941）所創，主張學習是整體的，Gestalt 是德語，意思是 form（完形），代表「完整型態」或「整體結構」的概念；也就是說，學習不是盲目嘗試錯誤的過程，而是頓悟的過程，即結合當前整個情境來解決問題。

因此考 Ving、Ved 這種支離破碎的文法概念，並非克漏字測驗的原意，真正的目的是要求考生須具備依據篇章段落的文意發展，掌握實詞詞彙（含慣用語）及轉折詞運用的能力。也因為這種綜合分析能力的檢測概念，現在「克漏字測驗」常稱為「綜合測驗」。

● 會話題

目前國內大考只有「四技二專統一入學測驗」及「二技統一入學測驗」會出現「會話題」。這類題型的題目看似容易命題，但要出得好並不簡單。最重要的關鍵就是，語用（語言實際運用）的概念在考試時常常無法真正落實。因為日常生活的口語溝通其實常常「答非所問」，例如，當某人問：Do you really like Jake?（妳真的喜歡傑克嗎？）這是一個 Yes-No 問題，考試時會期待對方說 Yes 或 No 開始的句子，但真實情境獲得的答案可能是：I'm not telling you!（才不告訴你哩！）、Hey, I'm leaving!（嘿，我要走了喔！不跟你說話囉！）、Shut up!（不要問了啦！）這些看似「答非所問」的回答。如此一來，考「會話題」的「真實性」（authenticity）的元素就被犧牲了。

◉ 閱讀測驗

閱讀能力是外語學習最基本的能力，也就是看懂文字，並瞭解意思，即使是邊查字典邊猜也行。幸好閱讀能力往往是最容易培養的語言技能。

閱讀可以為聽力、口說、寫作等能力奠定基礎，閱讀測驗則是要測試學生綜合運用詞彙、慣用語、語意、語法、語用的知識，瞭解整篇或局部文意，並加以分析與推理的能力。

幾乎所有的語言測驗都會考「閱讀測驗」，藉此評量學生的閱讀能力。閱讀測驗要求考生先閱讀一段或數段文字，接著針對閱讀的段落回答問題，確實是能用來評估應試者語言能力的重要題型工具。

◉ 篇章結構

篇章結構（discourse structure）是近幾年固定在大學指考出現的題型。此類考題約考 2~3 段長度的文章，每段含 6~12 個句子，約 100~150 字，全篇則是 200~350 字。廣義來看，篇章結構也算是閱讀測驗，測試的還是考生的閱讀能力。

篇章結構其實就是在考段落的結構。段落（paragraph）是一組句子的組合，但這些句子並非任意組成。首先，組成段落的這些句子必須與同一主題相關，表達同樣的中心思想，此稱為段落的「統一性」（unity）。其次，組成一個段落的句子必須以合乎邏輯的順序呈現，文句順暢，表達合理，此為段落的「連貫性」（coherence），「統一性」與「連貫性」即此類考題的關鍵。。

◉ 翻譯題

翻譯題要測驗的是考生運用熟悉的英文詞彙、句型與語法，來表情達意的能力；有可能是「中翻英」，也可能是「英翻中」。中翻英著重在考文法結構，英翻中則強調句意的理解。多半學生考中翻英時只能力求正確，英翻中可能還需要發揮自身的中文能力進行修辭。

測驗英文的翻譯能力，首先要界定測驗的範圍，是語意翻譯、逐字翻譯或是

修辭的呈現。

　　國內大學入學考的學測與指考，亦或國家高普考試，都是考句子語意居多，亦即考句法（syntax）的運用；但英文研究所考試的翻譯題，就不只測驗學生中英文的理解力，除了要求考生翻譯能力的字譯、意譯外，還要有修辭、用字遣詞的表現。

● 寫作題：看圖寫作、引導寫作、主題寫作

　　英文寫作測驗是評量英文「表達技能」（productive skills）重要的一環。語言的學習分為「接收技能」（receptive skills），指的是「聽」與「讀」的能力，以及「表達技能」（productive skills），指「說」與「寫」的能力。將 input（輸入）的知識與技巧內化、轉變後，再 output（輸出）顯現能力，是英語學習的關鍵過程。

　　一般英文作文考試，主要在評量考生是否具備基礎的語法能力，以及能否使用適當詞彙、句型寫出一篇具連貫性、統一性的英文作文。

　　近幾年來，英文作文都採整體式評分（holistic scoring），將考生的作答分為五等級：特優（19-20分）、優（15-18分）、可（10-14分）、差（5-9分）、劣（0-4分）。評分時，主要在評估作文內容切題與否、組織是否具連貫性、句子結構與用字能否妥適表達文意，以及拼字與標點符號的使用正不正確等。

　　大學考試中心亦提出五項分項式評分指標，包含：內容（5分）、組織（5分）、文法句構（4分）、字彙拼字（4分），及體例（2分）。

　　這類考題也有不同的出題形式，如提供四格畫面的看圖說故事、段落的引導寫作或特定題目的主題寫作等。

● 聽力測驗

　　聽力測驗在評量考生對於詞彙、句子、對話、篇章的聽解能力。常見的聽力測驗變化題型有四種：「圖片描述」（Photographs）、「應答問題」（Questions and Responses）、「簡短對話」（Short Conversions）與「簡短獨白」（Short Talks）。

一般來說，「應答問題」為單一題、而「簡短獨白」為題組，至於「圖片描述」與「簡短對話」，則單一題及題組試題都會出現。

以上是大部分英語測驗常見的題型，其他測驗題型，如出現在托福與 GRE 的改寫（Paraphrase）或分析寫作（Analytical Writing）等，屬於比較進階的語言能力，本書將不討論。

實務篇
老師如何命題？考生如何答題？

　　大家建立了對各類英語測驗、評量的基本觀念之後，本篇我們將一起來實際出題，並協助各位理解這些題型的解題方式。

　　在進入英語測驗實務原則與技巧之前，要先跟大家強調一點，不論你想要提升哪一種英語測驗的分數，其實都跟解題技巧無關。如果你自身真正的語言能力沒有進步，只是一味鑽研任何考試題型的解題，只會造成困擾，並無法真正在英語能力上有明顯的進步。

　　但是對於各種不同考試或考試題型的理解，的確有助於出題者好好利用測驗來增進教學技巧。對於學習者而言，也可以知道這些考試題型到底要做什麼？很多人儘管英文能力不錯，但是一碰到考試，卻往往會誤解了考試的方向，導致成績不理想。本實務篇就是要為大家解惑！

第七章
十大題型與出題原則

● 十大題型 各個擊破

　　面對各種類型的題目，老師要如何命題，應考者該如何答題呢？本篇將針對常見的十大英文測驗題型：「詞彙題」、「文法題」、「克漏字」、「會話題」、「閱讀測驗」、「篇章結構」、「翻譯題」、「寫作題」、「申論題」以及「聽力測驗」，一一陳述考題的命題原則（含題幹與選項），舉例說明並提出解題技巧，最後再提供練習題，希望大家對於命題的原則、方式與出題者的出題思維，有所瞭解。

● 英語測驗的命題藝術

　　英文老師在辛苦教學後，為了準備評量測驗，往往絞盡腦汁。命題有時比教學難，測驗的命題是十分專業的訓練。但是過去英文老師幾乎沒有受過這種訓練，老師之間只好互相參考彼此間的考題，或依照自己的想法出題，很難顧及第一篇所提的各種測驗或考試的功能性，導致弄錯了考試的目標。

　　舉「詞彙題」（字彙題）來說，若今天小考是考拼字，考題層次大概是「記憶」，題幹難度會降低，所求的就是學生要正確拼出單字，而目標是學生能完全掌握剛教完的單字；但若是段考、期末考等成就測驗，難度（某一試題中，答對

人數、答錯人數與全體受試者的百分比）就會提高，一來範圍變大，二來需要配合文法、用法或語意命題，將不止於「記憶」階段而已。

試著比較一個英語課前舉行的前測（pre-test）與上課後舉行的後測（post-test），常常會發現為了讓學生有成就感，後測會較前測簡單。可見目標不同，難度就有差異，命題的細膩處就在於此！

● 成功命題第一步：掌握四大原則

出題時，必須考慮四個基本原則，分別是語料庫的建立、能力指標、測驗目的，以及題幹與選項的設計。

⊙ 語料庫的建立

此處的語料庫（corpus）指的是考試的字彙範圍（vocabulary pool）及所使用的詞句。以字彙為例，國中會考的語料庫為基本 1200 英文單字，大學學測與統測約 4000 單字，而大學指考則達 7000 字詞。命題時，使用的單字必須在語料庫涵蓋範圍。

但是一般能力測驗很少公布語料庫，主要以目標情境（如多益以國際溝通情境為主、托福以學術英文為主）所使用的單字與詞句為主。其實設計任何測驗，都有其參考的語料庫，只是很多測驗單位都列為其考試的 know-how，不會輕易告知。

出題者如果是以成就測驗為主，如學校的段考或期末考，語料庫就比較容易界定。如果是一般能力測驗，如入學前的分班測驗或畢業的門檻測驗，訂定字彙表與某些特定情境，將有助於題目的穩定性。先前所說的信度、效度與鑑別度也會比較容易掌控。

⊙ 能力指標

第二項要注意的是測驗的能力指標。所設計的測驗是「能力測驗」，還是「成就測驗」，將會決定命題方式的不同。

用來檢驗學生上完課之後是否達到學習目標，如期中、期末考的「成就測驗」和不以任何教材為範圍的綜合性語言「能力測驗」，命題方式與範圍就不一樣。

其次，語言學習包括「學習範圍」與「能力層次」。「學習範圍」指測驗所測量的「內容」，指的是知識架構中需要學會（或測試）的部分。例如：單字、文法架構等。「能力層次」指本測驗所要測量的「能力」，Bloom (1956) 將認知領域的教學目標分為六大類，即知識、理解、應用、分析、綜合及評鑑。命題時，應先思考此次測驗是鎖定哪一些能力。

規劃好要測量的學習範圍與能力層次之後，整份考題的基本架構就此底定。

⊙測驗目的

命題時還需要考慮測驗的目的為何，因為測驗目的將大大影響出題的難度。而階段性的「形成式評量」（formative evaluation，如小考），與課程結束時評估學生學習成就的「總結式評量」（summative evaluation，如期末考），在「難度」上就有不同。

「總結式評量」的試題命題範圍較廣，難度較高，主要是確定教育目標是否達成；又如「分級編班測驗」（安置性測驗，placement tests），試題的難度就比較低，因為重點是涵蓋每一項階段性必要的起點行為，以評估學生的需求與能力，順利將學生編入適當的班級，並決定教學的起點；再如「學習困難診斷測驗」（diagnostic tests），難度也較低，只是這類測驗的題目要盡可能包括學生常犯的錯誤，以分析學生學習的錯誤類型，及其形成的原因。

如果考試的目的是希望提升學生的學習動機，設計一種讓學生有成就感的測驗，則是一種完全不同的方式，比方說讓所有學生都「會」的測驗，讓大家都有信心的測驗，每人都拿 80 分以上。

瞭解測驗目的就能評估試題難度。「單字量」、「句法」（syntax）、「字詞搭配」（collocation）、「認知」（記憶、整合或推論）都是影響「難度」的因素。

現在舉個實際例題來說明：

例題

Carolyn has been _____ toward Jacob since their quarrel several days ago.

(A) happy　　　**(B) cold**　　　(C) sad　　　(D) angry

（自從幾天前吵架後，卡洛琳對雅各一直 _____ 。）

(A) 快樂　　　(B) 冷淡　　　(C) 悲傷　　　(D) 生氣

說明

　　線索 1：依「字義」解釋，答案 (A)「快樂」顯然不合適，另外三個答案「冷淡」、「悲傷」、「生氣」都有可能。所以 (A) 可以先刪去。

　　線索 2：「has been ＿＿＿＿ toward」的 toward 是第二個線索。依「字詞搭配」，(B)、(C)、(D) 就會是 be cold toward, be sad about, be angry with，這時就可知道答案為 (B)「冷淡」。

　　這種題目的設計，其實有盲點。這題如果從語意的觀點來看，由於兩人在幾天前吵架，因此 Carolyn 對 Jacob 一定是負面的情緒。所以 cold、angry 都有可能是對的，但這題又加入所謂搭配的概念，所以答案只能是 cold toward。那麼這題究竟是考上下文語意，還是搭配用法呢？如果有學生不看語意，只看用法，就能馬上選出 cold，因為只有 cold 後面搭配 toward，其他字都不行。這也意味著此題選項的效度出現了問題。

⊙題幹與選項的設計

　　英語測驗有「選擇題」和「非選擇題」兩種。「非選擇題」包括作文、翻譯等，本書後面另有篇幅討論。

　　「選擇題」出現的機率很大，舉凡「字彙題」、「文法題」、「克漏字」、「會話題」、「閱讀測驗」、「篇章結構」多是以選擇題呈現。「選擇題」由三個部分構成，分別是「題幹」（stem）、「誘答選項」（distractor）與「正確答案」（key）。此處我們將誘答選項與正確答案，統稱為「選項」（alternatives）。

　　以選擇題為例，題幹應有以下幾個原則：

1「題幹」撰寫原則

- 試題應能測量到重要的學習內容。
- 題幹長度適中，避免過短或過長，確定試題所要考的「點」為何？
  字彙或語意用法。
- 題幹的敘述應保持完整，避免被選項分割成兩個部分或段落。
- 題幹敘述應盡量使用正面詞語，避免使用否定字句；需要用否定字句時就必須特別「強調」否定字，如全大寫（Which one is NOT

mentioned?）、斜體字（Which one is *not* mentioned?）或畫底線（Which one is <u>not</u> mentioned?）。

2「選項」撰寫原則

- 選項應相互獨立。
- 題幹不應出現比選項難的單字。
- 不應設計拼字錯誤或不存在的字詞。
- 儘量不使用「以上皆是」或「以上皆非」的答案。
- 標準答案一定要是正確的答案或最佳答案。
- 誘答選項應具有適度之誘答力，亦即字詞長短、詞性、難度相當，且包括學生常見的錯誤。
- 除非是文法題或測驗用法，否則選項的正確答案與誘答，當放入題幹中，其文法與用法，都應該是正確的。

3 選項的設計

　　一般來說，選項主要是跟著正確答案，也就是依照其內容或形式，來設計其他三個誘答。以單字或克漏字選項為例，選項的形式如下：

- 語意接近但用法不同：如 tell, talk, speak, state；but, on the other hand, then, in the mean time
- 字形接近但語意不同：如 aptitude, altitude, attitude, platitude
- 與題幹呼應的同類字詞：如 traffic, vehicle, commuter, toll, transportation（此選項都與交通有關）
- 正確答案與其餘選項的語意相反：如 optimistic, pessimistic, melancholy, moody（第一字為正答，其餘三個字語意完全相反或錯誤。）

4 選項的排列

- 正確答案落在（A）、（B）、（C）、（D）各個選項的機率要盡量接近。
- 盡可能將選項按字母順序、邏輯順序（如數字）或時間順序（如日期）排列。

　　前面的例題在選項的設計上就有盲點，因為題幹的 toward 已經很快點出

正確答案為 cold，考點反而模糊了，到底是考冷淡的上下文語意呢？還是考 cold toward 的搭配用法？如果是要考上下文語意，則選項所有答案都要能搭配 toward 的字詞才行，像是 hot 或 helpful 等。

● 好的試卷，需要專業編製

一份試卷，從命題到成為一份標準化測驗，需要經過複雜的程序，包括：審題和修題、試題之信度與效度分析等。任何專業測驗的編製，都應該注意命題原則。老師不斷精進命題能力，才能使測驗達到最大的功效。

第八章

字彙題

許多英文測驗的第一大題往往是字彙題，因為字彙量的確是英語能力非常重要的一環。字彙題的測驗目標在考生對常用實詞詞彙（content words）的構詞、語意、搭配詞（collocation）的認知與運用能力。

當然字彙題的命題，仍然要顧及前面所提的四個通則：

第一是測驗的「語料庫」，例如不同的入學考試有不同範圍的字彙量。

第二是「能力指標」，是檢驗學生學習目標的成就測驗，或是綜合性語言的能力測驗？

第三是「測驗目的」，是要測出學生的拼字能力？單字用法？還是單純語意？

第四是「題幹與選項的設計」，字彙命題必須同時兼顧。以下就字彙題之「題幹」和「選項」兩部分討論。

★ 給出題者的建議

● 題幹部分

　　理想的題幹長度約 10 ～ 15 個英文單字，針對程度較差的學生則只要出 10 個字長度的題幹就好。題幹過長，對中等程度以下的學生，極不友善，因為閱讀能力會影響學生字彙題的作答。

⊙ **題幹不可以出現新的單字或比選項難的單字**。換句話說，題幹的單字必須是學生認識的單字。

例題

People can easily find the equivalent words in a different language in a _____.

(A) encyclopedia　(B) notebook　　(C) magazine　　**(D) dictionary**

（人們可以輕鬆的在 _____ 裡找到不同語言但意思相同的單字。）

說明

　　句子中的 equivalent 比題目要考的單字 dictionary 難多了，這種題幹就不佳。

⊙ **題幹內容不可使用代名詞。**

例題

Her parents and siblings did whatever they could to _____ her.
（她的父母和手足做了他們能做的一切來 _____ 她。）

說明

　　句首的 Her 應該換成女子名，如 Samantha's, Christine's。

⊙ **題幹內容不可出現種族歧視或性別歧視的字眼。**

例題

Most boys behave badly and often _____ money when they are in junior high schools.

（多數男孩在國中時期表現不佳，且往往會 _____ 錢。）

說明

這題涉及性別歧視，像這樣的句子就是不友善的句子。

⊙ **題幹內容不應考先備知識。**

例題

After the Civil War, President Abraham Lincoln _____ the black slaves.

(A) emancipated (B) discriminated (C) hired (D) promoted

（美國南北戰爭後，林肯總統 _____ 黑奴。）

說明

對美國歷史熟悉的考生會直接選擇答案 (A)「解放」。但 (B)「歧視」、(C)「雇用」、 (D)「提升」，在文法和語意上也通，變成本題不是考英文，而是考歷史知識，這種題目應要避免。

⊙ **題幹內容不應考最近的時事。**

例題

The North Korea is planning to launch a _____ in April 2012, regardless the warning from the whole world.

(A) campaign **(B) satellite** (C) rocket (D) project

（北韓無視世界各國的警告，打算要進行 _____ 發射。）

說明

這是在 2012 年春天發生的事，當時北韓正進行軍事演練與發射衛星。答案 (B)「衛星」是正確答案。但 (A)「運動」、(C)「火箭」、(D)「計畫」在文法及語意上其實都適用，變成本題考的是時事，這樣的英文題目設計不佳。

⊙ **題幹的句子文法結構會影響其難易度。**

例題

(1) Michelle Walden, _____ of the best basketball players in our school history, was called "Flying Walden."

(2) Michelle Walden was _____ of the best basketball players in our

school history.

(A) any　　　　　(B) each　　　　　**(C) one**　　　　　(D) who

說明

　　雖然都是考 one of the ... players ，但 (1) 句的句型結構比 (2) 句複雜，題目的難度相對提高。

⊙ 好的字彙題題目，應要求受試者在作答時要推敲上下文（context）；能夠提供充分的解題線索，讓應試者看完整句才能作答的題目才是好題目。

例題

　　After I ＿＿＿＿＿ the medicine this morning, my throat is getting better now.

(A) ate　　　　　(B) bought　　　　　**(C) took**　　　　　(D) made

（今天早上 ＿＿＿＿＿ 後，我的喉嚨現在已經比較舒服了。）

說明

　　此題考 take the medicine（服藥）的用法。但答題時，題目後半部其實完全不用看也可作答，這就不是好的字彙題目。此外，雖然 eat the medicine 並不符合傳統的用法，但是愈來愈多的非母語人士也會使用，語意並不會造成混淆。從全球化英文（Global English）的概念來看，選項用字也必須調整。

　　一般來說，「成就測驗」（achievement tests），例如段考、月考等，比較不容易把題目出好，因為能考的字彙量有限，也不容易多元變化。採用單一選擇題的方式，可能不適用字彙量有限的成就測驗，若能採用如拼讀或字彙認知的題型可能會更好。

　　原則上，字彙題會依由易至難排列。如果字彙題共十題，第一題應該最簡單，漸漸變難，第十題最難。

● 選項部分

　　一般的字彙題有 (A)、(B)、(C)、(D) 四個答案選項。既然有四個選項，理論上正確答案應平均出現，各約 25%。有趣的是，根據統計，命題者較喜歡將正確答案放在 (C)，機率約 33%，命題者似乎認為讓受測者在 (A) 與 (B) 就看到正確答案有點過早，(D) 又太後面。各位命題老師看到這裡，應要特別小心自己

對於正確答案選項的安排。

選項的命題影響到學生作答，以下將逐一談談選項的命題原則：

1. 四個選項的語意要相關，且詞性一致。字彙題最常見的考點大都是動詞，其次是名詞。形容詞、副詞，以及有意義的連接詞。連接詞的出題難度較高。

2. 四個選項的單字長度要盡量接近，並依字母順序排列。

3. 提高選項的誘答性，從字形與用法接近，但語意不對來著手。如：aptitude（天資）、attitude（態度）、latitude（緯度）、altitude（高度）是一例；corps（兵團）、crops（作物，複數）、corpse（屍體）是另一例。

4. 四個選項的難易度要差不多，不能出現不存在的單字或拼錯的單字。

例題

After dinner, the waitress brought out the _____ for every guest.

(A) desert   **(B) dessert**   (C) dezert   (D) deserve

（晚餐過後，女服務生將 _____ 分發給每一位顧客。）

說明

選項 (C) 的 dezert 是不存在的單字，不應出現在考試題目中。

5. 選項難度的控制，依測驗目的來決定。

小考最簡單，段考是常見的成就測驗，也不應該過難。例如段考範圍有三課，共 60 個單字，可區分為最容易的「必考題」25%，中等難度的「中級題」50%，以及最難的「進階題」25%。信度及效度自然依目的而改變。通常語料庫（corpus）要夠大，才能變化命題。小考或段考的語料庫通常不大，題幹與選項不容易出現多種變化。

此外，(A)、(B)、(C)、(D) 四個選項，如果關係連結性愈高，題目愈難。

例題

Most of the _____ along this road were knocked down during the typhoon. So make sure no cars are coming when you cross the street.

(A) bus stops　　(B) motorcycles　　(C) public phones　**(D) traffic lights**

（這條街上的 ＿＿＿＿ 都被颱風吹倒了，所以過馬路時要確定沒有來車。）

說明

四個選項都與「馬路、交通」有關。但今天如果將選項改為 book、television、vegetable、newspaper 等不相關的單字，題目難度就會降低。

選項的難易度及誘答性，都要看此次考試的目的。如果希望學生全都答對，想透過考試來做學習，誘答性應該低一點；如果是希望能篩選學生，如入學考試，那誘答性就應該高些。

誘答性高：

Mr. Wang ＿＿＿ his son to buy the lunch box for him.

(A) orders　　　(B)ordains　　　(C) operates　　　(D) obtains

誘答性低

Mr. Wang ＿＿＿ his son to buy the lunch box for him.

(A) orders　　　(B)off　　　　　(C) inside　　　　(D) and

第一題的選項都是動詞，難度和誘答性明顯偏高。第二題的 (B)、(C)、(D) 詞性不對，還有文法錯誤，學生很容易選出正確答案，誘答性和難度都較低。

6. 選項的考量大抵依據兩大原則：用法（包括 collocation 字詞搭配用法）和語意（contexual clues，上下文的語意）。當然，能夠將兩種原則都涵蓋在題目裡是最好的題目，題目也會較難。相較之下，只單單考「用法」或「語意」的題目較為簡單。

通常「能力測驗」（如多益、英檢）需要考生能「使用」該單字，因此考某特定情境下的用法，或兩者皆考居多；而「成就測驗」（如月考，期末考）的鼓勵作用大，要確定的是學生是否學會，較常考「語意」。

1. 只考「用法」

例題

Alexandra had finished ＿＿＿＿＿ before her husband called her from the company.

(A) shopping   (B) clean   (C) to work   (D) cooked

（亞歷珊卓在丈夫從公司打電話給她之前就已經做完 _____。）

說明

此處單考 finish（完成）後面加 V-ing 的用法。

2. 單考「語意」

例題

Nowadays, dogs and cats are _____ pets in people's homes in many countries.

(A) useless   (B) free   (C) strange   **(D) popular**

（當今，在許多國家，狗和貓是都是一般家庭 _____ 寵物。）

說明

以語意來說，popular（流行的、普遍的）是最適合的答案。

3. 兩種都考，題目較難：

例題

The noise those boys are making is giving me a(n) _____. Can you do something about it?   （100 年第一次基測）

(A) break   (B) excuse   (C) hand   **(D) headache**

（那些男孩的吵鬧聲讓我 _____。你可以處理一下嗎？）

說明

四個選項考「語意」與 giving me a(n) _____ 的「用法」：give me a break（讓我休息一下），give me an excuse（給我一個解釋），give me a hand（幫我個忙），give me a headache（讓我頭痛）。

✿ 字彙題變化題型

字彙題目除了選擇題還有其他測驗方式，如拼讀或聽寫，這些考試方式適合語料庫不大的考試，如小考或段考。

拼讀字彙

顧名思義就是考拼單字。

例題

Beethoven's ninth s_____y should be one of his most famous works. The music expresses pure beauty and deep philosophical thoughts.

（貝多芬最有名的作品之一應該是第九號交響曲。該交響曲的音樂表達出純粹的美感與深度的哲學思想。）

說明

此題考 symphony（交響曲）的拼寫。此種考試只適合小範圍的成就考試。出這種類型的題目要注意以下幾點：

(1)提示字母時應要注意發音單位，需要學生填 theater，必須提示 th_____，而非 t_____。

(2)字尾有變化，要加 -ed 或加 -ing 都應該在題目明示出來。

例題

The authorities g_____ed that another bridge would be built to replace the old one. It's a promise!

（當局保證會蓋另一座橋取代舊橋。這是一個承諾！）

說明

答案 guaranteed 是過去式，題幹必須出現 -ed。

聽寫

聽寫是小考單字非常好的方法。透過聲音來學會或聽懂單字，加上語意理解，是非常有效的學習方式。因此，老師念單字，學生聽寫單字，功用更大。聽寫有兩種作法：一是念出單字，通常以兩次為最佳，再由學生寫下單字以及語意；另一種聽寫考法是念出整句，在考卷上列出該題目所考的單字，要求學生拼出。如老師念 The authorities guaranteed that another bridge would be built to replace the old one. It's a promise! 而學生的考卷上只列出：g_____ed.

● 字彙題怎麼解？

字彙題要考的就是字彙。字彙量的多寡會影響考試成績。然而對於字彙的運用與熟悉度，才是真正字彙考題的重點。題目的第一層面就是對字彙「語意」的瞭解，其次就是上下文的「推理」。

因此我們將字彙題的解題技巧分為三個層次：

1. 第一種最基本的是考「字詞」意思，也就是語言學當中「語意」（semantic）的階段。

例題

The menu serves to _____ customers about the varieties and prices of the dishes offered by the restaurant.

(A) appeal　　(B) convey　　**(C) inform**　　(D) demand　（99 年指考）

（菜單用來 _____ 顧客，有關餐廳提供的菜餚種類與價格。）

說明

此題考語意，測驗學生是否認識 (A) 有吸引力、(B) 傳達、(C) 告知、(D) 要求這幾個單字的意思。

這階段考試，一個句子只要懂七成，就能知道答案；換句話說，一句 15 個字的字彙題，大約認識 10 個字，就知道該填什麼答案。

2. 其次，再難一點的字彙題要加入上下文「語用」的概念。

例題

When I open a book, I look first at the table of _____ to get a general idea of the book and to see which chapters I might be interested in reading.

(A) contracts　**(B) contents**　(C) contests　(D) contacts　　（100 年學測）

（我打開書本時會先看 _____ 目錄，瞭解整本書的概念，並看看我對哪些章節會有興趣。）

這題利用四個字型接近的字來作為誘答：contracts, contents, contests, contacts，但上下文及搭配用法告訴我們：table of contents（目錄）才是最適合的組合。此題考搭配詞的用法。

3. 若是字彙題需用到「推理」的技巧，就算是最高階的題目了。

例 題

The Internet has _____ newspapers as a medium of mass communication. It has become the main source for national and international news for people.　　　　　　　　　　　　　　　　　　　（98 年指考）

　(A) reformed　　**(B) surpassed**　　(C) promoted　　(D) convinced

　（網際網路已經 _____ 報紙作為大眾傳播的媒體。它已成為人們國內外新聞的主要來源。）

說 明

本題首先要認識 surpassed（超越）這個字，接著整句看完瞭解意思，主要線索在第二句 It has become the main source for national and international news for people. 也就是說 Internet（網際網路）成為「國內外新聞的主要來源」，如果選 (A) reformed（改革）或 (C) promoted（提升），意思都是說網際網路「改革」或網路「提升」報紙，才成為「國內外新聞的主要來源」，語意不合上下文的推理；選項 (D) convinced（說服），同樣不合邏輯，網際網路不可能「說服」報紙。這種題目需要分析及推理，是最難的字彙題。

★ 字彙試題練習

　一般的成就測驗，如學校考試，大都是先有字彙，再依照單字的用法與意義來造句子；能力測驗等大型考試的字彙範圍比較大，所以基本上是先找文章、句子，再決定要以哪些單字來命題。

　接著我們將從指考、學測、統測、基測選出一些值得參考的例題來討論，說明字彙題的命題方式。

I couldn't find a _____ when I got on the bus because it was filled with people.

(A) driver　**(B) seat**　(C) sidewalk　(D) ticket　（100 年第二次基測）

（上了公車，我找不到座位，因為公車滿是乘客。）

說 明

原句是：I couldn't find a seat when I got on the bus because it was filled with people. 這裡是先寫出題目，再決定要考哪個單字。以此句來看，要考字彙的話，seat 和 filled 都可以列入考慮。

(1) 選擇考 filled，可以測驗 be filled with 的用法及 filled 的語意。如此一來，就要找合乎 be ____ with 的答案當「誘答答案」，例如：was satisfied with, was covered with 等，再加上一些不接 with 的答案，如 was crowded。如果覺得找到合適的誘答答案很難，就可以將這個題目改放在「克漏字」當考題。

(2) 選擇考 seat，就是考語意。當然此題如果是學校的成就測驗，單字範圍有 seat，毫無疑問就是考 seat。選項的設計，依前面所說的原則，命題者可先從題目的 bus 發想，找出與「公車、交通」有關的單字，像是列出 driver、sidewalk、ticket 這幾個字當選項。

例 題

Chinese is a language with many _____ differences. People living in different areas often speak different dialects.

(A) sociable　(B) legendary　**(C) regional**　(D) superior　（99 年指考）

（中文是一種有著許多 _____ 差異的語言；住在不同地區的人經常講不同的方言。）

(A) 好交際的　(B) 傳奇性的　(C) 區域的　(D) 優越的

說 明

原句：Chinese is a language with many regional differences. People living in different areas often speak different dialects. 這個句子中，可以被列入考慮的單字有 regional 和 dialects，difference 或 different 因為出現三次，不宜當成考試題目。

(1)選擇考 regional 很好，因為有 area（地區）當作線索、提示（clue）。
(B) legendary（傳奇性的）與 area（地區）有關，誘答性高，是出得很好的選項；
至於 (A) 的 sociable 與 (D) 的 superior 誘答性就很弱，因為與「語言、地區」
無關。四個選項如果換成關係緊密的 cultural（文化的）、ethnic（種族的）、
racial（種族的）、linguistic（語言的），就會提高難度。

(2)選擇考 dialects，就是考語意，偏重知識的層面。可以用 culture 或
words 來做為誘答選項。

例題

This year's East Asia Summit meetings will focus on critical _____
such as energy conservation, food shortages, and global warming.

(A) issues　　(B) remarks　　(C) conducts　　(D) faculties　　（99 年指考）

（今年的東亞高峰會議將專注於節約能源、食物短缺及全球暖化等嚴重的
_____。）

(A) 議題　　　(B) 評論　　　(C) 行為　　　(D) 能力

說明

原句：This year's East Asia Summit meetings will focus on critical issues
such as energy conservation, food shortages, and global warming. 這 個 句 子
中可以列入考慮的單字為 critical、issue、conservation 和 shortages，summit
meeting 或 global warming 是固定用法，不適合命題。

(1)conservation 和 shortages 都只是名詞，且上下文的線索不足，很難當
作考點。

(2)至於考 critical，也不合適，因為線索不足。只要找到能放在 issue 前的
字眼即可，例如 significant、cliché、severe、particular 皆可。形容詞的出題，
常常會出現上下文的提示較少，很難有語意的題型。

(3)最適合的選擇是 issue（議題）。選項中的 (B) remarks（評論），與「開
會」有關，誘答性較高，(C) conducs（行為）與 (D) faculties（能力）與「開會」
有關，誘答性低，本題算是中等難度的題目。

The weatherman has warned about drastic temperature change in the next few days, and suggested that we check the weather on a daily basis and dress _____.

(A) necessarily　　(B) significantly　　(C) specifically　　**(D) accordingly**

（99 年指考）

（氣象預報員已經警告大家，未來幾天天氣將會急劇變化，建議大家要天天看氣象報告並 _____ 變化來穿著。）

(A) 必然地　　　　(B) 重大地　　　　(C) 明確地　　　　(D) 相應地

說明

原句是：The weatherman has warned about drastic temperature change in the next few days, and suggested that we check the weather on a daily basis and dress accordingly. 這個句子的 drastic 作用不大，是可以被刪掉的單字。其他列入考慮的有 warned、change、suggested、check 和 accordingly。

(1) 選考 warned、change、suggested、check 這些動詞的話，都是考上下文，必須看懂句子意思，但語意不明顯。

(2) 考 accordingly 就比較難。要先知道 accordingly 的意思是「照著，因此」；接著整句看完，找出線索為 on a daily basis（天天、每天），理解整體意義才能揪出答案。這種推理、分析式的題目對臺灣學生來說是最難的。

相較於上述出得很好的題目，以下舉幾個有待改進的例子。

Many studies _____ that elderly people who have pets live longer than those who do not.

(A) invade　　**(B) indicate**　　(C) include　　(D) insert　　（99 年統測）

（許多研究 _____ 養寵物的年長者比沒有養寵物的年長者長壽。）

(A) 侵入　　　　(B) 顯示　　　　(C) 包括　　　　(D) 插入

說明

原句：Many studies indicate that elderly people who have pets live longer than those who do not. 這題目其實只考 studies + ＿＿＿ （指示、說明、顯示）的用法，答案可以是 indicate 或 show。至於 that 後面加什麼句子都無所謂，無需注意，也不必去理解。這樣的出題方式對於整句的理解沒有幫助，即使不懂此句英文在說什麼，也可以答題。因此，此題不算是好的字彙題。

這題的題幹屬初階程度，選項的難度卻未配合，invade 與 insert 對統測的學生來說是比較難的單字，而且難度還比正確答案 indicate 高，因此未達誘答的效果，在這裡用處不大，成為敗筆。

例題

Every time Grandpa forgets where he puts his cellphone in the house, he always calls his own number with my cellphone to ＿＿＿＿＿ it.

(A) count   **(B) find**   (C) notice   (D) pick   （100 年第一次基測）

（每次祖父在家忘了把手機放在哪裡，總是會用我的手機打給他自己來 ＿＿＿＿＿ 他的手機。）

(A) 計算   (B) 找到   (C) 注意   (D) 撿起

說明

原句是： Every time Grandpa forgets where he puts his cellphone in the house, he always calls his own number with my cellphone to find it. 題目共有 24 個字，對基測來說，句子太長，會變成考「閱讀理解」，字彙題的效度就降低了。

本題用了複雜的句型與語意，卻考了一個簡單的 find，完全不合命題的邏輯。學生看到 pick 應該很快會聯想到 pick up，題目沒有 up，因此 (D) 選項可先刪去；phone 不會拿來 count，因此 (A) 選項也可刪去。這種可以用刪去法找到正確答案的題目，並不是好的題目。

第九章
文法題

　　近年來，「機械式文法」（mechanical grammar）的考題已很少見。所謂「機械式文法」就是考背誦的文法，例如：look forward to + V-ing 這類考題。

　　單純的文法考題，已經很少出現在大型的能力測驗考試。比較常出現的文法題方向有二：第一是考會影響語意的文法，第二是非母語人士容易犯的文法錯誤，如時態、英文單一動詞或動狀詞（V-ing, V-ed, to V）的用法。綜觀幾項大型考試，常看到的考題為：

1. 主詞與動詞的一致性
2. 關係代名詞的用法
3. 時態的運用
4. 指示代名詞的用法
5. 動狀詞的用法：__ ed、__ ing
6. 比較級用法
7. 被動與主動

　　這類的文法題導向，測驗考生能否參酌上下文意發展，掌握各類詞彙（實詞 content words、虛詞 function words、慣用語及轉折詞等）、句法及篇章結構應用的能力，尤其是句子的完整結構。

★ 給出題者的建議

◉ 命題編製原則

1. 題目的測驗要點必須明確，能診斷出學生學習的困難。

例題

A: Where is your English teacher from?

B: ＿＿＿＿＿.

(A) Over there　　(B) Kevin　　　　(C) American　　**(D) England**

A： 你的英文老師是哪裡人？

B： ＿＿＿＿＿

(A) 那裡　　　　(B) 凱文　　　　(C) 美國人　　　(D) 英國

說明

　　此題考的要點不夠明確，尤其是選項，皆為不同語意，無法判斷學生學習遇到的困難。

2. 一個題目避免測驗過多文法概念。

例題

　　請選出文法正確的句子：

(A) I couldn't find seat.

(B) House price are dropping.

(C) Steve was seldom late for school.

(D) He is too young can't buy cigarette.

說明

　　這樣的考題等於是考四題文法題，測不出學生的困難點，且 (A)、(B)、(D) 三個選項輸入錯誤語言，非常不恰當。

3. 選項中不可出現拼字錯誤或文法錯誤之字詞。

例題

A: Good night, _____. B: Good night.

(A) Mom　　　(B) mary　　　(C) Mr. lee　　　(D) mother

A：晚安，_____。B：晚安。

說明

(B)、(C) 選項 Mary 和 Lee 未大寫，這樣的錯誤語言要避免。

4. 文法題雖然只考文法，但句子必須具備情境，不要讓人覺得沒頭沒尾的感覺。

例題

Joanna is _____ in the classroom than in her home.

(A) even happy　(B) happy　　　(C) the more happy　**(D) happier**

（喬安娜 _____ 在教室比起在家裡。）

Joshua ran to the hospital _____ yesterday.

(A) slowly　　　(B) not quick　　　(C) the more fast　　　(D) quicker

（約書亞昨天 _____ 衝到醫院。）

說明

兩個句子感覺上語意並未完全表達，應該要加上情境。

5. 文法題的比重不宜過高，以避免誤導學生的英語學習。文法題不需完全避免，但很多文法題往往變成考記憶力或是機械式的填答，喪失了語言學習的整體性與運用性。好的文法題必須放在語用的標準上來檢驗。

6. 文法題，除了以單項式試題命題，亦可以整段式題組方式呈現，可以放在綜合測驗（克漏字）或與翻譯、寫作測驗整合。

❀ 文法題變化題型

　　單純考文法的選擇題容易流於背誦，那要如何活用文法題呢？在一般學校的成就測驗，還可以採用下列方式：

A. 完成句子：

Christopher 熱衷高爾夫球，在辦公室也會練習。

Christopher had a strong passion for the golf, even _____ in his office.

B. 填入適當的詞類：

Christopher had a strong passion for the golf, even _____ (practice) in his office.

● 文法題解題技巧

大部分的文法題型，除了一些慣用片語外，大都以前述的幾個用法為主：

1. 主詞與動詞的一致性
2. 關係代名詞的用法
3. 時態的運用
4. 指示代名詞的用法
5. 動狀詞的用法：__ ed、__ ing
6. 比較級用法
7. 被動與主動

如何判斷是不是文法題，主要以選項為主，如果選項出現同樣的單字，卻有不同的變化，如不同時態、不同詞性、單複數等，十之八九是考文法。

例題

When it comes to Egypt, people think of pyramids and mummies, both of which are closely related to Egyptian religious beliefs. The ancient Egyptians believed firmly in life __16__ death. When a person died, his or her soul was thought to travel to an underworld, where it __17__ a series of judgments before it could progress to a better life in the next world. For the soul to travel smoothly, the body had to __18__ unharmed. Thus, they learned how to preserve the body by drying it out, oiling and then __19__ the body in linen, before placing it in the coffin. Egyptians also built pyramids as __20__ for their kings, or pharaohs. The pyramid housed the pharaoh's body together with priceless treasure, which would accompany him into the next world.

16. (A) for　　　　(B) by　　　　**(C) after**　　　(D) into
17. **(A) went through** (B) made up　(C) changed into (D) turned out
18. **(A) remain**　　(B) remind　　(C) repair　　(D) replace
19. (A) wrapped　　**(B) wrapping** (C) to wrap　　(D) being wrapped
20. (A) galleries　　(B) landmarks　(C) companies　**(D) tombs**

（談到埃及，人們會想到金字塔和木乃伊，兩者都和埃及宗教信仰有密切的關係。古代埃及人深信死後的生活。當一個人死亡，他們認為靈魂會去陰間，接受一連串的審判，判決該靈魂是否能到來世過更好的生活。為了讓靈魂來去更靈活，身體必須保持完好無傷。因此他們學習了如何保存屍體，經過乾燥、上油、以亞麻布包覆身體，最後放到棺木中。埃及人也建造金字塔，作為國王或法老的陵寢。金字塔除了放置法老的身體，也同時藏有珍貴的寶物，伴隨著法老到來世。）

說明

　　本題組的第 19 題為文法題，以 wrap 這個字的不同變化為主，尤其是動狀詞的使用，很明顯是文法題。遇到任何文法題，必須採取以下三個解題原則：

一、找出此句話的主詞與動詞：

　　Thus, they（主詞）learned（動詞）how to preserve the body by drying it out, oiling and then __19__ the body in linen, before placing it in the coffin.

二、將整句依照句子結構拆成小單元：

　　Thus, they（主詞）learned（動詞）/ how to preserve the body / by drying it out, / oiling / and then __19__ the body in linen, / before placing it in the coffin.

三、決定這個空格字前後的結構關係：

　　先看 wrap 這個觀念延續自何處。此句主要是講述如何保存屍體（how to preserve the body），使用了幾個步驟（by drying it out, oiling and then ____ the body），因此 wrap 這個字的結構是跟著 drying 和 oiling 而來，因此正確答

案必須字詞一致，所以選 (B) wrapping。

例題

＿＿＿＿＿＿ in the daytime is not good for you. You may not sleep well at night and feel tired the next day.

    (A) Slept   (B) Sleeps   (C) Have slept   **(D) Sleeping**   （101 國中基測）

（在白天 ＿＿＿＿＿＿＿＿ 對你沒有好處。你可能晚上睡不好而隔天更累。）

說明

　　與跟前面一樣，採取三個步驟：

一、找出此句話的主詞與動詞：

　　＿＿＿＿＿＿（主詞）in the daytime is（動詞）not good for you. You may not sleep well at night and feel tired the next day.

二、將整句依照句子結構拆成小單元：

　　＿＿＿＿＿＿（主詞）/ in the daytime / is（動詞）not good / for you. You may not sleep / well at night / and feel tired / the next day.

三、決定這個空格字前後的結構關係：

　　sleep 這個字應該是當這句話的主詞，所以 sleep 的名詞用法，就是 sleeping（動名詞當主詞使用）。其實在採取第一個步驟時，相信答案就已經呼之欲出：Sleeping 當主詞使用。

★ 文法題試題練習

　　許多測驗都已將文法題融入克漏字題型中。單獨考文法的題目在學測、指考已不復見。我們將從統測和基測選出一些例題來討論，說明文法題的命題方式。

例題

　　I usually carry a camera on my trips; taking pictures ＿＿＿＿＿＿ a good way for me to remember the experience.

    (A) to be   **(B) is**   (C) being   (D) are   （100 年第一次基測）

（我旅行通常會帶著相機；照相是記住旅遊經歷的好方法。）

　　記住前面的三個解題步驟：找出主詞和動詞、將句子拆成小單元、決定選項答案在句中的前後關係。

　　(1)本題考 S+V 的結構，一個句子需要一個動詞的概念。

　　(2)選項 D 是很好的誘答，考生要認識 taking pictures 是一個單數的主詞。

例 題

　　The medicine I _____ you this morning should be taken three times a day.

　　(A) to give　　(B) given　　(C) giving　　**(D) gave**　　　（100 年第二次基測）

　　（今天早上我給你的藥必須一天服三次。）

說 明

　　原句是：The medicine I gave you this morning should be taken three times a day. 有兩個點可以考：

　　(1)The medicine I gave you this morning should be taken three times a day. 的形容詞子句 I gave you 是個完整句，必須要有動詞。學生對 S+V 結構的概念要清楚。此外，也要一看到 this morning 就知道時態為過去式。

　　(2)The medicine I gave you this morning should be taken three times a day. 中的被動語態 should be taken，也是很多人會搞混的文法用法。

　　一樣採用解題三步驟：找出主詞動詞、將句子拆成小單元、決定選項答案在句中的前後關係。

　　一、主詞：the medicine；動詞：should be taken

　　二、The medicine / I _____ you / this morning / should be taken / three times / a day.

　　三、give 這個字並非主要句子的動詞，而是 I _____ you this morning 這個從屬句子的動詞，由於時間是 this morning，所以應該用過去式。所以正確選項是 (D) gave。

第十章

克漏字

　　Cloze（克漏字）這個字從 closure（關閉）來的，由 Wilson Taylor 所創，Taylor 認為人類在心理上的自然趨向就是將破碎的圖案加以填滿，把未完成或不完整的人物變成完整的個體，因而有了 Cloze 的概念。

　　影響 Taylor 觀念的還有 Gestalt Theory（格式塔理論）。格式塔理論於上世紀初，由德國心理學家韋特墨（Wehteimer，1880~1943）、苛勒（Kohler，1887~1967）和考夫卡（Koffka，1886~1941）創立，主張學習是整體的，Gestalt 是德語，意思是 form（完形）；也就是說，學習不是嘗試錯誤的過程，而是頓悟的過程，也就是結合當前整個情境來解決問題。

　　因此，考 V-ing、V-ed 這種支離破碎的文法概念，並非 cloze test 的原意；真正的目的是要求考生要具備依據篇章段落的文意發展，掌握實用詞彙（含慣用語）及轉折詞運用的能力。也因為這種綜合分析能力的檢測概念，現在「克漏字測驗」常稱為「綜合測驗」。

　　Cloze test（克漏字測驗）不但可以設計成填空或選擇題的方式，也可以測試不同程度及不同的語言能力，例如上下文、用法、語意等單字或片語的能力，因此校內小考、升學考試，乃至多益測驗，克漏字都是常見的考試題型。

★ 給出題者的建議

克漏字命題原則

克漏字可以檢測學生四大方面的語言能力：

1. 考語法、文法、用法：指的是單字用法及上下文的用法，尤其是動詞的用法。

例題

Handling customer claims is a common task for most business firms... However, some requests for adjustment must be _____, and an adjustment refusal message must be sent.

(A) retailed　　**(B) denied**　　(C) appreciated　　(D) elaborated（100 年指考）

（處理客訴是大多數公司一般的工作。……然而，某些要求必須被拒絕，也須把拒絕訊息傳達給客戶。）

(A) 零售　　　(B) 拒絕　　　(C) 感激　　　　(D) 詳盡闡述

例題

Which is more valuable? Water or diamonds? Water is more useful to mankind than diamonds, and yet _____ are costlier.

(A) the above　　(B) the former　　(C) the following　　**(D) the latter**

（100 年學測）

（哪一樣比較有價值？水或是鑽石？對人類而言，水比鑽石更實用，但是後者卻較昂貴。）

(A) 上述事實　　(B) 前者　　　(C) 下述事實　　　(D) 後者

2. 考語意轉換：考學生是否會使用連接詞或副詞（片語），如 yet、however 等，讓上下文的語意連接順暢。

例題

He began to walk to school, then to run to school, and to run for the sheer joy of running. _____ in college he made the track team. This determined young man, Dr. Glenn Cunningham, ran the world's fastest mile.

(A) Otherwise　(B) Sadly　　**(C) Later**　　(D) Rarely（100 年統測）

（他剛開始是走路到學校，而後是跑步到學校，再來變成純粹為了享受跑步的喜悅而跑。後來唸大學時還加入田徑隊。這位堅毅不拔的年輕人就是葛蘭·康寧漢博士，他是全世界一英里賽跑的記錄保持者。）

(A) 否則　　　(B) 令人遺憾地　(C) 後來　　(D) 幾乎不

例題

People may express their feelings differently on different occasions. Cultures sometimes vary greatly in this regard. A group of researchers in Japan, _____, studied the facial reactions of students to a horror film.

(A) as usual　　(B) in some cases　(C) to be frank　**(D) for example**

（100 年指考）

（人們在不同的場合中表現情緒的方式可能也有所不同。有時候文化會造成相當的差異。例如一群日本的研究人員研究學生看恐怖片的臉部反應。）

(A) 一如往常　　(B) 在某些情況下　(C) 坦白說　　　(D) 舉例來說

3. 考搭配字、慣用語：就是英文所說的 collocation 或 idiomatic expression，也就是考量一個字會習慣跟什麼樣的詞搭配，以流暢正確地產出自然的片語、句子和文章。

例題

My mother likes to _____ me the story about...

(A) talk　　**(B) tell**　　(C) say　(D) speak　　（100 年第二次基測）

（我媽媽喜歡跟我說關於……的故事）

說明

說故事的英文一定是 tell the story。

例題

That is why mothers who want to keep abreast of trends usually _____ the experts—their daughters.

(A) deal with　　(B) head for　　**(C) turn to**　(D) look into　　（99 年學測）

（那就是為什麼想要瞭解最新趨勢的母親通常都會求助於專家，也就是他們的女兒。）

(A) 處理　　　　(B) 前往　　　(C) 求助於　(D) 調查、研究

4. 考整體理解：測驗學生對整篇文章的綜合性理解。

例題

Solar energy has a lot to offer. To begin with, it is a clean fuel. In contrast, fossil fuels, such as oil or coal, release harmful substances into the air when they are burned. __15__, fossil fuels will run out, but solar energy will continue to reach the Earth long after the last coal has been mined and the last oil well has run dry.

15. (A) Otherwise　(B) Therefore　　**(C) What's more**　(D) In comparison

（99 年指考）

（太陽能有數不清的好處，首先，它是一種潔淨能源。相較之下，石油或煤等石化能源在燃燒過程中，會釋放有害物質。再者，石化能源有耗盡的一天，但太陽能卻會在煤與石油開採殆盡時，仍源源不絕。）

(A) 否則　　　　(B) 因此　　　(C) 再者　　　　(D) 相較之下

說明

第 15 題的答題線索有前面的 it is a clean fuel 與後面的 fossil fuels will run out, but soloar energy will continue。後半段欲接續前面 To begin with（首先……），以提出太陽能的第二項優點，故選 (C) What's more。

例題

However, some requests for adjustment must be rufused, and an adjustment refusal message must be sent. Adjustment refusals are negative messages for the customer. They are necessary when the customer is __13__ or when the vendor has done all that can reasonably or legally be expected.

13. **(A) at fault**　(B) on call　(C) in tears　(D) off guard　　（100 年指考）

（然而，有些要求會被拒絕，而且拒絕的訊息須傳達給客戶。對客戶而言，

拒絕要求是負面的訊息。但當過錯在客戶，或公司已經做了所有合理或合法的處理時，這樣的訊息是有必要的。）

(A) 過錯　　　(B) 待命　　　(C) 流淚　　　(D) 沒有防備

説明

　　第 13 題的線索為 negative、necessary、reasonably or legally 等字；句意應該是「當過錯在客戶或公司已經做了所有合理或合法的處理時，這樣的訊息是有必要的。」故選 (A) at fault。(B)、(C)、(D) 都不符合句意。

● **題幹設計原則**

1. 題目符合測驗目標：例如出題前，要確定測試的內容項目著重的部分：如章法、詞彙、語意、語法，或是要平均分配。
2. 選文長度適當，一般約 15 ～ 20 字一題，因此五小題的克漏字題目，扣掉第一句或最後一句不出題，文長約 100 字到 150 字之間。大學學測的克漏字命題原則為 150 字，七至八個句子。
3. 每個空格的上下文應提供充足的解題線索，著重整體文意理解、語法判斷，避免考生從單句的線索就可以作答。
4. 避免首句及尾句命題，以免文章大意無法表現。
5. 互為線索的字詞不能挖空作考題，也就是盡量避免一句話裡面有兩個空格，或上下兩句考同樣的單字。
6. 選文應多元，涵蓋不同主題、風格及題材；兼顧教育性、知識性及趣味性，符合學生的生活體驗、學習經驗與認知能力。

● **選項部分**

1. 不可出現拼字、用詞或文法錯誤之選項。
2. 選項詞類必須一致，避免考生根據單詞詞類、局部片語提示或文法基本常識即能夠填出答案。
3. 選項誘答力應平均，還要避免爭議性誘答。
4. 選項盡量找高頻率單字。高中階段的克漏字測驗，應根據高中詞彙分級表，單字難度在兩級距間。

　　克漏字出現在英語測驗的形式通常是二到三段的文章，約 150 字，文中部分單字被移除。依據移除單字的方式，克漏字題目有五種命題形式：

1. The fixed-rate deletion（固定等級移除）：每第 N 個的單字被移除，通常為第 5 或第 7 個單字。若想降低題目難度，可以拉長單字挖空的間距。此種型式，由於上下線索難找，現在已少有此種題型。通常會出現在一般階段性測驗，如小考。

例題

　　My mother likes to ＿1＿ me the story about ＿2＿ name, Stella. She's talked ＿3＿ it many times.

　　I ＿4＿ born on a night ＿5＿ of stars. My mom ＿6＿ having a hard time ＿7＿ the doctor said I ＿8＿ too big to be ＿9＿ out. At that moment, ＿10＿ looked into the sky, ＿11＿ a wish with all ＿12＿ heart, "Let the baby ＿13＿, please, even if I ＿14＿ die!"

　　Just then, a ＿15＿ star fell from the ＿16＿. All her troubles were ＿17＿ gone, and my little ＿18＿ came out of her ＿19＿.

　　With the falling of ＿20＿ star came a new ＿21＿. That is how I ＿22＿ the name Stella, which ＿23＿ star.

（100 年第二次基測）

11. tell	12. my	13. about	14. was	15. full
16. was	17. when	18. was	19. pulled	10. Mom
11. making	12. her	13. live	14. may	15. bright
16. sky	17. soon	18. head	19. body	20. a
21. life	22. got	23. means		

　　（我母親喜歡跟我說有關我名字－史黛拉的故事。她說過了好幾遍了。

　　我出生的那天是在一個滿天星斗的夜晚。我母親的生產過程很艱辛，醫生告訴她我太大了，而無法從產道抱出來。當時我的母親仰望著天空，誠心地許了個

願：「讓這個孩子活下來，即使必須犧牲我的生命！」

就在此時，一顆閃亮的星星從天空墜下，所有的困難就馬上消失了，我的頭就從母親的身體出來了。

因為一顆星星的墜落而誕生了新生命。這就是叫做史黛拉的由來，名字意思就是「星星」。）

2. The selective deletion（選擇性移除）：當測試的目標非常確定時，命題者將文中欲測試的文法或單字移除，以便準確知道學生特定方面的語言能力。
例題

My mother likes to __1__ me the story about my name, Stella. She has __2__ about it many times.

I was born on a night full of stars. My mom was having a hard time when the doctor __3__ I was too big to be pulled out. At that moment, Mom looked into the sky, __4__ a wish with all her heart, "Let the baby live, please, even if I may die!"

Just then, a bright star __5__ from the sky. All her troubles were soon gone, and my little head came out of her body.

With the __6__ of a star came a new life. That is how I got the name Stella, which means star.

1. tell　　2. talked　　3. said　　4. making　　5. fell　　6. falling

（100 年第二次基測）

3. Multiple-choice cloze test（克漏字選擇題）：學生從幾個可能的答案中選出正確的答案。
例題

My mother likes to tell me the story about my name, Stella. She __1__ about it many times.

I was born on a night full of stars. My mom __2__ a hard time when the doctor said I was too big to be pulled out. At that moment, Mom looked into the sky, making a wish with all her heart, "Let the baby live, please, even if I may die!"

Just then, a bright star __3__ from the sky. All her troubles were soon gone, and my little head came out of her body.

With the falling of a star came a new life. That is how I __4__ the name Stella, which means star.

1. (A) talked   (B) is talking   **(C) has talked**   (D) will talk
2. **(A) was having**   (B) has   (C) has had   (D) will have
3. (A) would fall   **(B) fell**   (C) falls   (D) is falling
4. **(A) got**   (B) get   (C) am getting   (D) will get

（100 年第二次基測）

4. The cloze elide（刪字詞）：克漏字短文插入原先不屬於該文章、不符合上下文的字詞，考生必須找出這些單字，再把它們刪除。

例題

My mother likes to tell me the story about my name, Stella. She has talked ~~me~~ about it many times.

I was born on a night ~~was~~ full of stars. My mom was having a hard time when the doctor said I was too big to be pulled out. At that moment, Mom looked into the sky, ~~to~~ making a wish with all her heart, "Let the baby live, please, even if I may die!"

Just then, a bright star fell from the sky. All her troubles ~~which~~ were soon gone, and my little head came out of her body.

With the falling of a star came a new life. That is how I got the name Stella, which ~~very~~ means star.

5. The C-test（刪字詞）：除首句和尾句外，文章每隔一個字即挖空，但只移除該字的後半段。

My mother likes to tell me the story about my name, Stella. She h__ talked ab____ it ma____ times.

I w____ born o____ a ni____ full o____ stars. M____ mom w____ having ____ hard ti____ when t____ doctor sa____ I w____ too b____ to b____ pulled o____. At th____ moment, M____ looked in____ the s____, making ____ wish wi____ all h____ heart, "L____ the ba____ live, ple____, even i____ I m____ die!" ...

★ 考生秘笈

● 克漏字解題技巧

克漏字的命題形式靈活多變，可考的層面又廣，是現在各類英文測驗最常出現的考題。前述提到，克漏字的四種層面為：用法、慣用語、語意及整體概念。

解析文章語意與句法結構，成為此題型必要的策略。跟前面的文法題一樣，可以採用原本的三個步驟，再加上兩個步驟來解題：

一、找出此句話的主詞與動詞

二、將整句依照句子結構拆成小單元

三、決定這個空格字前後的結構關係

四、檢視兩句間的邏輯關係：克漏字文法試題複雜，對於句子間的轉折也是重點，所以有時也要檢視前後兩句間的邏輯關係。

五、注意一些搭配詞，尤其是動詞的慣用語。如前面所說的 tell the story, provide... with, talk about 等

以下針對幾個近年的考題，作解題技巧說明。

CouchSurfing has developed into a new craze for the travel community since it began in 1999. CouchSurfing, usually __26__ as CS, offers a great way for budget conscious travelers to travel the world in a far less expensive way. CS works when travelers find people who are willing to open up their homes to them and have spare couches for them to sleep on. __27__ saving money on accommodation, CS provides travelers __28__ a unique opportunity to encounter local perspectives from the area in which they are traveling, __29__ various cultural, political, and religious viewpoints and lifestyles. Do you have a limited travel budget? Are you comfortable spending time with strangers? Do you want to experience different outlooks from other parts of the world? __30__ CouchSurfing.org, a popular social networking site for both surfers and hosts, to gain a better understanding of how to find and contact potential hosts and begin your journey today. You won't be disappointed.

26. **(A) abbreviated**　(B) lengthened　(C) knew　(D) became
27. (A) In order to　(B) Because of　**(C) In addition to**　(D) In case of
28. **(A) with**　(B) from　(C) to　(D) of
29. (A) excluding　(B) having　(C) consisting　**(D) including**
30. (A) To visit　**(B) Visit**　(C) Visiting　(D) Visited

（101 年四技統測）

（自從 1999 年開始以來，「沙發衝浪」（免費交換住宿計畫）已經發展成旅遊社群中的新風潮。「沙發衝浪」通常縮寫為 CS，對有預算考量的旅遊者提供了一種很棒的方式，讓他們用最少的錢在世界各地旅行。當旅行者找到有人願意把房子借給他們住，還有多出來的沙發借他們睡的時候，「沙發衝浪」計畫就成功了。除了可省下住宿費外，「沙發衝浪」還提供旅行者一個獨一無二，讓他們體驗當地視野的機會，包括文化、政治和宗教觀點以及生活方式。你旅遊預算有限嗎？可以和陌生人相處自在嗎？你想體驗世界各地的世界觀嗎？造訪 CouchSurfing.org 這個旅行者和屋主都能加入的熱門社交網站，瞭解更多有關如何找到並聯繫可能的屋主的資訊，今天就展開你的旅程吧。你不會失望的。）

26. **(A) abbreviated**   (B) lengthened   (C) knew   (D) became
說明

　　此題考「單字用法」，測驗動詞考生對 (A) 縮寫、(B) 加長、(C) 知道、(D) 成為，四個選項的熟悉度。空格後的 CS 是線索，引導思考 CS 是 CouchSurfing 的縮寫。過去分詞片語 usually abbreviated as CS 用來修飾前面的主詞 CouchSurfing。

27. (A) In order to   (B) Because of   **(C) In addition to** (D) In case of
說明

　　此題考「語氣轉換」，(A) 為了、(B) 由於、(C) 除了……之外、(D) 萬一，這四個選項都是轉折語，但由文章得知 CouchSurfing 除了可省住宿費，還提供一個獨特的機會，就是讓旅遊者可以體驗當地的視野。

28. **(A) with**   (B) from   (C) to   (D) of
說明

　　此題考「搭配詞、慣用語」，亦即 provide sb with sth 的用法。

29. (A) excluding   (B) having   (C) consisting   **(D) including**
說明

　　此題一樣考「單字用法」，(A) 排除、(B) 擁有、(C) 組成、(D) 包括。文章的線索在 local perspectives，29 題的空格後面提到各類的文化、政治、宗教及生活方式，可推知空格為 (D) 包括。

30. (A) To visit   **(B) Visit**   (C) Visiting   (D) Visited
說明

　　此題考「文法用法」，空格所在的句子沒有動詞，所以需要一個動詞；通篇文章很像是一則廣告，因此使用肯定的祈使句來加強說話的語氣，選動詞原形 (B) Visit。

Long long time ago, a girl named Doris lost her ring. She felt so bad that she could not sleep well. When Doris turned over in her bed, she found the black horse in the picture on the wall ___21___. She was very surprised, so she got out of bed to have a closer look. When Doris touched the head of the horse, she ___22___ into the picture!

Now Doris was sitting on the back of the running horse! It was so exciting to be riding a horse in the beautiful sky, but Doris did not know where the horse ___23___ her. Finally, they stopped in front of an old church. There Doris found a gift bag. She opened the bag and saw her ring inside. Doris was very happy. When she put on the ring, she woke up from her dream. At that moment, Doris could not believe her eyes—the ring ___24___ there back on her finger!

21. (A) is moving (B) has moved **(C) was moving** (D) will move
22. (A) is pulled **(B) was pulled** (C) has been pulled (D) would be pulled
23. (A) took (B) is taking (C) has taken **(D) would take**
24. (A) is **(B) was** (C) has been (D) would be

（100 年第一次基測）

（很久很久以前，有個名叫朵莉絲的女孩弄丟了她的戒指。她非常傷心，所以都睡不好。有一天當朵莉絲躺在床上翻身時，她發現掛在牆上那幅畫中的黑馬在動。她非常驚訝，所以起床以便看得更仔細。當朵莉絲伸手碰那匹馬的頭時，她被拉進那幅畫裡！

朵莉絲坐在那匹奔跑的馬背上！在美麗的天空下騎馬，令人非常興奮，但朵莉絲不知道那匹馬將會帶她去哪裡。最後他們停在一座古老的教堂前。朵莉絲在那裡發現了一個禮物袋。她打開了袋子看到她的戒指就在袋子裡。朵莉絲很開心。當她戴上戒指時，她從夢裡醒來了。那一刻，朵莉絲無法相信她眼前所見的——戒指就在那裡，回到她的手指上了！）

說明

100 年第一次基測考的這四題皆是「文法用法」，全部考時態。答案分別是 21. (C) was moving、22. (B) was pulled、23. (D) would take、24. (B) was。

這樣的考試類型其實並非克漏字測驗的原意。姑且可以認為基測中心是要測驗國中生的基本能力，因此借用此題型來考文法吧。

例 題

　　Handling customer claims is a common task for most business firms. These claims include requests to exchange merchandise, requests for refunds, requests that work __11__ , and other requests for adjustments. Most of these claims are approved because they are legitimate. However, some requests for adjustment must be __12__ , and an adjustment refusal message must be sent. Adjustment refusals are negative messages for the customer. They are necessary when the customer is __13__ or when the vendor has done all that can reasonably or legally be expected.

　　An adjustment refusal message requires your best communication skills __14__ it is bad news to the receiver. You have to refuse the claim and retain the customer __15__ . You may refuse the request for adjustment and even try to sell the customer more merchandise or service. All this is happening when the customer is probably angry, disappointed, or inconvenienced. 　（100 年指考）

　　（處理客訴對大部分的公司行號都是常見的工作。這些客訴包括要求更換商品、退款、要求工作被修正以及其他的需求。大部分的客訴會被批准，因為它們合理。然而，有些要求必需拒絕，而且需將合宜的拒絕訊息傳達給客戶。對客戶而言，拒絕要求是負面的。但當過錯在客戶，或公司已經做了所有合理或合法的處理時，這樣的訊息是有必要的。

　　拒絕要求的訊息需要絕佳的溝通技巧，因為對接收訊息的客戶來說是壞消息。必須同時回絕要求又要能挽留該顧客。你可能不但要拒絕客戶要求，甚至還得嘗試銷售更多商品或服務給客戶。在此同時客戶可能會生氣、失望或感到不便。）

11. (A) is correct　　　(B) to be correct　　(C) is corrected　　**(D) be corrected**

說 明

　　此題考「文法用法」，測驗 request 的用法，當 request 意為「要求、堅持」，

後面接子句時，必須使用原形動詞（should +V），而 should 經常省略。

12. (A) retailed　　　**(B) denied**　　　(C) appreciated　　(D) elaborated
說明

　　此題考「上下文語氣轉換」，線索一為轉折語 however，線索二為 refusal；前後兩句子語意相反，可知是討論拒絕要求的情況，故能知道答案為 denied。(A) 零售、(C) 感激、(D) 詳盡闡述，語意都不通。

13. **(A) at fault**　　　(B) on call　　　(C) in tears　　　(D) off guard
說明

　　此題考「綜合性理解」。線索為 negative、necessary、reasonably or legally 等字；句意是「當過錯在客戶，或公司已經做了所有合理或合法的處理時，這樣的訊息是有必要的。」故選 (A) 過錯 (B) 待命、(C) 流淚、(D) 沒有防備，皆不對。

14. (A) till　　　(B) unless　　**(C) because**　　(D) therefore
說明

　　此題考「上下文語氣轉換」及「文法用法」。till（直到）、unless（除非）、because（因為）為連接詞，therefore（因此）是副詞。前句 An adjustment refusal message requires your best communication skills 的意思為「拒絕要求的訊息需要絕佳的溝通技巧」，後句 it is bad news to the receiver 的意思為「對接收訊息的客戶來說是壞消息」，兩句為因果關係，前句是「果」，後句是「因」；而且兩句都是完整子句，故選連接詞 (C) because。

15. (A) by and large　　　　　　(B) over and over
　　(C) at the same time　　　(D) for the same reason
說明

　　此題同樣考「上下文語氣轉換」。by and large（一般說來）、over and over（一再地）、at the same time（同時）、for the same reason（基於同樣原因）都是副詞片語。空格後的句子 You may refuse the request for adjustment and even try to sell the customer more merchandise or service. 提到「不但要拒絕客戶的要求，甚至還要嘗試賣更多商品或服務給客戶。」，因此推論出「拒絕要求」與「留住客戶」要同時進行，故選 (C) at the same time。

重要：針對以上幾個題目文章的理解，首先可以先將各句主詞及動詞找出，然後將句子拆成小單元，很多時候，這些文章就很容易上下文連結在一起。

★ 克漏字試題練習

克漏字的選項可以從下列三種方式命題：第一種是「用法、文法不同」的選項，第二種是「文法正確，但語意錯誤」的選項，第三種是「上下文口氣不對」的選項。以下我們找一篇來自高中課本的文章，說明如何改寫為克漏字試題。

The ability to create is one of the outstanding features of human beings. However, scientific understanding of creativity is <u>far from</u> complete. Many people believe that only a handful of geniuses are capable of <u>making</u> creative contributions to humanity, but this just isn't true. Creative thinking is quite normal in human beings and can <u>be observed</u> in almost all mental activities. <u>However</u>, intelligence is not always a necessary part of creativity. During World War II, U.S. military leaders <u>discovered</u> that pilots with high IQ's were not always creative fighters.

（創造力是人類傑出的特徵之一；然而，科學上尚未對於創造力有全面的瞭解然。很多人相信，只有少數天才才能對於人類有創造性的貢獻。但此非事實。創造性思考在人類身上，非常普通，幾乎在大部分的心智活動中，都可以觀察到。然而，智力並非一定是創造力的一部分。在二次大戰中，美國的軍事指揮官發現，擁有高智力的飛行員，並不一定是有創意的戰士。）

針對此段，我們可以思考幾個可以考的部分：動詞的慣用語（making contributions）、上下文的語氣與語意（far from），被動（be observed），上下文的轉換（however），動詞語意（discovered）等，而選項設計則必須遵循前面的原則：詞類、文法、屬性、難度必須一致。如：

making 搭配的誘答選項：taking, letting, having

far from 的誘答選項：less than, more than, as much as

be observed 的誘答選項：observe, have observed, observed

However 的誘答選項：On the other hand, Meanwhile, Above all

discovered 的誘答選項：disparaged, disproved, dismissed

第 十 一 章

會話題

　　對話題或會話題，目前國內大考只有在「四技二專統一入學測驗」及「二技統一入學測驗」中出現。這種題型的題目看起來容易命題，但要出得好其實並不容易。最大的關鍵就是，語用（語言實際運用）的概念在考試時常常無法落實。

　　日常生活的口語溝通其實常常「答非所問」，例如，當某人說："Do you really like Jake?"這是一個 Yes-No question，考試時會期待對方說 Yes 或 No 開始的句子，但真實情境獲得的答案可能是一些如"I'm not telling you!"、"Hey, I'm leaving!"、"Shut up!"看似「答非所問」的回答。如此一來，「真實性」（authenticity）的元素就被犧牲了。因為現實生活的口語溝通有太多可能性，往往沒有所謂的正確答案。如果情境與對話的關係不清楚，很容易就會出現有爭議的題目。

　　不過只要掌握一些原則與訣竅，會話題其實可以出得很活潑，答得很開心。以下分別就「命題原則」、「解題技巧」、「試題練習」三部分來說明。

★ 給出題者的建議

● 對話題命題原則

　　對話題雖然是紙筆書面測驗，但題目卻是口語溝通的字句，因此還是要保有

口語溝通的幾個要素：其一是「訊息不足」（information gap），其二是「情境清楚」（context），其三是「互動性」（interaction）。

1. 訊息不足：指對話溝通的兩人擁有的資訊不同，透過溝通，相互交流、互通有無。

2. 情境清楚：情境必須清楚、完整、合乎常情；有時也會以職稱（secretary、customs officer、clerk、interviewer 等）來取代人名，以表明身分。

3. 互動性：對話雙方一來一往，互相交流訊息，並且要有緊密互動。

所以說，對話題就是在測驗考生是否能「掌握資訊」（get the message），並能「合宜回答」（response appropriately）。牢記這些溝通的要素後，要注意以下出題原則：

對話題常需要三句以上，或加入第三人，才能將互動性提高，且密切聯合。

例題

Jack: I am looking for a new apartment.

Tom: My building has some vacancies. _____

Jack: Yes. Let me know more details.

(A) Will you be interested in them?　(B) Could you show me around?

(C) Where do you go for laundry?　(D) Are you saying it is rent-free?

（101 年統測）

傑克：我在找一間新公寓。

湯姆：我住的大樓有一些空房。<u>你有興趣嗎？</u>

傑克：有的，告訴我多點細節。

(A) 你有興趣嗎？　　　　　　(B) 你可以帶我看看嗎？

(C) 你要到哪裡去洗衣服？　　(D) 你是說免租金嗎？

如果只出兩句話，最好將題目出在第一句話；因為已經有了第二句話的回應，第一句的問話會更容易確定與確認。反之，考第二句話的話，要兼顧對話真實性比較困難。因為真實日常對話出現「答非所問」的情形很常見。試比較下面二例：

例題 1

Tom: I'm going to have a park for a party.

Jack: A party in the park? ＿＿＿＿＿＿＿？

（湯姆：我要去公園參加舞會。

　　傑克：公園的舞會？＿＿＿＿＿＿＿？）

例題 2

Tom: ＿＿＿＿＿＿＿＿＿＿＿.

Jack: A party in the park? What do you mean?

（湯姆：＿＿＿＿＿＿＿＿＿＿

　　傑克：公園的舞會？什麼意思？）

說明

　　顯然例題 2 的答案方向較清楚，因為回答（第二句）的出現，已將第一句的方向限定住了。例題 1 的答案就比較難掌控。

　　出題時要將題幹和選項的單字量控制在 2000 到 3000 常用字的範圍內，也就是溝通常用的單字。不要讓考生因為對單字、關鍵字不熟，而無法作答，因為對話題目是要考溝通的語言知識與能力，不是單一單字的解釋。此外，還要留心正答與選項的單字難度要接近。

例題

Zack: Have you met our new math teacher? He has the symptoms of

paranoia!

William: Really? ＿＿＿＿＿＿＿＿＿＿＿

說明

　　題幹出現 symptoms of paranoia（偏執狂），對考生來說就是考單字了。這樣的出題方式，無法測出學生對話溝通的知識。

　　命題時要確實配合測驗目標，如是要考溝通能力的語意、語用，就不宜加入俚語、俗語、慣用語，甚至是文化習俗，因為這類字句並不是溝通用語。現實生活中，如果溝通時遇到這些特別字眼，是可以再次確認（reconfirm）或換句話說（restate）的。舉例來說：

例題

Jennifer: I'm going to an interview tomorrow.

Catherine: I'm crossing my fingers for you.

Jennifer: _____.

（珍妮佛：我明天要去面試。

　　凱瑟琳：我會為妳祈求好運。）

　　珍妮佛：_____。）

例題

Timothy: We need to wait until the eleventh hour.

Anthony: _____.

（提摩西：我們必須等到最後一刻。

　　安東尼：_____.）

說明

cross my fingers 意思是「祝好運」，the eleventh hour 是「最後一刻」，如果考生不知道這些片語的意思，導致無法判斷正確答案，就違反測驗目標了。

　　注意對話內容要符合考生之生活經驗及認知範圍。例如統測的考生多是高工及高職的學生，因此不要出現太多學術英文、國際會議英文等。

　　此外，對話題的內容不要過度以文法、用法為導向，而失去考對話、溝通的本意。

例題

Don't you think eating in the public is impolite?（雙重否定）

例題

You are not going to see the latest movie, are you?（附加問句）

說明

　　這些雙重否定、附加問句及否定問句的題目，考的並非真實生活情境的溝通知識與認知。在真實生活情境中，遇到這種溝通的方式，我們經常會再確認。但是考試時並無法進行這種溝通行為，因此複雜語意的對話不宜用來出題。

　　對話題不要問答案不確定的問題，這樣一來無法考語意及認知理解，且失去提供「情境」（situation）的本意。

What do you feel about the food?

Are the students going to do something?

說 明

這類問題的答案是難以預料的,因此不是好題目。

盡量不要以 Wh-questions 的方式一問一答。因為除了沒有提供「情境」(situation)外,還會錯失對話題考語意及認知的功能。

例 題

What is your name?(你叫什麼名字?)

例 題

How old is the little girl? (那小女孩幾歲了?)

說 明

這兩題都沒有給確切情境,什麼樣的答案就有可能,而受試者很難選出正確答案。

題目和答案也不能完全沒有「資訊互補」(information gap)的要素。

例 題

Anna: Where can I find a bookstore?

Rebecca: _____.

(A) It's three o'clock.　　　　　(B) My name is Rebecca.

(C) I think it is expensive　　　 **(D) I don't know.**

　(安娜:我在哪裡可以找到書店?

瑞貝卡:_____)

(A) 現在三點鐘。　　　　　　　(B) 我的名字是瑞貝卡。

(C) 我覺得很貴。　　　　　　　(D) 我不知道。

說 明

消去不合適的答案後,就只剩 (D) I don't know. 勉強算可以接受的答案。但首先,此題完全沒有 information gap 的概念,也就是兩人的資訊是一樣的,

都不知道書店在哪裡；其次，用消去法來找答案的題目都不算好題目。所以答案不應該出現 I don't know. I'm not quite sure. 這類的選項。

◉ 對話題變化題型

由於對話必須有情境，且情境必須被鎖定，因此最好的對話題應該有三句的連續對話，可以是選擇題，也可以是克漏字（如多益）。

例題（三句的對話題與克漏字）

Teacher: Does anyone know _____ the famous writer was born?

Mei-ling: I know! In Taitung, right?

Teacher: You got it!

(A) how　　　(B) when　　**(C) where**　　(D) whether （99 年國中基測）

　（老師：有人知道這位名作家是 _____ 出生的？

　　美玲：我知道！在台中，對嗎？

　　老師：答對了！）

(A) 如何　　　(B) 何時　　　(C) 在哪裡　　　(D) 是否

說明

從第二句的 In Taitung，可以推知正確答案是 where。此題看起來是克漏字的形式，但是以對話題型來出。所以對話題不一定是完整的對話，也可以考克漏字。

★ 考生秘笈

◉ 對話題（會話題）的解題技巧

對話題主要以資訊的互補及雙方的互動為主，主要考題大都以 5W1H（who, where, what, when, why, how）或 Yes-No Question 為主，這是資訊的主要關鍵，其次是兩人的互動。對話題的解題有幾個步驟：

一、找出資訊的詢問點，到底是人？還是事情？還是原因？

二、確認對話的情境在哪裡？

三、認定兩人的互動性或對話的關聯性

例題

Jack: I am looking for a new apartment.

Tom: My building has some vacancies. ＿＿＿＿＿＿＿＿＿

Jack: Yes. Let me know more details.

(A) Will you be interested in them?　(B) Could you show me around?

(C) Where do you go for laundry?　(D) Are you saying it is rent-free?

（101 年統測）

（傑克：我在找一間新公寓。

　湯姆：我住的大樓有一些空房。你有興趣嗎？

　傑克：有的，告訴我多一點細節。）

(A) 你有興趣嗎？　　　　　　　(B) 你可以帶我看看嗎？

(C) 你要去哪裡洗衣服？　　　　(D) 你是說免租金嗎？

說明

　　Jack 主要是要找新公寓，此句雖非問句，但仍是一種事件（what），所以可以依照以下三步驟來解題：

　　第一步「確認資訊的重點」：what（looking for a new apartment）

　　第二步「確認對話的情境」：兩人似乎是朋友，一個找新公寓，一個說自己住的地方有空屋。

　　第三步「確認兩人的互動性」：一個找公寓，一個知道哪裡有空屋。 Tom 延續自己提供的資訊，進一步問說：Will you be interested in them?（你有興趣嗎？）

　　其餘的選項都不正確，(B) Could you show me around?（可以帶我到處看看嗎？）應該是想租屋的 Jack 會說的；選項 (C) 並非資訊的重點，Where do you go for laundry? 應該是租屋後，才需要的資訊；(D) 也應該是租屋者 Jack 的台詞，兩者無法產生互動性。

　　依據以上例子，可以尋著上述的三個對話題的步驟，找到答案。

由於對話題常出現在「四技二專統測」及「二技統測」，以下就近年出現的題目，說明對話題的命題方式。

⊙ 理想的對話題

例題

Paul: Hi, I wonder if you could help me. I have a fever and a sore throat. Can you give me something for it?

Pharmacist: ＿＿＿＿＿＿＿＿＿＿＿＿＿＿＿＿＿＿＿

Paul: Thank you.

(A) Did you want to try our delicious doughnuts?

(B) Smoking or nonsmoking?

(C) OK. You can take these medicines twice a day.

(D) That's very kind of you. （101 年統測）

（保羅：你好，可以幫我一下嗎？我發燒，喉嚨痛。可以開藥給我嗎？

藥劑師：＿＿＿＿＿＿＿＿＿＿＿＿＿＿＿＿＿

　保羅：謝謝。）

(A) 你要不要嚐嚐我們美味的甜甜圈呢？

(B) 吸菸還是不吸菸？

(C) 沒問題。這些藥一天吃兩次。

(D) 你人真好。

說明

此題題幹因出現 pharmacist（藥劑師），給了非常好的情境與方向。答題者知道一定是從「藥」的概念去尋找答案，是相當好的對話題命題範例。在歷年來的考題中，醫療生病相關的對話一直是很常見的題材。

Jessica: Could you call me a taxi, please?

Bell Captain: Yes, ma'am. _____

Jessica: The airport.

Bell Captain: Sure, take a seat in the lobby. I'll let you know when it's

here.

(A) What model do you like?　　　(B) Where are you going?

(C) Let me get your car.　　　(D) When are you going to leave?

（100 年統測）

（潔西卡：請幫我叫一部計程車好嗎？

　領班：好的，女士。_____

　潔西卡：機場。

　領班：沒問題，請在大廳稍坐一下。車子來時我會通知您。）

(A) 您喜歡哪一種車型？　　　(B) 您要到哪裏呢？

(C) 讓我幫您取車。　　　(D) 您何時離開呢？

說明

　　題幹的 bell captain（領班）、ma'am、taxi、airport、lobby 給了極為清楚的情境，而且對話雙方互動性很強、訊息充足等溝通要素都具備了。至於答案的四個選項全都與 taxi 有關，誘答力強，這題對話題出得非常好。

Jack: Finally, my job is done.

Tom: What do you think of it?

Jack: At the first sight, I believe it is terrific. But...

Tom: _____

(A) But the boss is about to take it as a jewel.

(B) But the boss thinks it still has a lot to be desired.

(C) But the boss likes it very much.

(D) But the boss will have no regrets about it.

（99 年統測）

（傑克：我的工作總算完成了。

湯姆：你覺得成果如何？

傑克：乍看之下是挺讚的，但是……

湯姆：_____

(A) 但是老闆幾乎要把它當成寶。

(B) 但是老闆認為還有很多進步的空間。

(C) 但是老闆非常喜歡它。

(D) 但是老闆對它並不感到後悔。

說明

此題互動性強，關鍵字在 terrific 及 but。因為 but 後面接的句子應該要與 terrific 語氣相反，故應找負面評價的答案。四個選項中，(A)、(C)、(D) 都屬正面、肯定的語氣，唯獨 (B) 是否定評價，故為正解。

⊙ 不理想的對話題

看了幾題出得不錯的對話題，接著我們來看看不盡理想的對話題。

例題

James: Do you know anything about "Lohas"?

Amy: Well, it stands for people who enjoy "lifestyles of health and sustainbility".

James: _____

Amy: People from this group prefer to live an environmentally friendly and healthy life.

(A) Where are they going?　　　　(B) When do they go to work?

(C) How about those who are not rich?　**(D) What do they do?**

（101 年統測）

（詹姆斯：你聽過「樂活」嗎？

　　艾咪：嗯，「樂活」的意思是指那些喜愛「健康和永續生活方式」的人。

　　詹姆斯：_____

　　艾咪：「樂活」的人偏愛過環保且健康的生活。）

(A) 他們都去哪兒？　　　　　(B) 他們何時去工作？

(C) 那些不富有的人如何呢？　(D) 他們都做些什麼？

說明

　　這個題目出得並不好。首先，幸好這是「紙本對話題」，否則若以「聽力對話題」來說，單字太長了些。其次，看完題目會完全沒有頭緒，即使選項 (D) 可以勉強進入情境，沒有用刪除法根本就無法作答。從 Amy 的對話，無法找到 James 可能會說什麼話的線索，所以只能從 Amy 對樂活族的描述，來找答案。這種以消去法過濾答案的題目要盡量避免。

例題

Lucy: You'll never guess what happened downtown.

Brian: What?

Lucy: While I was driving home, a man ran out in front of me...with a gun!

Brian: He had a gun? It's really scary.

Lucy: ＿＿＿＿＿＿＿＿＿＿＿＿＿＿

(A) I'm a real fan of scary movies.　　**(B) You're telling me.**

(C) Good for you.　　　　　　　　　　(D) That's why he is worried.

（100 年統測）

（露西：你絕對猜不出我在市中心發生了什麼事。

布萊恩：什麼事啊？

　露西：當我開車回家時，有個男的跑到我面前……還拿著槍！

布萊恩：他拿槍？嚇死人了。）

　露西：＿＿＿＿＿＿＿＿＿＿＿＿＿＿

(A) 我非常喜愛恐怖片。　　　　(B) 沒錯。

(C) 你真棒。　　　　　　　　　(D) 那正是他擔心的原因。

說明

　　這個對話題沒有「訊息互補」（information gap）的要素，因此答題的方向不明確，只好用消去法找答案。而正答 You're telling me. 是俚語，是指「沒錯」、「你說對了」、「完全同意你說的」，與 You can say that again. 或 You bet. 差

不多意思，這樣的題目不是在考對話溝通，而是俚語用法，失去了出題意義。

Bill: Jean, I'm sorry. I can't come over today. I have a sore throat.

Jean Oh, no! Your voice sounds funny. When did you get sick?

Bill: _____

Jean: I'm sorry to hear that.

(A) Just this morning.　　　　(B) I guess I have a fever.

(C) I'll go to the doctor later.　　(D) I don't think it's funny.

（99 年統測）

（比爾：琴恩，很抱歉，我今天沒辦法過來，我喉嚨痛。

　　琴恩：怎麼會這樣！你的聲音的確怪怪的。什麼時候生病的？

　　比爾：_____

　　琴恩：很遺憾聽到你這麼說。）

(A) 就是今天早上。　　　　(B) 我猜我發燒了。

(C) 我待會兒要去看醫生。　　(D) 我不覺得聲音怪怪的。

先前已提過，用 WH question 很容易「答非所問」。此題問 when（何時），以文法來看就是要求對方給一個「時間」。但回答時很有可能發生答非所問的情興，答案也可以是 I don't know.。

第十二章

閱讀測驗

閱讀能力是英語學習最基本的能力，也就是看懂文字，並瞭解意思。即使是邊查字典邊猜也行。而閱讀能力也是最容易培養的語言技能。

閱讀是聽力、口說、寫作等能力的基礎，沒有閱讀能力，就無法進入語言學習的產出階段：說與寫。

閱讀測驗主要是考綜合運用詞彙、慣用語、語意、語法、語用的知識，瞭解整篇或部分文意，並加以分析與推理的能力。

參加各類語言測驗都要「閱讀」。幾乎所有的語言測驗都會考這一類型題目，以評量學生這個語言能力程度如何。這類測驗往往會要求應試者閱讀一段或數段文字，接著針對閱讀的段落回答問題，的確是評估語言能力重要的題型工具。

閱讀測驗的題目選文趨勢，依時代演變。早期文章常是敘述文多，文章末再來一段充滿道德或寓意的結論。近期閱讀測驗的文章較常取材「說明現象」或「需要理解」的文章。「說明現象」的文章，例如非洲草原狀況、沙漠形成原因等，類似 Discovery 頻道會出現的主題；「需要理解」的文章，就是一些「辯論」、「觀念改變」、「有爭議性主題」的文章，例如過去男女大不同，如今在許多方面都沒有分別、探討性別因素的論說文。

至於閱讀測驗出現的情境，舉大考為例，大約出現以下十大情境：

1. 名人故事與軼聞

Queen Victoria（維多利亞女王）、Boll（諾貝爾獎得主波爾）、Michael Jackson（麥可 傑克森）、Jean Piaget（心理大師皮亞傑）、Andrew Carnegie（卡內基大師）、Dalai Lama（達賴喇嘛）、Wesla Whitfeild（美國知名爵士歌手薇絲拉惠特菲爾）、Deborah Duffey（美國高中籃球員黛博拉·杜非）、Gunter Grass（諾貝爾獎得主鈞特·葛拉斯）等。

2. 幽默故事與文學藝術

小說、小故事、中國繪畫、古根漢美術館、吳哥窟、博物館、詩（如 Wordsworth 英國詩人華茲華斯）、戲劇、通俗故事、英雄、冰雕、動物寓言等。

3. 科學產品

雨刷、Bag-matching（登機乘客行李比對安全偵測）、機器人、電話、Lego（樂高）、virtual patient（虛擬病人）、數位相機、太空馬桶、3M Post-it（3M 便利貼）等。

4. 城市風光與風土民情

曼谷、澎湖、世界高樓、不丹王國、巴黎、盧安達、布拉格、加拉巴哥群島（Galapagos Islands）等。

5. 社會新發現與議題

市場行銷、墮胎、逛街行為、人口老化、女性組織運動、郵局、種族主義、臺灣人的健康、東南亞瘧疾、禁煙活動、美與體重、人與人之間的接觸、帶孩子到職場、培養兒童對食物的興趣、交換住家計畫、衣索匹亞賽跑選手等。

6. 歷史與考古人類學

印地安人與愛斯基摩人、墨西哥民間傳說（folklore）、秘魯、血鑽石、印度的嫁妝風俗、頭髮、洋芋片（potato chip）的由來、冒險與物品的追求、古代大陸與生物、吉他的歷史、醬油（soybean）的歷史、大都會博物館與文物保存、

茶葉的歷史、綠茶的歷史、鳳梨的歷史、太妃糖（Truffles），學位（degrees）等。

7. 當代生活與時尚

　　CD 音樂、森林漫步、日本包裝、新年新氣象、運動員、划船、辦公室穿衣文化、名人簽名、工作、飲食習慣（食譜）、書評、棒球與足球、健康保健、狗美容、美國公共電視、殘障奧運等。

8. 青少年心裡與生活

　　科學奧林匹亞競賽、國際計劃或組織（如 Junior Achievement 國際青年成就組織）、青少年問題（ADHD 注意力不足過動症）、大學生活、青少年社區義工、音樂下載、幻想世界、挑選大學、青少年的想法與影響、青少年消費市場、青少年的金錢使用、飲食習慣的養成等。

9. 生態與環保

　　水資源、袋鼠、報紙回收、野狼保護、地球暖化、小象（Zoe）、黑猩猩（apes）、亞馬遜雨林、廢棄物的污染、地震（如伊朗 Bam）、紅火蟻、印度大陸、時尚界反皮草、吼猴（Howler monkey）、國家公園的污染、電話與鴿子等。

10. 新的情境

　　包括商業情境（business）、職場（workplace）、社會與生活（如：bullying 霸凌）等。

　　熟悉這些文章的寫作風格，對於理解文章很有幫助。因此，準備某種考試時，找到相關的情境就非常重要。像托福考試，偏重學術英文，有關上課討論、各種學科知識的吸收、論辯的文章都是測驗最重要的情境；多益考試偏重職場與國際人士溝通，舉凡展覽、開會、辦公室工作、購物、出國旅遊等都是重要情境。

閱讀測驗命題原則

閱讀測驗考的是「語意」和「語用」的互補。「語意」強調語法、句法（syntax）和語意（semantics）；「語用」則指配合前後文的狀況下，需用的語言形式。而要瞭解考生是否理解文章，則可以從三個層次來看：

1. 第一層次——字面、事實、訊息、概念的理解

亦即文章的表面意義。這類型的題目在 GEPT（全民英檢）常常出現。考生須從文章中，依線索找出明確的答案。只要考生能掌握文章的詞彙意義，並運用「語意」和「語用」互補的技巧，要掌握關鍵事實或概念應該不難。

2. 第二層次——綜合語意或分析的能力

指的是考生能夠整理資料、深入閱讀的能力；也就是說，考生不只理解文章所提的概念，還需要明白如何運用這些概念，並且瞭解文章背後的意思。TOEIC（多益）就很喜歡考這類型的題目。考生閱讀文章後，要能夠判斷、歸納、分析、解釋、下結論及預測。

3. 第三層次——推理或批判的能力

在這個階段，考生必須先理解整篇文章，運用邏輯推理來獲得答案。例如：考生可以區分「事實」與「意見」的差異、批判訊息等。這種題目在 TOEFL（托福）及大學指考常出現。

例題

Who is more stressed out—the Asian teenager or the American teenager? Surprise. The American teen wins this contest. According to a recent study, almost three-quarters of American high school juniors said they felt stress at least once a week, some almost daily. Fewer than half of Japanese and

Taiwanese eleventh graders reported feeling stress that often.

The phenomenon of stress is the constant interaction between mind and body. And the influence of one upon the other can be either positive or negative. What can the mind do to the body? Studies have proved that watching funny movies can reduce pain and promote healing. Conversely, worry can give a person an <u>ulcer</u>, high blood pressure, or even a heart attack.

The mind and body work together to produce stress, which is a bodily response to a stimulus, a response that disturbs the body's normal physiological balance. However, stress is not always bad. For example, a stress reaction can sometimes save a person's life by releasing hormones that enable a person to react quickly and with greater energy in a dangerous situation. In everyday situations, too, stress can provide that extra push needed to do something difficult. But too much stress often injures both the mind and the body. How can stress be kept under control? *Learn to Lighten Up and Live Longer*, the best-seller of the month, has several good suggestions. So, grab a copy and start learning how you can reduce stress in your life. （95 年學測）

41. What is the writer's main purpose for writing this passage?

（第一層次題目：問「主題」）

(A) To find who are the most stressed out teenagers.

(B) To explain that stress is a mental problem.

(C) To inform the reader how to reduce stress.

(D) To promote a book about reducing stress.

42. The underlined word <u>ulcer</u> in the second paragraph refers to a particular kind of _____.

（第二層次題目：問「字彙上下文」）

(A) mental illness.　　**(B) physical problem.**

(C) spiritual healing.　(D) physiological treatment.

43. According to the passage, which of following is a positive effect of stress?

（第二層次題目：歸納分析）

(A) Watching funny movies.

(B) Doing relaxing exercise.

(C) Avoiding difficult things successfully.

(D) Reacting quickly in risky situations.

44. Which of the following is TRUE according to the passage?

（第三層次題目：推理）

(A) Taiwanese teens experience more stress than American teens.

(B) Stress is a state too complicated to be kept under full control.

(C) *Learn to Lighten Up and Live Longer* is a popular book.

(D) Stress is always more positive than harmful to the body.

（誰的壓力較大──亞洲的青少年或是美國的青少年？答案很驚人！美國的青少年贏得這項競賽。根據最近一項研究，幾乎有四分之三的美國高二學生說他們一星期中至少一次感覺有壓力，有些幾乎每天都有壓力。而日本和臺灣只有少於二分之一的高二學生會感受到如此頻繁的壓力。

壓力的現象來自生理與心理間不斷的互相影響。身體與心理對彼此的影響可能是正面，也可能是負面。心理如何影響生理呢？許多研究證明看好笑的電影會減少疼痛，並提高療效。相反地，煩惱會讓人有潰瘍、高血壓，甚至心臟病發作。

心理與身體一起作用產生壓力，是身體針對刺激的一種反應。這種反應會擾亂正常的生理平衡。然而，壓力未必總是不好。舉例來說，處於危險情況時，藉由釋放使人快速反應和產生較大力量的荷爾蒙，壓力的反應可以讓人自救。日常生活亦是如此，壓力能提供遇到困難事物所需的額外衝勁。但是過多的壓力對身心有害。我們可以如何控制壓力呢？本月暢銷書《學會放輕鬆，活得長壽》提出許多好建議。所以去買一本來開始學習如何減輕生活中的壓力吧。）

● 閱讀測驗命題要點

⊙ 選文方面

1. 閱讀測驗的選文要符合考試目的，以及考生的生活經驗與認知範疇。例如大學考試針對高中生關心的主題或時下流行事物；TOEIC考職場及國際溝通情境；IELTS考日常生活主題；TOEFL考大學課堂學術課程及校園生活等。

2. 閱讀測驗文類（genre）要多元，以表現語言的各類功能及各種形式。例如書信、書報、圖表、對話、節目表、演說稿、日記、新聞等。借用日常生活隨手可得的「真實材料」（authentic material），如機票、菜單、食譜、廣告單等，也是很好的閱讀文體選擇。

3. 盡量以當次考試範圍的文法及字彙改編。

4. 大考閱讀測驗文章段落約 200～250 字左右，選文的長度與題數比例應適當（約 40～60 字一題）。內容也應提供足夠資訊，作為設計題目的依據。

5. 閱讀測驗的選文，應視考試目的調整字彙、語法難易度；若是選文出現超出教學範圍的字詞，則應附上中文說明。然而改寫選文時，要避免產生拼字、用字及文法的錯誤。

⊙ 題幹方面

1. 針對不同考試目的，涵蓋上述三層次的題目。每段含三至五個題組，且具難易多樣性之考題；問題除一般理解外，還能測驗考生引申、推理的能力：

   a. 易（第一層次，字面、事實、訊息、概念的理解）：事實或是資料陳述。

   b. 中（第二層次，綜合語意或分析的能力）：綜合語意或是分析指示；需閱讀數句或是一段以上始能瞭解，包括單字的上下文語意、比喻說法等。

   c. 難（第三層次，推理或批判的能力）：必須通篇理解或是運用邏輯推理始能獲得答案。大學考試是知識性的考試，應該多出一些這種批判思考的題目。

2. 試題應兼顧整體理解（global）與部分理解（local）。

   整體理解，如主旨大意、作者態度、文章對象、推論引申等，讀者必須閱讀全篇文章或理解大段落，才能作答。

   部分理解，如依據上下文選字義、代名詞的指稱（referent）、尋找同義字詞

等，利用前後一兩句就可作答。

出閱讀測驗時，題目兼顧整體理解與部分理解兩類，才能全面評估考生是否真正理解該篇文章。

3. 題幹中所提出的問題，必須要讓考生閱讀完該文章段落才可作答，應避免出現不需閱讀即可作答的常識性題目。

TOEFL 在這方面就表現優異。問題的設計只以對文章的理解為考量，雖然文章選文包羅萬象，有草履蟲的生存之道、贗品的鑑定、宇宙新發現、偏遠部落的傳統等，但都不會獨厚有某一特定背景知識的考生。

4. 題幹中若出現「關鍵字」，如 NOT，要採大寫、粗體或是加底線，以避免學生因粗心犯錯。

5. 命題應涵蓋選文的主要內容，但不應涉及文章中未提到的背景知識。

6. 題幹文字不可故設陷阱或衍生新的單字，但也要避免使用與選文段落完全相同的字詞及句型。

⊙ 選項方面

1. 選項的長短及難易度一定要適當。

2. 要出有誘答力的選項，可朝下列方式進行：

    a. 考第一層次表面意義的題目：另三個錯誤選項從文章段落任意找字詞作為選項。

    b. 考第二層次分析綜合或第三層次推理批判的題目：錯誤選項則寫與正答相反，或方向不同的敘述。

✳ 閱讀測驗變化題型

閱讀測驗有以下幾種常見的題型：

1. 考事實陳述的題型（Factual Information Questions）

這類型題目問「事實」、「細節」與「定義」等，正答通常離問題的題幹關鍵字（以下例題中框起來的字）很近。

Whether simple or lavish, proms have always been more or less traumatic events for adolescents who worry about self-image and fitting in with their peers. Prom night can be a dreadful experience for socially awkward teens or for those who do not secure dates. 〔Since the 1990s, alternative proms have been organized in some areas to meet the needs of particular students.〕 For example, proms organized by and for homeless youth were reported. There were also "couple-free" proms to which all students are welcome.

（不論是簡單的或是奢華的高中舞會，對於在意自我形象以及擔心是否融入同儕的青少年或多或少總是不愉快的活動。高中舞會對於社交能力差或無法找到對象的青少年來說可能是個可怕的經驗。自從九〇年代起，某些地區另類的舞會已開始舉辦符合特殊的學生需求，例如曾有無家可歸的青少年所辦的舞會被報導過。也有「不需舞伴」的舞會，歡迎所有的學生參加。）

47. According to the passage, what gave rise to alternative proms?

(A) Not all students behaved well at the proms.

(B) Proms were too serious for young prom-goers.

(C) Teenagers wanted to attend proms with their dates.

(D) Students with special needs did not enjoy conventional proms.

The trunk of redwood trees is very stout and usually forms a single straight column. It is covered with a beautiful soft, spongy bark. This bark can be pretty thick, well over two feet in the more mature trees. 〔It gives the older trees a certain kind of protection from insects,〕 but the main benefit is that it keeps the center of the tree intact from moderate forest fires because of its thickness. This fire resistant quality explains why the giant redwood grows to live that long. While most other types of trees are destroyed by forest fires, the giant redwood actually prospers because of them. Moderate fires will clear the ground of competing plant life, and the rising heat dries and opens the ripe cones of the redwood, releasing many thousands of seeds onto the ground below.

（紅杉的樹幹非常結實，通常呈筆直的柱狀，覆有一層漂亮、柔軟、海綿般的樹皮。樹皮很厚，樹齡較高的紅杉樹皮厚度可達兩英尺。這層樹皮提供了老樹某種程度上的保護，避免蟲害，但厚樹皮主要的功能是在遇到中度森林大火時能讓樹中心不受破壞。這種防火的特質使巨大紅杉活得長久，發生森林大火時，大多數的樹種可能都已受摧殘，但巨大的紅杉則因為有樹皮而更茁壯。中度的森林大火會清除地面上其他競爭性的植物，但逐漸升高的熱氣使得成熟的紅杉毬果變得乾燥，並且打開毬果釋放出數千顆種子到地面上。）

55. Which of the following is a function of the tree bark as mentioned in the passage?

(A) It allows redwood trees to bear seeds.

(B) It prevents redwood trees from attack by insects.

(C) It helps redwood trees absorb moisture in the air.

(D) It makes redwood trees more beautiful and appealing.

2. 考事實否定的題型（Negative Factual Information Questions）

這類題目要考生判斷何者「不是」（NOT）真實敘述，或「未」（not included）在文章中提及。通常考生需讀完整段或整篇文章才能得知答案。

例題

It's tempting, when breathing the thin air of Bekoji, to focus on the special conditions of the place. The town sits on the side of a volcano nearly 10,000 feet above sea level, making daily life a kind of high-altitude training. Children in this region often start running at an early age, covering great distances to fetch water and firewood or to reach the nearest school. Added to this early training is a physical trait shared by people there—disproportionately long legs, which is advantageous for distance runners.

（呼吸著貝科吉的稀薄空氣，專注在這個地方的特殊情況是很吸引人的事。這個城鎮坐落在一座海拔一萬英尺的火山旁，使得日常生活成為一種高海拔的訓

練。這個地區的孩子常常很小就開始跋山涉水去汲水和撿木材，走路到最近的地方上學。這裡的人們因為很早就這樣被訓練所以天生具有一項身體特徵，也就是長跑者優勢——不合比例的長腿。）

53. Which of the following is NOT mentioned as a factor for the excellence of distance runners in Ethiopia?

(A) **Well-known coaches.**   (B) Thin air in the highlands.

(C) Extraordinarily long legs.   (D) Long distance running in daily life.

說明

未提及教練一事。

例題

The kilt can be worn with accessories. On the front apron, there is often a kilt〔pin〕, topped with a small decorative family symbol. A〔small knife〕can be worn with the kilt, too. It typically comes in a very wide variety, from fairly plain to quite elaborate silver-and-jewel-ornamented designs. The kilt can also be worn with a〔sporran〕, which is the Gaelic word for pouch or 〔purse〕.

（穿著蘇格蘭裙可以搭配飾品，前面的圍裙上通常有一個蘇格蘭裙別針，上有小小的裝飾型家族象徵。小刀也可以和蘇格蘭裙搭配。典型的小刀樣式多元，從樸實的到精緻的銀製、珠寶鑲嵌的設計都有。蘇格蘭裙還可搭配毛皮袋，sporran 一字是蘇格蘭蓋爾的語言，意指小袋或錢包。）

43. Which of the following items is NOT typically worn with the kilt for decoration?

(A) A pin.   (B) A purse.

(C) **A ruby apron.**   (D) A silver knife.

這類題目要考生能否根據文章中提到的論點作推論，題幹中通常會出現 infer（推論）、suggest（暗示，建議）、imply（暗指，暗示）、conclude（推斷）等詞語。例如，文章提到「結果」，題目要求能根據線索，推論出其「原因」。

例題

Finally, in hate-me humor, the joker is the target of the joke for the amusement of others. This type of humor was used by comedians John Belushi and Chris Farley—both of whom suffered for their success in show business. A small dose of such humor is charming, but routinely offering oneself up to be humiliated erodes one's self-respect, and fosters depression and anxiety.

（最後，自我嘲笑式幽默（hate-me humor），開玩笑的人開自己的玩笑，以取悅其他人。這種幽默形式由喜劇演員 John Belushi 和 Chris Farley 所採用，他們兩人都受此苦而換取演藝事業的成功。這種幽默一點點還算吸引人，但是經常犧牲自己成為他人羞辱的對象會損害自尊心，且助長憂鬱和焦慮。）

36. What is the message that the author is trying to convey?

(A) Humor deserves to be studied carefully.

(B) Humor has both its bright side and dark side.

(C) Humor is a highly valued personality trait.

(D) Humor can be learned in many different ways.

說明

推理：幽默有好有壞，可以取悅人，但是自我嘲笑也會損害自尊心。

例題

Motivated by such signs of success, thousands of kids from the villages surrounding Bekoji have moved into town. They crowd the classrooms at Bekoji Elementary School, where Eshetu works as a physical-education instructor. All these kids share the same dream: Some day they could become another Derartu Tulu.

（受到此成功象徵的激勵，附近村莊數千名孩子都搬到貝科吉這個城鎮來。他們湧入貝科吉小學的教室，伊舍圖在這裡擔任體育老師。這些孩子擁有一個共同的夢想：有一天他們也要成為德拉圖·圖魯。）

56. What can be inferred from this passage?

(A) More distance runners may emerge from Bekoji.

(B) Nike will sponsor the young distance runners in Bekoji.

(C) Bekoji will host an international long-distance competition.

(D) The Ethiopian government has spared no efforts in promoting running.

說明

推理：越來越多人來此地學習，因此推裡可能很多長跑選手會在此出現。

4. 考詞彙的題型（Vocabulary Questions）

詞彙題要考的字詞，通常在文章段落中會加黑粗體標示出來。不過考這些字詞並不是要考單字能力，而是要測試考生能否從上下文判斷出字義。這正是閱讀技巧相當重要的一環。

例題

With its fast-growing popularity worldwide, the game and its characters—angry birds and their enemy pigs—have been referenced in television programs throughout the world. The Israeli comedy A Wonderful Country, one of the nation's most popular TV programs, satirized recent failed Israeli-Palestinian peace attempts by featuring the Angry Birds in peace negotiations with the pigs. Clips of the segment went <u>viral</u>, getting viewers from all around the world. American television hosts Conan O'Brien, Jon Stewart, and Daniel Tosh have referenced the game in comedy sketches on their respective series, Conan, The Daily Show, and Tosh.0. Some of the game's more notable fans include Prime Minister David Cameron of the United Kingdom, who plays the iPad version of the game, and author Salman Rushdie, who is believed to be "something of a master at Angry Birds."

（挾帶著高人氣的憤怒鳥和敵人豬這個遊戲和裡面的角色，在全球的電視節目中都曾報導過。以色列最受歡迎的電視節目《一個完美的國度》，以憤怒鳥和豬的談判，來諷刺最近以巴和平協議的破局。節目的片段像病毒般地傳送到全球各地觀眾的眼前。美國電視主持人柯南‧歐布萊恩、喬‧史都華、和丹尼爾‧托史在他們各自的喜劇短劇《柯南》、《每日秀》、《托史 0》都提到了這個遊戲。許多這個遊戲的粉絲來頭都不小，包括玩 iPad 版遊戲的英國首相大衛‧卡麥隆，以及據信是「憤怒鳥高手」的作家薩爾曼‧魯希迪。）

45. Which of the following is closest in meaning to the word "viral" in the second paragraph?

　　(A) Apparent.　　(B) Sarcastic.　　(C) Exciting.　　**(D) Popular.**

例題

　　In one study of 5-year-old girls about dieting, one child noted that dieting involved drinking chocolate milkshakes, because her mother was using Slim-Fast drinks. Another child said dieting meant "you fix food but you don't eat it." By exposing young children to <u>erratic</u> dieting habits, parents may be putting them at risk for eating disorders.　　　　　　　　　（98 年學測）

（在一項五歲女童對飲食的研究報告中指出，其中一位小孩認為節食包含了喝巧克力奶昔，因為她的媽媽就是喝 Slim-Fast 瘦得快減肥代餐。另一個小孩認為節食就是指「只料理食物但不吃」。家長們讓小孩子接觸到不正常的飲食習慣，會讓小孩子有飲食失調的風險。）

55. What does <u>erratic</u> in the last sentence imply?

　　(A) Obvious.　　(B) Healthful.　　(C) Dishonest.　　**(D) Inappropriate.**

5. 考指稱的題型（Reference Questions）

　　這類型題目多考代名詞的先行詞（antecedent），亦即其指稱的對象（referent）。代名詞（如 it, they）或是指示詞（如 this, which），都會入題。

Spider webs are one of the most fascinating examples of animal architecture. The most beautiful and structurally ordered are the orb webs. The main function of the web is to intercept and hold flying prey, such as flies, bees and other insects, long enough for the spider to catch them. In order to do **so**, the threads of the web have to withstand the impact forces from large and heavy prey as well as environmental forces from wind and rain for at least a day in most cases.

（100 年指考）

（蜘蛛網是最令人著迷的一個動物建築，最美麗又結構最清楚的就是圓蛛網。蜘蛛網最大的功能就是要能攔截並捕捉飛行中的獵物，例如蒼蠅、蜜蜂和其他的昆蟲，蜘蛛網要夠長到能捕捉到牠們。因此，多數的情況下，蜘蛛絲要能承受大型且有重量獵物的撞擊，以及環境風雨的自然力。）

45. What does the word "so" in the first paragraph refer to?

(A) To catch and keep small creatures.

(B) To find a good material for the web.

(C) To observe the behavior patterns of spiders.

(D) To present a fantastic architecture by animals.

説明

選項 (A) 指的是前面抓住小動物的功能。

Then there is Kopi Lowak (translated as "Civet Coffee"), the world's most expensive coffee, which sells for as much as US $50 per quarter-pound.

This isn't particularly surprising, given that approximately 500 pounds a year of Kopi Lowak constitute the entire world supply. What is surprising is why this particular coffee is so rare.

（99 年指考）

（還有 Kopi Lowak 咖啡（譯作印尼麝香貓咖啡）是世界上最昂貴的咖啡，每 0.25 磅售價約 50 美金。

這還不足以令人驚訝，因為印尼麝香貓咖啡佔全世界的咖啡總產量只有五百磅，令人驚訝的是為何這種咖啡如此稀有？）

44. What does "This" in the second paragraph refer to?

(A) Civet Coffee.

(B) Blue Mountain coffee.

(C) **The high price of Kopi Lowak.**

(D) The unique taste of Kona.

說明

This 指的是價格昂貴這件事。

6. 考主旨的題型（Main Purpose Questions）

這類型題目考選文的主旨大意，出現的字眼有 main purpose（主要目的）、main idea（主要概念）、mainly about（主要關於）、topic（主題）等。考生要掌握關鍵重點，判斷通篇大意或單一段落的大意。

例題

Spider webs are one of the most fascinating examples of animal architecture. The most beautiful and structurally ordered are the orb webs. The main function of the web is to intercept and hold flying prey, such as flies, bees and other insects, long enough for the spider to catch them. In order to do so, the threads of the web have to withstand the impact forces from large and heavy prey as well as environmental forces from wind and rain for at least a day in most cases.

The orb web is found to have two main characteristics. The first is its geometry, which consists of an outer frame and a central part from which threads radiate outward. Enclosed in the frame are capture spirals winding round and round from the web center out to the frame. The whole web is in tension and held in place by anchor threads, which connect the frame to the surrounding vegetation or objects. The second and perhaps most important characteristic is the material with which it is built. Spider silk is a kind of natural composite that gives this lightweight fiber a tensile strength comparable to that of steel, while at the same time making it very elastic. Two types of silk threads are used in the web. One is highly elastic and can stretch to almost twice its original length before breaking and, for most types of spiders, is covered in glue. This type is used in the capture spiral for catching and holding prey. The other is stiffer and stronger, and is used for the radius, frames and anchor threads, which allows the web to withstand prey impact and to keep its structural strength through a wide range of environmental conditions.

（100 年指考）

（蜘蛛網是最令人著迷的一個動物建築，最美麗又結構最清楚的就是圓蜘網。蜘蛛網最大的功能就是要能攔截並捕捉飛行中的獵物，例如蒼蠅、蜜蜂和其他的昆蟲，蜘蛛網要夠長到能捕捉到牠們。因此，多數的情況下，蜘蛛絲要能承受大型且有重量獵物的撞擊，以及環境風雨的自然力。

圓蜘網有兩項主要特徵，第一是它的幾何圖形，由一個外框和向外呈輻射狀的中央部分所組成。圍在外框裡是用來捕捉獵物的螺旋網，從中心一圈一圈地逐漸向外延伸，整張蜘蛛網由定位線絲緊緊固定住，外圍連接到周圍的植物或是物體。第二項也是最重要的特徵就是編蜘蛛網的材料。蜘蛛絲是一種天然的合成物，讓輕質的纖維具有鋼鐵般的伸展力，也同時具有彈性。這兩種絲用來編織蜘蛛網。一種富有彈性且最長可伸展到原來的兩倍長，大部分的蜘蛛絲都是有黏膠覆蓋。這種用於捕捉黏住裂物的是螺旋絲，另一種較為堅固、堅韌，用來編織輻射狀的絲、外框以及定位線，讓蜘蛛網得以承受獵物的掙扎，並在任何不同的環境中都能保持結構堅韌。）

44. What is this passage mainly about?

    (A) The food network in nature.

    (B) The construction of orb webs.

    (C) The network of geometrical studies.

    (D) The environmental challenges for spider webs.

7. 考下標題的題型（Best Title Questions）

這類型題目要考生為所閱讀的段落下標題，其實一樣是在考主旨。考生仍舊要掌握文章重點，判斷通篇大意。

Downloading music over the Internet is pretty common among high school and college students. However, when students download and share copyrighted music without permission, they are violating the law.

A survey of young people's music ownership has found that teenagers and college students have an average of more than 800 illegally copied songs each on their digital music players. Half of those surveyed share all the music on their hard drive, enabling others to copy hundreds of songs at any one time. Some students were found to have randomly linked their personal blogs to music sites, so as to allow free trial listening of copyrighted songs for blog visitors, or adopted some of the songs as the background music for their blogs. Such practices may be easy and free, but there are consequences.

Sandra Dowd, a student of Central Michigan University, was fined US$7,500 for downloading 501 files from LimeWire, a peer-to-peer file sharing program. Sandra claimed that she was unaware that her downloads were illegal until she was contacted by authorities. Similarly, Mike Lewinski paid US$4,000 to settle a lawsuit against him for copyright violation. Mike expressed shock and couldn't believe that this was happening to him. "I just wanted to save some money and I always thought the threat was just a scare tactic." "You know, everyone does it," added Mike.

The RIAA (Recording Industry Association of America), the organization that files lawsuits against illegal downloaders, states that suing students was by no means their first choice. Unfortunately, without the threat of consequences, students are just not changing their behavior. Education alone is not enough to stop the extraordinary growth of the illegal downloading practice.

（98 年指考）

（高中生或大學生從網路上下載音樂是很稀鬆平常的事。然而，學生未經許可下載和分享有版權音樂的同時，他們已經違法了。

　　一項針對年輕人所擁有音樂的調查發現，青少年和大學生平均每個人的音樂播放器上都有超過八百首的非法複製音樂。接受調查的人當中有半數會將硬碟

中所有的音樂分享給別人，使其他人可以在任何時間再複製數百首歌曲。甚至有些學生把個人的部落格隨機連結到音樂網站，讓部落格訪客免費試聽有版權的音樂，或是選用歌曲作為部落格的背景音樂。這樣做很容易，而且都是免費的，但同樣也會產生後果。

　　珊卓·道得是一位中央密西根大學的學生，她因為從一個點對點網路分享平台 LimeWire 下載 501 部影片而被罰款 7500 美元。珊卓宣稱直到有關單位連絡上她，她才知道下載是違法的。另一起類似的案例，麥克·里文斯基因為一件侵權官司，付了 4000 美元的法律訴訟費來解決。麥克表示他很震驚，並且無法相信這種事會發生在他的身上。麥克說：「我只是想省錢，而且我一向認為威脅只是用來嚇人的策略。」他又說：「誰都知道，每個人都在做這件事。」

　　美國唱片業協會（簡稱 RIAA），是專門針對違法下載提起訴訟的組織，表示控告學生絕非他們的第一選擇。但不幸，如果沒有這些後果威脅，學生就不會有所改變。光是教育不足以阻止驚人成長的非法下載行為。）

51. What's the best title for this passage?

(A) Copyright Violators, Beware!

(B) How to Get Free Music Online!

(C) A Survey of Students' Downloading Habits

(D) Eliminate Illegal Music Download? Impossible!

說明

　　第一段已指出下載音樂違法，接下去有很多例子說明。

8. 考關於作者的題型（About the Author Questions）

　　此題型就是要考生閱讀文章後，判斷作者可能的身分與態度。

例題（考作者）：

On June 23, 2010, a Sunny Airlines captain with 32 years of experience stopped his flight from departing. He was deeply concerned about a balky power component that might eliminate all electrical power on his trans-Pacific flight. Despite his valid concerns, Sunny Airlines' management pressured him to fly the airplane, over the ocean, at night. When he refused to jeopardize the safety of his passengers, Sunny Airlines' security escorted him out of the airport, and threatened to arrest his crew if they did not cooperate.

Besides that, five more Sunny Airlines pilots also refused to fly the aircraft, citing their own concerns about the safety of the plane. It turned out the pilots were right: the power component was faulty and the plane was removed from service and, finally, fixed. Eventually a third crew operated the flight, hours later. In this whole process, Sunny Airlines pressured their highly experienced pilots to ignore their safety concerns and fly passengers over the Pacific Ocean at night in a plane that needed maintenance. Fortunately for all of us, these pilots stood strong and would not be intimidated.

Don't just take our word that this happened. Please research this yourself and learn the facts. Here's a starting point: www.SunnyAirlinePilot.org. Once you review this shocking information, please keep in mind that while their use of Corporate Security to remove a pilot from the airport is a new procedure, the intimidation of flight crews is becoming commonplace at Sunny Airlines, with documented events occurring on a weekly basis.

The flying public deserves the highest levels of safety. No airlines should maximize their revenues by pushing their employees to move their airplanes regardless of the potential human cost. Sunny Airlines' pilots are committed to resisting any practices that compromise your safety for economic gain. We've been trying to fix these problems behind the scenes for quite some time; now we need your help. Go to www.SunnyAirlinePilot.org to get more information and find out what you can do. （101 年指考）

（在 2010 年 6 月 23 日，太陽航空一位擁有 32 年飛行經驗的機長阻止了他的班機起飛，他當時非常擔心一個停止運轉的電源組件會切斷這架航越太平洋班機的所有電力。儘管他的擔心合理，太陽航空管理階層卻逼迫他駕駛班機，在晚間航越大洋。在他拒絕冒著乘客安危的同時，太陽航空的航護警衛將他帶出機場，並且要脅他的機組航員若是不肯合作就要接受逮捕。

除此之外，太陽航空其他五名機長也拒絕駕駛該飛機，聲明他們對飛航安全有所顧慮。結果證實機長們是對的：該電力組件有問題，飛機暫停服務，終於修繕完成。最後，數小時後，由第三組機組駕駛該飛機。整個過程中，太陽航空向資深的機長施壓，完全忽略他們的安全考量，要求他們於夜間駕駛需要維修的飛機航越太平洋。所幸，這些駕駛員立場堅定，不接受妥協。

關於這起事件發生，也不要只盡信我們的說法。請自行蒐尋事實。這邊提供一個起點供參考：www.SunnyAirlinePilot.org，一旦你查證過這則震驚的消息，請記住雖然他們用航護警力這種新處置方式將機長驅離機場，但在太陽航空，威脅機組人員妥協卻是常態，幾乎每週都可以看到類似的記錄。

搭機乘客的安全應獲得最高度的重視，航空公司不能為了提升利潤，而罔顧可能的人員損失，強迫員工駕駛。太陽航空的機長承諾不為了追求利潤而向飛安妥協。我們長久以來一直試圖處理這些問題，現在我們需要你的協助。請上www.SunnyAirlinePilot.org 網站瞭解你能為此做些什麼。）

36. By whom was the passage most likely written?

(A) Sunny Airlines security guards.

(B) Sunny Airlines personnel manager.

(C) Members of Sunny Airlines pilot organization.

(D) One of the passengers of the Sunny Airlines flight.

說明

只有一些駕駛才會知道此事，因此應該是其成員寫下來的。

例題（考作者態度）：

Researchers now warn that the supply of PhDs has far outstripped demand. America produced more than 100,000 doctoral degrees between 2005 and 2009, while there were just 16,000 new professorships. In research, the story is similar. Even graduates who find work outside universities may not fare all that well. Statistics show that five years after receiving their degrees, more than 60% of PhDs in Slovakia and more than 45% in Belgium, the Czech Republic, Germany, and Spain are still on temporary contracts. About one-third of

Austria's PhD graduates take jobs unrelated to their degrees.

Today, top universities around the world are still picking bright students and grooming them as potential PhDs. After all, it isn't in their interests to turn the smart students away: The more bright students stay at universities, the better it is for academics. But considering the oversupply of PhDs, some people have already begun to wonder whether doing a PhD is a good choice for an individual.

（100 年指考）

（研究人員現在提出了警告，表示博士已嚴重供過於求。美國在西元 2005 年至 2009 年間就有超過十萬人取得博士學位，但新釋出的教授職位卻只有一萬六千個。研究工作的情況也很類似。連在校外找到工作的博士畢業生，都不如預期的理想。統計數據顯示，取得博士學位五年後，仍只有短期聘約的博士人數，在斯洛伐克超過百分之六十，在比利時、捷克、德國和西班牙則超過百分之四十五。奧地利則約有三分之一的博士從事與學位領域無關的工作。

今日世界的一流大學仍精心挑選聰穎的學生，把他們當作可能的博士人選來栽培。畢竟，拒絕聰明的學生無益於校方。學校留住愈多聰明的學生，對其學術發展就愈有利。但有鑑於博士過剩的現象，有些人已開始懷疑唸博士對個人而言是不是正確的抉擇了。）

51. Which of the following best describes the author's attitude toward the increase of PhDs in recent years?

　(A) Concerned.　　(B) Supportive.　(C) Indifferent.　(D) Optimistic.

說明

作者關心博士過剩的問題。

9. 考文章出處的題型（The Originated from Questions）

閱讀測驗也會要求考生判斷該文章的文章屬性，回答可能的出處。

例題

Wetas are nocturnal creatures; they come out of their caves and holes only after dark. A giant weta can grow to over three inches long and weigh as much as 1.5 ounces. Giant wetas can hop up to two feet at a time. Some of them live in trees, and others live in caves. They are very long-lived for insects, and some adult wetas can live as long as two years. Just like their cousins grasshoppers and crickets, wetas are able to "sing" by rubbing their leg parts together, or against their lower bodies.

Most people probably don't feel sympathy for these endangered creatures, but they do need protecting. The slow and clumsy wetas have been around on the island since the times of the dinosaurs, and have evolved and survived in an environment where they had no enemies until rats came to the island with European immigrants. Since rats love to hunt and eat wetas, the rat population on the island has grown into a real problem for many of the native species that are unaccustomed to its presence, and poses a serious threat to the native weta population.

（99 年學測）

（沙螽是夜行性動物，牠們只有天黑後才會從洞穴中出來。大型的沙螽可以長到超過三吋長、重達 1.5 盎斯。大型沙螽一次跳躍可以高達兩呎，有些沙螽住在樹上，有些則住在洞穴中。以昆蟲來說，牠們算長壽的了，有些成蟲沙螽可以活到兩年之久。跟牠們的表親蚱蜢和蟋蟀一樣，沙螽可以靠摩擦牠們的腿部或是下腹部來「唱歌」。

大多數人可能對於這些瀕臨絕種的動物覺得無關痛癢，但牠們的確需要受到保護。動作緩慢、笨拙的沙螽從恐龍時代就已經在這座島上，並且已經進化足以生存在這個環境，直到老鼠跟著歐洲殖民來到島上，才出現了天敵。由於老鼠喜歡獵殺捕食沙螽，島上老鼠的成長對於許多無法適應鼠類出現的原生物種來說是一大危機，並且嚴重威脅到當地沙螽的族群。）

41. From which of the following is the passage LEAST likely to be taken?

    (A) A science magazine.   (B) A travel guide.

    (C) A biology textbook.   **(D) A business journal.**

說明

    此篇描述瀕臨絕種動物，不可能出現在商業期刊上。

● 閱讀測驗解題技巧

　　學習如何解題前，一定要知道閱讀測驗究竟是測驗考生具備哪些能力？大致不出下列五項能力：

1. 透過語意與語用的互補，閱讀理解文章。
2. 透過語法句法，瞭解語意（semantics）。
3. 閱讀後能推敲作者寫作之用意（pragmatics）。
4. 透析文章之文化及社會價值，即所謂的 text and context。
5. 進行選項分析：一種語言與文化認知的相互作用。

　　練習閱讀測驗時，要留心對文章段落的理解，包括主題（含論點或是方向）、文意、指涉、段落結構。同時並利用三種認知程序：

1. Pragma-syntactic structure：語法結構瞭解文章意義。
2. Practical inferring：上下文推理，瞭解文章論點或是字彙的意思。
3. Acceptance value：文化與價值判斷，進行進階理解。

　　以下依據幾種題型作解題及技巧說明：

1. 考事實陳述的題型（Factual Information Questions）

　　這類題型的答案，就從題幹字詞附近的文字去找。常見的問法有：

a. According to the paragraph, which of the following is true about X?（根據此段文章，下列關於 X 的敘述何者正確？）

b. The author's description of X mentions which of the following?（作者對於 X 的敘述意指下列何者？）

c. According to the paragraph, why did X do Y?（根據此段文章，X 為什麼要做 Y？）

解題技巧

　　首先找題幹中關鍵字在文章中的位置，閱讀理解前後所有句子。正答必須是關鍵字的同義敘述或換句話說。

　　而事實陳述題型會出現的**錯誤選項**有以下特徵：

a. 該選項出現該段落沒有談到的內容或概念，甚至出現文中沒有的新名詞。

b. 文章未出現比較級、最高級，但選項出現了比較性的文字。

c. 選項中出現其他段落提及的資訊，並與該題毫無關係。

d. 選項的方向錯誤或完全相反。

2. 考事實否定的題型（Negative Factual Information Questions）

　　這種題目裡的關鍵字，例如「不是」（NOT）、「不包含」（NOT INCLUDED）、「最不」（LEAST）都會大寫。常見的問法有：

a. According to the paragraph, which of the following is NOT true of X?（根據本文，下列對於的敘述何者不正確？）

b. Which of the following is NOT mentioned in the paragraph?（本文沒有提及下列何者？）

c. Which of the following is NOT discussed in the passage?（本文沒有論及下列何者？）

d. The author's description of X mentions all of the following EXCEPT...（作者敘述的 X 提及下列選項，除了……以外）

解題技巧

　　先找出題幹中關鍵字在文章中的位置，閱讀理解前後所有句子。在其他類型題目正確的選項，在這種題型中反而會是錯誤答案。**正答具備下列條件：**

a. 原文未提及或與原文敘述矛盾。

b. 當選項同時出現未提及和明顯矛盾的選項時，優先選擇明顯矛盾的選項。

3. 考推論的題型（Inference Questions）

　　推論題目通常含有 infer（推論）、suggest（暗示，建議）、imply（暗示）、

conclude（推斷，得出……結論）等詞語。問法有：

a. The passage implies that X...（本文暗指 X……）

b. What can be inferred from the passage?（根據本文可以做何推論？）

c. Which of the following can be inferred about X?（關於 X，可以做出下列何者推論？）

d. Which of the following can be concluded from the passage?（本文可以得出下列何種結論？）

解題技巧

　　忠於原文，依據文章提示推論，不要只看表層信息，也不要過度推論。

　　根據題幹中的關鍵字，閱讀所有文本中出現關鍵字的句子，綜合各句結論性的資訊。推論性的題目，正答通常不會在原文中出現直接的字句，而是言外之意。**此外，作答推論題時，可使用消去法，將不可能的答案消去。**

4. 考詞彙的題型（Vocabulary Questions）

　　詞彙題要考的字詞通常在文章段落中會以粗體標示。不過這種題目並不是要求考生擁有龐大的字彙量，而是要測試考生能否從上下文判斷出字義。問法有：

a. Which of the following is closest in meaning to the word X?（下列何者和 X 的意思最接近？）

b. What does the word X in the second paragraph imply?（第二段的 X 暗指什麼？）

c. What does X mean in the last paragraph?（最後一段的 X 是什麼意思？）

解題技巧

　　字彙量多的考生作答此類型題目必是得心應手。但閱讀技巧其實也測試考生能否根據上下文、前後句子判斷出字義。作答時請注意關鍵字，適時運用一些聯想力，將有助作答。

5. 考指稱的題型（Reference Questions）

　　這類型題目多考代名詞指稱的對象（referent）。題目中會出現代名詞（如

it, they）或指示詞（如 this, which 等）等。題目的形式如下：

a. The word X in the passage refers to _____.（文中 X 這個字指的是 _____。）

b. What does X in the third paragraph refer to?（第三段的 X 指的是什麼？）

c. What does the word X in the last sentence imply?（最後一句的 X 隱含什麼意思？）

解題技巧

　　代名詞一般離它的先行詞很近，所以遇到代名詞，就找前面不遠的名詞，同時注意單複數。遇到其他的指稱詞，若無法用閱讀理解或文法規則作答，**則可將四個選項皆代入文章試讀，邏輯上翻譯不順的就非正答。**

6. 考主旨的題型（Main Purpose Questions）

　　考選文的主旨大意，題目會出現的字詞包括 main purpose（主要目的）、main idea（主要概念）、mainly about（主要關於）、topic（主題，主旨）等。判斷通篇大意，常見的題目形式如下：

a. What is this passage mainly about?（本文主旨為何？）

b. What is this article mainly about?（本文主旨為何？）

c. The topic of this passage could best be described as _____ .（本文最適合的主旨為 _____。

d. What's the writer's purpose of writing this passage?（本文作者的目的為何？）

e. In writing the passage, the author intends to _____ .（作者撰寫本文時傾向於 _____。）

　　考單一段落大意，常見題目的形式如下：

a. What is the main point discussed in the third paragraph?（第三段討論的主要重點為何？）

b. What is the second paragraph mainly about?（第二段的主旨為何？）

c. The author's primary purpose in passage 2 is to...（作者第二段的主要目的是……）

　　有時也會出現考細節的題目：

a. The author uses the example of X to show that... (作者用 X 的例子來表示……)

b. X is mentioned at the beginning of the passage to... (本文一開始提到 X 的目的是……)

c. The writer uses the questions in the last paragraph to... (作者在第三段問那些問題是為了……)

解題技巧

依文章類型，各自有不同的寫作目的與呈現方式，據以解題：

a. 定義的文章（definition）：段落的結構會特別注意第一句，通常是主題句。

b. 描述性的文章（description）：如：科學產品、城市風光、當代生活、歷史與考古人類學、青少年生活等。由時間的次序與時態的使用，可辨識出這類文章。通常主題在第一段已經明白點出。

c. 敘述性的文章（narration）：述及故事、名人軼事等；主題意義會出現在最後一段，對話的運用與情節的轉折是重點。

d. 論辯性的文章（argumentation）：包含科學新知、社會議題、生態環保等議題。這類文章介紹新觀念與研究發現（Researches/Studies show that S+V...）等。主題敘述在第一段的最後一句，最後一段常是意義延伸。

閱讀文章每一段的第一句（或主題句），將這些主題句串在一起，就是本段引文的正答。

錯誤選項常有的特徵：

a. 只提及文章部分細節，以偏概全，必是錯誤選項。

b. 出現文章沒有述及的訊息，該選項也錯。

c. 與原文敘述矛盾，錯誤選項。

7. 考下標題的題型（Best Title Questions）

下標題的題型類似考主旨的題型。常見的題目是：

a. What is the best title for this passage?

解題技巧

與作答考主旨的題目類似。標題必須涵蓋全段內容，錯誤的答案通常只涵蓋

一、二段大意。

8. 考關於作者的題型（About the Author Questions）

此類型題目要考生判斷寫作者身分及態度。

問作者是誰的題目有：

a. By whom was the passage most likely written?（本文的作者最有可能是誰？）

b. This passage was most likely written by someone who _____.（本文最有可能的作者是 _____ 的人。）

問作者態度的題目有：

a. The author most likely wrote this passage to...（作者寫本文最有可能是為了……）

b. The writer's attitude toward X is...（作者對 X 的態度是……）

c. The author thought that...（作者認為……）

d. According to the author...（根據作者……）

解題技巧

作答這類題目必須注意作者在表達感情時，所用的動詞、形容詞、副詞及所舉的例子，據此來推斷作者的目的與弦外之音。

9. 考文章出處的題型（The Originated from Questions）

此種題目要求考生回答文章可能出處，問法有：

a. The passage is most likely to be taken from _____.（本問最有可能的來源為 _____。）

b. Where would this passage most probably appear?（本文最有可能出現在哪裡？）

c. The passage is most likely a part of _____.（本文最有可能是 _____ 的一部分。）

解題技巧

這類題目首先注意其格式及結構。例如報紙會出現日期、地點與報社或通訊

社名稱；產品手冊說明會有產品名稱或操作方式；廣告、傳單、行程表等更容易從特殊的格式辨識。其次，檢視其上下文內容，根據主題關鍵字內容，判斷文章屬性。

★ 閱讀測驗例題

Doctor of Philosophy, usually abbreviated as PhD or Ph.D., is an advanced academic degree awarded by universities. The first Doctor of Philosophy degree was awarded in Paris in 1150, but the degree did not acquire its modern status until the early 19th century. The doctorate of philosophy as it exists today originated at Humboldt University. The German practice was later adopted by American and Canadian universities, eventually becoming common in large parts of the world in the 20th century.

For most of history, even a bachelor's degree at a university was the privilege of a rich few, and many academic staff did not hold doctorates. But as higher education expanded after the Second World War, the number of PhDs increased accordingly. American universities geared up first: By 1970, America was graduating half of the world's PhDs in science and technology. Since then, America's annual output of PhDs has doubled, to 64,000. Other countries are catching up. PhD production has sped up most dramatically in Mexico, Portugal, Italy, and Slovakia. Even Japan, where the number of young people is shrinking, **has churned** out about 46% more PhDs.

Researchers now warn that the supply of PhDs has far outstripped demand. America produced more than 100,000 doctoral degrees between 2005 and 2009, while there were just 16,000 new professorships. In research, the story is similar. Even graduates who find work outside universities may not fare all that well. Statistics show that five years after receiving their degrees, more than 60% of PhDs in Slovakia and more than 45% in Belgium, the Czech Republic, Germany, and Spain are still on temporary contracts. About one-third of Austria's PhD graduates take jobs unrelated to their degrees.

Today, top universities around the world are still picking bright students and grooming them as potential PhDs. After all, it isn't in their interests to turn the smart students away: The more bright students stay at universities, the better it is for academics. But considering the oversupply of PhDs, some people have already begun to wonder whether doing a PhD is a good choice for an individual.

48. In which country did the modern practice of granting doctoral degrees start? （事實題）

   (A) France.   **(B) Germany.**   (C) Canada.   (D) The U.S.

49. Which of the following words is closest in meaning to "churned out" in the second paragraph?（字彙語意題）

   (A) Failed.   (B) Warned.   (C) Demanded.   **(D) Produced.**

50. Which of the following may be inferred from the third paragraph? （推理題）

   (A) PhD graduates in Austria are not encouraged to work outside university.

   (B) Most German PhDs work at permanent jobs immediately after graduation.

   (C) It is much easier for American PhD holders to find a teaching position than a research job.

   (D) It is more difficult for PhDs to get a permanent job five years after graduation in Slovakia than in Spain.

51. Which of the following best describes the author's attitude toward the increase of PhDs in recent years?

   (A) Concerned.   (B) Supportive.   (C) Indifferent.   (D) Optimistic.

（100 年指考）

（博士學位通常縮寫成 PhD 或 Ph.D.，是由大學授與的高等學術學位。西元 1150 年，巴黎頒授了第一個博士學位，但直到十九世紀初期，博士學位才獲得現今的地位。現今的哲學博士學位源自洪堡大學。德國這種作法後來被美國和加拿大的大學採用，最後在二十世紀通用於世界上大多數國家。

過去有很長的一段時間，甚至連學士學位都是少數有錢人的特權，很多大學的教職員也都沒有博士學位。但第二次世界大戰過後，高等教育愈來愈普及，博士的人數隨之增加。美國大學的博士數目率先劇增：到了 1970 年，全世界有一半的理工科系博士都畢業於美國的大學。自此之後，美國每年畢業的博士數目持續倍數成長，達到六萬四千人。其他國家也迎頭趕上。以墨西哥、葡萄牙、義大利、斯洛伐克等國的博士人數增加最多。連年輕人口數目銳減的日本，也產出了百分之四十六的博士。

　　研究人員現在提出了警告，表示博士已嚴重供過於求。美國在西元 2005 年至 2009 年間就有超過十萬人取得博士學位，但新釋出的教授職位卻只有一萬六千個。研究工作的情況也很類似。連在校外找到工作的博士畢業生，都不如預期的理想。統計數據顯示，取得博士學位五年後，仍只有短期聘約的博士人數，在斯洛伐克超過百分之六十，在比利時、捷克、德國和西班牙則超過百分之四十五。奧地利則約有三分之一的博士從事與學位領域無關的工作。

　　今日世界的一流大學仍精心挑選聰穎的學生，把他們當作可能的博士人選來栽培。畢竟，拒絕聰明的學生無益於校方。學校留住愈多聰明的學生，對其學術發展就愈有利。但有鑑於博士過剩的現象，有些人已開始懷疑唸博士對個人而言是不是正確的抉擇了。）

48. 哪個國家開始了現代授予博士學位的作法？

　　(A) 法國　　　　　(B) 德國　　　　　(C) 加拿大　　　　(D) 美國

題解

　　本題屬於考事實陳述的題型，可以從題幹關鍵字的附近去找答案。題幹關鍵字 which country、modern practice、start，呼應本文的 The German practice was later adopted by American and Canadian universities.

49. 下述文字何者意思最接近第二段的 "churned out"？

　　(A) 失敗　　　　(B) 警告　　　　(C) 需求　　　　(D) 生產

題解

　　這是典型考詞彙的題型，須從上下文來判斷粗體字的字義。第二段整段都在談論博士的數量太多。America was graduating half of the world's PhDs in science and technology. Since then, America's annual output of PhDs has doubled, to 64,000. Other countries are catching up. PhD production has sped up most dramatically in Mexico, Portugal, Italy, and Slovakia. Even Japan, where the number of young people is shrinking, has **churned out** about 46% more PhDs. 從上文的 graduating（畢業）、output（生產）、production（產量）應可推論出答案。

50. 從第三段可推論出下列何者？

    (A) 在奧地利，不鼓勵博士畢業生到大學外就職。

    (B) 大部分德國的博士一畢業就有固定的正職工作。

    (C) 美國的博士謀教職比找研究工作更為容易。

    (D) 取得博士學位五年後，斯洛伐克的博士比西班牙的博士更難找到正職。

題解

    屬於測驗第三段事實細節的題型。(A) Austria 與文中 "... who find work outside university" 離太遠，不可能是正確答案；(B) German 連接的字詞是 temporary contracts，"... more than 45% in Belgium, the Czech Republic, Germany, and Spain are still on temporary contracts."；(C) 要對應到第二段，其中關鍵字為 "America produced more than 100,000 doctoral degrees between 2005 and 2009, while there were just 16,000 new professorships. In research, the story is similar."（在美國找教職和從事研究工作，情況都一樣糟）；(D) 對應到第三段的關鍵字 "...more than 60% of PhDs in Slovakia and more than 45% in Belgium, the Czech Republic, Germany, and Spain are still on temporary contract." 可知斯洛伐克的博士比西班牙的博士難找到正職。

51. 下述何者最能描述作者對於近年來博士增加的態度？

    (A) 憂慮   (B) 支持   (C) 冷漠   (D) 樂觀

題解

    本題是考寫作者態度的題型。要注意作者如何用動詞、形容詞、副詞來表達弦外之音。關鍵在前面本來講有聰穎的學生很好，而後卻語氣一變 "But considering the oversupply of PhDs, some people have already begun to wonder whether doing a PhD is a good choice for an individual." 此句的語氣、字眼聽起來就很不妙。

第十三章

篇章結構

篇章結構（discourse structure）是近幾年固定在指考出現的題型，指考每次約考二～三段長度的篇章結構，每段含 6 ～ 12 個句子、約 100 ～ 150 字，整篇有 200 ～ 350 字。

廣義來看，篇章結構也算是閱讀測驗，因為測試的還是考生的閱讀能力。如果考生能理解文章大意，這樣就能找出正確選項，答題絕非難事。

篇章結構主要考段落的結構。段落（paragraph）是一組句子的組合，但這些句子並非任意組成。首先，組成段落的這些句子必須與同一主題相關，表達同樣的中心思想，這就是段落的「統一性」（unity）。其次，組成一段落的這些句子必須以合乎邏輯的順序呈現，使文句順暢、表達合理，此為段落的「連貫性」（coherence），例如以時間順序、空間或以重要程度順序排列等。而「統一性」與「連貫性」是英文段落在修辭上相當重要的兩個要素。

★ 給出題者的建議

✿ 篇章結構命題原則

篇章結構出題重點為「語氣轉換、轉折語」（transition）與「上下文關係」（context）。句子「語氣轉換、轉折語」的四種技巧都可入題：

⊙技巧一：重複重要字詞

前面提過的資訊（如單字或觀念），後面再出現的話，通常此觀念或名詞會作為下一句的主詞，以延續上一句的想法。

⊙技巧二：代名詞與其指稱先行詞的關係

前面敘述過的事物，在第二句以代名詞呈現，用來指涉前面的一些觀念。

⊙技巧三：對稱結構

考文章中列舉例子之間對稱（parallelism）的關係，使用一些類似的句型排列，如 I will take、I will admit、I will suggest 等連續三個同樣結構的句子，來展現此段落的統一性與連貫性。

⊙技巧四：轉換語氣表達的技巧

根據前後句間的邏輯關係，找出最恰當的轉折詞，以表達下一句的性質、方向與立場。轉折詞可分為以下數類：

a. 說明繼續：and（而且）、also（也）、moreover（而且）、furthermore（再者）、in addition to（除此之外）等。

b. 轉折改變語氣：but（但是）、however（然而）、yet（但是）、nevertheless（不過）、on the other hand（另一方面）、in contrast（反之）、instead（反而）、different from（與……不同）、whereas（鑑於）、while（然而）、unlike（不像）等。

c. 舉例說明：for example（例如）、for instance（比方說）、in other words（換句話說）、such as（如，像是）等。

d. 語氣強調肯定：in fact（事實上）、certainly（的確）、truly（真的）、indeed（確實，更確切地）、no doubt（無疑地）、as a matter of fact（事實上）、above all（最重要，尤其，首先）等

e. 表比較：similar to（類似於）、similarly（同樣地）、like（像是）、the same as（與……相同）、in contrast（反之）、compared with/to（與……相比）、just as（正如）等。

f. 表同類：similarly（同樣地）、likewise（同樣地，照樣地）、in the same way（以

同樣的方式）等。

g. 表雖然：though（雖然）、although（雖然）、even though（雖然）、despite（儘管）、in spite of（儘管）、nevertheless（然而）、nonetheless（儘管如此）等。

h. 表原因：because（因為）、because of（因為）、since（由於）、now that（既然）、 thanks to（多虧，由於）、due to（因為）、as（因為）等。

i. 表目的：for this reason（為此原因）、for this purpose（為此目的）、so that（以便）、in order to（為了）、so as to（以便）等。

j. 表結果：therefore（所以）、 thus（因此）、hence（因此）、consequently（結果，因此）、as a consequence（結果）、as a result（總之）等。

k. 說明並列關係：and（而且）、also（再者）、not only...but also...（不但……而且……）、as well as（一樣）、either...or...（不是……就是……）、neither...nor...不是……，也不是……）等。

l. 作結論：finally（最後）、generally speaking（一般來說）、at last（最後，終於）、in summary（總結來說）、in sum（簡言之）、in short（總之）、to sum up（總結一下）、in conclusion（結論是）、all in all（總的來說）

❀ 上下文結構是篇章結構考題的重點

句子之間的「上下文關係」（context）是篇章結構的考試重點。一般段落內容組織結構都有三大主體：

1. 主題句（topic sentence）
2. 支持句（supporting sentences）
3. 結語（conclusion）

❀ 有了段落結構，技巧中可入題的有：

1. 前句有關鍵內容

前句的關鍵內容（或關鍵字）在後句的開頭出現，考題用可用前句或後句當題目選項作空格句。

2. 後句解釋前句

即後句進一步解釋前句的內容。這是最常出現的篇章結構考題形式，也是前後句都可當題目選項作空格句。兩句互相支援解釋，也可以互為提示。

3. 全段主題句

某段落的主題句可能是第一句、第二句或最後一句，若用主題句作為空格句，考生必須理解整段大意來判斷正答。

● 出題的理由

任何篇章結構的命題，都應當依循前面的規則，以（1）前句的關鍵內容搭配後句；（2）後句解釋前句；（3）重複重要的關鍵字詞或觀念；（4）上下文的轉折。挖空的句子都會符合此出題理由。以大學指考為例，大都是 5 個空格搭配 6 個選項，讓學生找出最適合的句子。請參考以下大考範例，作為出題指南。

例題

The effect of bullying can be serious and even lead to tragedy. Unfortunately, it is still a mostly unresearched area.

___31___ That year two shotgun-wielding students, both of whom had been identified as gifted and who had been bullied for years, killed 13 people, wounded 24 and then committed suicide. A year later an analysis by the US government found that bullying played a major role in more than two-thirds of the campus violence.

___32___ Numerous dictators and invaders throughout history have tried to justify their bullying behavior by claiming that they themselves were bullied.

___33___ Although it is no justification for bullying, many of the worst humans in history have indeed been bullies and victims of bullying.

Since bullying is mostly ignored, it may provide an important clue in crowd behavior and passer-by behavior. ___34___ Many of them have suggested bullying as one of the reasons of this decline in emotional sensitivity and acceptance of violence as normal. When someone is bullied, it is not only the bully and the victim who are becoming less sensitive to violence.___35___ In this sense, bullying affects not only the bullied but his friends and classmates and the whole society.

(A) Hitler, for example, is claimed to have been a victim of bullying in his childhood.

(B) Campus bullying is becoming a serious problem in some high schools in big cities.

(C) The friends and classmates of the bully and the victim may accept the violence as normal.

(D) Research indicates that bullying may form a chain reaction and the victim often becomes the bully.

(E) Psychologists have been puzzled by the inactivity of crowds and bystanders in urban centers when crimes occur in crowded places.

(F) The link between bullying and school violence has attracted increasing attention since the 1999 tragedy at a Colorado high school. （100 年指考）

（霸凌的後果可能很嚴重，甚至導致悲劇。不幸的是，這仍然是大部分未被研究的領域。

自 1990 年在科羅拉多高中發生悲劇之後，霸凌和校園暴力的關聯就越來越受到關注。那年兩名揮舞著霰彈槍的學生——兩人都被視為資優生且長年遭受霸凌——他們殺了十三個人，傷害了二十四人後自殺。一年後，一份美國政府的分析報告發現，超過三分之二的校園暴力都是霸凌。

研究指出，霸凌可能會形成連鎖效應，而且受害者往往也會變成霸凌者。不少歷史上的獨裁者和侵略者都宣稱曾遭霸凌，試著合理化自己的霸凌行為。例如，希特勒據稱在孩童時期也是霸凌的受害者。雖然這不能作為霸凌他人的正當理由，但很多歷史中最壞的人，的確是霸凌者，也是霸凌的受害者。

由於霸凌常常受到忽視，因此可以作為群眾和路過旁觀者行為的重要線索。心理學家一直無法瞭解，為何市中心鬧區發生犯罪時，群眾和旁觀者都視若無睹。很多心理學家表示，霸凌可以解釋為何大眾情感敏感度降低以及接受暴力為

常態的原因。當某人被霸凌時，不僅霸凌者和受害者變得對暴力較不敏感，那些霸凌者和受害者的朋友和同學也可能會把暴力視為稀鬆平常。以這個角度來看，霸凌不只影響了被霸凌者，也影響了他的朋友、同學以及整個社會。）

31. The effect of bullying can be serious and even lead to tragedy. Unfortunately, it is still a mostly unresearched area. (F)The link between bullying and school violence has attracted increasing attention since the 1999 tragedy at a Colorado high school. That year two shotgun-wielding students...had been bullied for years, killed 13 people, wounded 24 and then committed suicide.

說明

a. 空格句有「1999」，後句有「that year」。
   →重複重要字詞的技巧、代名詞與其指稱先行詞的關係的技巧

b. 空格句談到「霸凌和校園暴力的關聯」以及「校園暴力的一個實例」，後句說明該實例：「兩名曾遭霸凌的學生開槍射殺同學」。
   →後句解釋前句──舉例的技巧

32. (D)Research indicates that bullying may form a chain reaction and the victim often becomes the bully. Numerous dictators and invaders throughout history have tried to justify their bullying behavior by claiming that they themselves were bullied.

說明

a. 空格句談到「研究指出，霸凌可能會形成連鎖效應，而且受害者往往也會變成霸凌者」，後句說明「不少歷史上的獨裁者和侵略者曾藉由宣稱他們也曾被霸凌過，來試著將他們的霸凌行為合理化。」。
   →重複重要字詞的技巧、後句解釋前句──舉例的技巧

33. Numerous dictators and invaders throughout history have tried to justify their bullying behavior by claiming that they themselves were bullied. (A)Hitler, for example, is claimed to have been a victim of bullying in his childhood.

a. 前句談到「不少歷史上的獨裁者和侵略者曾藉由宣稱自己曾被霸凌，來試著將他們的霸凌行為合理化」，空格句舉希特勒為例說明。

→轉換語氣表達——舉例的技巧

→後句解釋前句

b. 前句關鍵字：dictators and invaders throughout history, by claiming, were bullied, 呼應 Hitler, is claimed, a victim of bullying

→重複重要字詞的技巧

34. Since bullying is mostly ignored, it may provide an important clue in crowd behavior and passer-by behavior. (E)Psychologists have been puzzled by the inactivity of crowds and bystanders in urban centers when crimes occur in crowded places.

a. 前句談到「由於霸凌常被忽視，因此可以作為群眾和路過旁觀者行為的重要線索。」空格句呼應這個說法：「心理學家一直困惑為何當罪行發生在市中心群眾聚集處時，群眾和旁觀者卻冷淡以對。」

→後句解釋前句的技巧

b. 前句關鍵字與空格句關鍵字呼應：ignored vs. inactivity, crowd behavior vs. crowds, passer-by vs. bystanders

→重複重要字詞與觀念的技巧

35. When someone is bullied, it is not only the bully and the victim who are becoming less sensitive to violence. (C)The friends and classmates of the bully and the victim may accept the violence as normal. In this sense, bullying affects not only the bullied but his friends and classmates and the whole society.

a. 前句談到「當某人被霸凌時，不僅霸凌者和受害者變得對暴力較不敏感」，空格句呼應這個說法：「那些霸凌者和受害者的朋友和同學也可能會把暴力視為

理所當然。」接著後句再解釋：「以這個角度來看，霸凌不只影響了被霸凌者，也影響了他的朋友、同學以及整個社會。」。

→前句有關鍵內容、後句解釋前句的技巧

b. 前後句關鍵字與空格句關鍵字呼應：friends、classmates、less sensitive vs. accept...as normal 等。

→重複重要字詞的技巧

★ 考生秘笈

● 篇章結構解題技巧

篇章結構相較於字彙題、閱讀測驗，算是較簡單的題型。雖然感覺這類型的題目，不但要理解文章中每個句子，還要將這些句子有邏輯地串聯起來，但只要掌握語意、上下文關係及轉折技巧，就不難作答。

作答別靠投機與運氣，想要真正提升解題能力，就要走下面四條路：

1. 擴充單字片語量

單字是一切語言能力與技巧的基礎，大量的單字量，能使答題得心應手。

2. 熟練上下文搭配技巧

熟悉各種轉折語字詞的意思與使用情境，運用上下文搭配技巧，容易看懂句子，也容易將語句插入文章中。

3. 用關鍵字來理解句子語意

一段的主旨句常在該段的第一句。第一句的關鍵字通常作為第二句的主詞。學會去找關鍵字句，有助理解句子語意。

4. 涉獵多種文章

多多閱讀各類型的文章，尤其是與指考出題方向有關的，如科普常識、文化現象、新發現新發明、軼事故事、歷史人物、趣味故事、時事與社會現象等。

最後，記得從最有把握的題目答起，不必照著題目順序作答，而剩下較不確定的選項，盡可能放膽去推理，小心地按邏輯套進對應的空格，相信定能制霸「篇章結構」這個題型。

考生注意：別忘了參考前面的出題理由與出題原則，如何從前句中的邏輯看到後句的轉折，就是整個答題的關鍵。

★ 篇章結構試題練習

All advertising includes an attempt to persuade. __31__ Even if an advertisement claims to be purely informational, it still has persuasion at its core. The ad informs the consumers with one purpose: to get the consumer to like the brand and, on that basis, to eventually buy the brand. Without this persuasive intent, communication about a product might be news, but it would not be advertising.

Advertising can be persuasive communication not only about a product but also an idea or a person. __32__ Although political ads are supposed to be concerned with the public welfare, they are paid for and they all have a persuasive intent. __33__ A Bush campaign ad, for instance, did not ask anyone to buy anything, yet it attempted to persuade American citizens to view George Bush favorably.__34__ Critics of President Clinton's health care plan used advertising to influence lawmakers and defeat the government's plan.

__35__ For instance, the international organization Greenpeace uses advertising to get their message out. In the ads, they warn people about serious pollution problems and the urgency of protecting the environment. They, too, are selling something and trying to make a point.

(A) Political advertising is one example.
(B) To put it another way, ads are communication designed to get someone to do something.

(C) Advertising can be the most important source of income for the media through which it is conducted.

(D) They differ from commercial ads in that political ads "sell" candidates rather than commercial goods.

(E) Aside from campaign advertising, political advertising is also used to persuade people to support or oppose proposals.

(F) In addition to political parties, environmental groups and human rights organizations also buy advertising to persuade people to accept their way of thinking.　　　　　　　　　　　　　　　（101 年指考）

（所有廣告都有說服他人的企圖。也就是說，廣告是設計來讓某人去做某件事情的一種溝通管道。即使廣告宣稱只是單純提供資訊，其主要目的仍然是說服顧客。廣告告知消費者只為了一個目的：讓消費者喜歡這個品牌，並在此基礎上，讓消費者最後掏錢購買這個品牌的商品。如果沒有說服的意圖，一個產品的訊息可能就是新聞，而不是廣告了。

　　廣告可以是說服性的溝通管道，宣傳的不單只產品，還可行銷想法或人。政治廣告就是一個例子。雖然政治廣告應該關乎公眾福祉，卻依然是付費廣告，而且全都有說服意圖。不同於商業廣告，政治廣告「銷售」的是候選人而不是商品。舉例來說，小布希的競選廣告沒有要求任何人買東西，但卻試圖說服美國公民更喜愛喬治‧布希。除了競選廣告之外，政治廣告也被用來說服大眾支持或反對提議。批評柯林頓總統健保計畫的人，也用廣告來影響立法的國會議員，致使政府的計畫無效。

　　除了政黨之外，環保團體和人權組織也購買廣告來說服大眾接受他們的想法。舉例來說，國際性的綠色和平組織用廣告來傳遞他們的訊息。在廣告裡，他們警告人們污染問題的嚴重性以及保護環境的急迫性。同樣地，他們也在進行推銷，試圖陳述某種論點。）

題解

　　31 格（後面解釋前句）：前面一句提到所有的廣告都有說服他人的意圖，下一句一定跟說服有關。快速掃瞄一遍六個選項，找出有關說服的句子，只有 (B) To put it another way, ads are communication designed to get someone to do

something（換句話說，廣告是一種溝通，設計來讓某人做某事）的內容與說服有關。

32 格（重要字詞的重複）：前一句說廣告不僅說服別人購買產品，也可以是行銷一個人或觀念。而空格後一句的意思是「儘管政治廣告應該關乎公眾福祉，但還是付費廣告且有說服的意圖。」political ads 是此段的重要觀念，32 格就是從前一句轉入 political ads 的關鍵句。所以「重要字詞的重複」就是本題的解題關鍵。

33 格（代名詞的用法）：前一句說政治廣告目的，本句使用 "(D)They differ from commercial ads..." 其中代名詞 They 的使用，延續前面的觀念。

34 格（對稱結構與觀念）：前面提到 political ads 可以行銷人，而下一句提到批評柯林頓醫療計畫的人利用廣告來影響國會議員 "Critics of President Clinton's health care plan used advertising to influence lawmakers...."。因此，34 格就是來引入對稱觀念的句子（政治廣告可以行銷人，也可以用來支持或反對某些提案）"(E) Aside from campaign advertising, political advertising is also used to persuade people to support or oppose proposals."。

35 格（重複重要字詞或觀念、後句說明前句）：第二段提到政治廣告，第三段的第一句導入另一個主題。第三段的第二句說：綠色和平組織用廣告來傳達訊息 "For instance, the international organization Greenpeace uses advertising to get their message out." 所以，前面的一句話一定跟該團體或觀念有關，因此「重複關鍵的觀念或單字」，就是此句的答案 "In addition to political parties, environmental groups and human rights organization also buy advertising to..."。此外，第二句的例子也用來說明第一句，所以「後句說明前句」亦是此題的解題關鍵。

解題技巧

1. 理解整篇重點：如本文介紹三種廣告的形式：商業、政治、環保
2. 知道句子排列的規則：後句解釋前句；第一句是引導概念，第二句則是舉例說明
3. 注意代名詞（it, they, he, she, etc）的使用
4. 找出重複前面句子使用過的關鍵單字或觀念。

第十四章

翻譯題

翻譯題的題型測驗考生運用英文詞彙、句型與語法與表達的能力，包含「中翻英」和「英翻中」兩種形式。「中翻英」著重語法結構與字詞使用；「英翻中」則強調句意的理解。

測驗英文翻譯能力首先要界定達成的範圍，是語意翻譯、逐字翻譯或要求修辭的呈現。

國內的大學學測與指考、國家考試的高考，都是考句子語意居多，亦即考句法（syntax）的理解與應用，而非考修辭或翻譯的美學；但英文研究所考試的翻譯題，就不只測驗學生中英文的理解力，除了要求考生翻譯能力的字譯、意譯外，還要有修辭、用字遣詞的表現。

由於目前大部分英文翻譯屬句子語意考試。本章將重點放在此處，先將修辭部分跳過，待將來有機會再談。

★ 給出題者的建議

◉ 翻譯題命題原則

中翻英的翻譯題分為單句考與段落考，都是強調「句法」（syntax）的實際應用與字彙。因為閱卷配分的關係，通常一個句子會考兩個結構；換句話說「單

句考」就是考一個有兩個結構的句子。這種「有兩個結構的句子」可能是「複句」、「合句」、「片語加句子」，因此出題時，大多是從英文句法結構下手，找到相對應或可能的中文句子。

◉ 翻譯題納入句子結構的使用

基本上，複句、合句、片語加句子都是文法、句子結構的考題。複句（Complex Sentence）乃由一個主要子句再加一個從屬連接詞引導的從屬子句所形成。

從屬子句依其在句中所處的位置與功能可分為：名詞子句、形容子句和副詞子句。

合句（Compound Sentence）則是以對等連接詞，連接兩個對稱子句的合成句子結構。

片語加句子的「片語」為兩個字以上、具有語意的字群，沒有主詞及動詞。常見的片語有名詞片語、動詞片語、形容詞片語、動名詞片語、不定詞片語、分詞片語、副詞片語、介系詞片語等。

「單句考」的句子不考簡單句，仍是考「有兩個結構的句子」，所以大都以「片語＋主要結構句子」為主；「段落考」若是兩個句子，也會是兩個「有兩個結構的句子」。

任何出題者在出此種類型題時，必須考慮給分的方便性與公平性。也就是出題時，必須掌握那個部分給幾分，在什麼狀況下給滿分。

例題

這是包含兩個單句的「段落考」。

1. 日本的核電廠爆炸，已經引起全球對核子能源安全的疑慮。
2. 科學家正尋求安全、乾淨又不昂貴的綠色能源，以滿足我們對電的需求。

（100 年指考）

單句：1. 日本的核電廠爆炸已經引起全球對核子能源安全的疑慮。

說明

　　此題考驗學生是否關心當今時事，知不知道有關核能爆炸的字彙如何使用。句子雖為單句結構，但其使用的字彙較難，句型結構則較為單純，對評分者而言，相對容易給分。以下提供的答法一或答法二都是「單句」結構。

答法一

The explosion at the nuclear power plant in Japan has aroused global concern about/over the safety of nuclear energy.

　　名詞主詞：The explosion at the nuclear power plant in Japan

　　主要句子結構：_____ has aroused global concern about the safety of nuclear energy.

　　此句為「單句」，不過主詞有點長。因此主詞可以給一個完整分數，主要句子結構也是另一分數，此題可以算是「兩段式」考題。

答法二

The Japanese nuclear power plant explosion has caused global concern about/over nuclear energy safety.

　　名詞主詞：The Japanese nuclear power plant explosion

　　主要句子結構：_____ has caused global concern about/over nuclear energy safety.

　　此句翻譯主要是「動詞」的使用，第一句用 arouse，第二句用 cause。

單句：2. 科學家正尋求安全、乾淨又不昂貴的綠色能源，以滿足我們對電的需求。

答法

Scientists are looking for/seeking safe, clean, and inexpensive green energy to meet/satisfy our need/demand for electricity.

說明

　　此題仍為單句，但跟上題不同，此題為兩個結構的考題：一為前面的「科學家正尋求安全、乾淨又不昂貴的綠色能源，」；一為「以滿足我們對電的需求。」這是雙結構的單句典型考題

主要句子結構：Scientists are looking for/seeking safe, clean,
and inexpensive green energy.
不定詞片語：to meet/satisfy our need/demand for electricity.
此句為「主要結構＋片語」：子句加片語（此例為不定詞片語）。

● 翻譯題納入名詞與動詞的使用

翻譯題也要評量考生使用常用詞彙的能力，尤其是考學生對特定名詞的熟悉度與動詞用法的瞭解。

這幾年大考學測與指考出現的名詞有：「地球村」（94年指考）、「癮君子」（95年指考）、「高速鐵路」（96年指考）、「全球糧食危機」（97年指考）、「生態多樣」（98年指考）、「世界七大奇觀」（98年指考）、「熱門的休閒活動」（99年學測）、「出生率」（99年指考）、「人力資源」（99年指考）、「核電廠」（100年指考）、「核子能源安全」（100年指考）、「綠色能源」（100年指考）、「有害的成分」（101年指考）等。

學測與指考會出現各種動詞，例如：「探索」（94年學測）、「侷限」（94年指考）、「半天內往返」（96年指考）、「投票」（98年指考）、「快速下滑」（99年指考）、「足以代表」（100年學測）、「拍攝」（101年學測）、「含有」（101年指考）等。

以大考為例，老師出題時，不妨將高中涵蓋的單字與新聞、時事結合，不但能測驗學生對字彙語意用法的熟悉度，更可看出學生是否會使用這些字彙。

考生注意：

「具有意義的名詞＋生動的動詞」結構，一直是中翻英的熱門考題。

● 翻譯題納入時態的使用

英文的時態向來帶給國內學生許多困擾，尤其三種時態「過去式、現在式、未來式」又分別有簡單式、進行式、完成式等形式。

這些與中文語法截然不同的要素，出題時可設計於考題中，特別是會影響語

意的完成式與進行式。凡是跟中文不同的時態表現方式，都可以納入考題。

如「我媽媽前幾天買了環保省電的冰箱，用了幾天，今天卻故障了！」就是時態考題（前幾天、用了幾天、今天）結合字彙用法（環保省電、故障）。

● 翻譯題納入英文字序的使用

英文的字序與中文不同。許多臺灣學生往往會輕率地照著中文翻譯成英文，而寫出中式英文。

以下將探討應納入考題的英文字序規則。

中文通常會把時間放在句首（明天我們全班要）或主詞後（我們全班明天要），但英文的時間、地點一般則習慣放在句尾，當然也不一定這樣寫，請看句意再做判斷。句中單字的排列順序常常為：主詞＋動詞＋受詞＋地方副詞＋方式副詞＋時間副詞。

例題

近二十年來我國的出生率快速下滑。　　　　　　　　　（99 年指考）

答法

The birth rate has been falling sharply <u>in our country</u> <u>for the past twenty years</u>.

例題

人類對外太空所知非常有限，<u>但長久以來我們對它卻很感興趣</u>。

（94 年學測）

答法

Mankind's knowledge of the outer space is very limited, but we have been very interested in it <u>for a long time</u>.

遇到數個代名詞時，I 放在後面，依序是 you、he / she / it 之後再放 I，複數代名詞的順序則為 we, you, they，這也是中英文字序不同之處。

老師鼓勵我和 Jane 到圖書館借書。　　　　　　　　　（改寫 95 年學測）

答法

Our teacher encouraged Jane and me to borrow books from the library.

中文裡的形容詞無論長短，都會放在修飾的名詞前；但英文若是以片語、子句當形容詞，常放名詞之後。

例題

除了用功讀書獲取知識外，學生也應該培養<u>獨立思考的能力</u>。

（98 年學測）

答法

In addition to studying hard to acquire knowledge, students should also develop <u>the ability</u> <u>to think independently</u>.

例題

聽音樂是一個你可以<u>終生享受的嗜好</u>。　　　　　　　（97 年學測）

答法

Listening to music is <u>a hobby</u> <u>that you can enjoy all your life</u>.

（臺灣學生常犯的錯誤：（✘）Listening to music is you can enjoy all you life hobby）

❀ 翻譯題納入英文的形容詞子句（關係子句）或形容詞片語

「形容詞子句」（adjective clause），又稱為「關係子句」（relative clause），因為這種子句都是由「關係代名詞」（who、whom、which、whose、that）所引導。「形容詞子句」也可以簡略為「形容詞片語」，如：

I'm interested in the novels, <u>which I bought in London</u>.

= I'm interested in the novels <u>bought in London</u>.

（我對於在倫敦買的小說很有興趣。）

中文的語法裡沒有形容詞子句的用法。英文句子 The boy <u>who is standing in front of the building</u> is my student. 在中文中只會用形容詞片語修飾名詞:「站在那棟大樓前的男孩是我的學生」,沒有子句的架構。

其次,形容詞子句與形容詞片語的位置放在所修飾的名詞之後,即所謂的「後置修飾語」(post-modifier),與一般學生熟悉的 the <u>smart</u> student, an <u>excellent English</u> teacher 這一類的「前置修飾語」(pre-modifier)不同。

因此老師出翻譯題時,可將複合句中所包含的形容詞子句或形容詞片語納入考題,測驗學生對於翻譯時字序必須調換的熟悉度。大考經常考這方面的題目。

例題

聽音樂是一個你可以終生享受的嗜好。　　　　　　　　　　(97 年指考)

　　　　　　(形容詞子句)(名詞)

答法一

Listening to music is <u>a hobby</u> <u>that you can enjoy all your life</u>.

答法二

Listening to music is <u>an interest</u> <u>which you can enjoy for a lifetime</u>.

答法三

Listening to music is <u>a pastime</u> <u>that you can enjoy your whole life</u>.

但學生要是沒有學會形容詞子句的用法,看到句子「聽音樂是一個你可以終生享受的嗜好」,可能會直翻為:

　　(✘) Listening to music is you can enjoy all the whole life hobby.

或(✘) Listening to music is a you can enjoy a lifetime hobby.

★ 考生秘訣

● 翻譯題解題技巧

英文翻譯或寫作,最重要的就是「以英文思考」。由於我們的母語並非英文,

一般人習慣說、寫英文時，都是先以中文語法思考，再搜尋腦中的資料庫，將中文翻譯成英文，最後再以英文表達出來。這對初學者來說，是無可避免的。好消息是，這個轉換過程可以隨著英文能力的提升，速度愈來愈快，最後等同於以英語思考。

在此過程中，字彙能力是最基本而重要的，尤其許多當紅的字詞常會變成翻譯句的主詞，例如：教改（education reform）、全民健保（National Health Insurance）、新興市場（Emerging Market）、歐債（European debt crisis）、失業率（rate of employment）、節能減碳（Energy Conservation and Carbon Reduction）等。

另一個要特別留心的是，**英文一個句子只能有一個動詞**。出現第二個動詞就要用不定詞、分詞、片語，或用連接詞連接。

既然大學學測與指考是測驗學生的句子語意、句型運用與字序概念，並以兩段式結構的句子為原則，以下我們就依此介紹翻譯方式。

● 中翻英：切割句子，找出你要的主詞與動詞！

為了不要落入逐字翻譯的圈套，避免中文思考的窘境。看到中文句子，請依下列步驟來進行翻譯：

步驟一、切割：首先將整個句子切割成幾個片段（字詞或片語）後再翻譯。

步驟二、結構：確定主詞、動詞，以及主結構（主要子句）、次結構（次要子句）

步驟三、字序：移動切割的片段，使字序合乎英文語法規則。

步驟四、時態：修改時態。

步驟五、其他：檢查基本相關文法：單複數、主動詞一致性、介系詞與冠詞、標點符號等。

舉例說明如下：

1. 大部分學生不習慣自己解決問題，他們總是期待老師提供標準答案。

2. 除了用功讀書獲取知識外，學生也應該培養獨立思考的能力。

（98 年學測）

例 題

　　大部分學生不習慣自己解決問題，他們總是期待老師提供標準答案。

步驟一、切割：句子切割成片段，翻譯。

大部分學生	/ 不習慣 /	自己解決問題，
↓	↓	↓
most students	are not used to	solve problems by oneself

他們總是期待	/ 老師 /	提供 /	標準答案。
↓	↓	↓	↓
they always expect	teachers	provide	standard answers

步驟二、結構：確定主詞、動詞，本例有兩個對稱句子，故加上對等連接詞 and。

most student　　　are not used to　　　solve problems by oneself　←句子一
　　　S.　　　　　　　　V.
and ←對等連接詞
they always expect　　　teachers　　　provide　　　standard answers ←句子二
　　　S.　　　　V.

步驟三、字序：本例句字序無須變動。

步驟四、時態：本例句為現在簡單式。主詞為 most students，故 oneself 改為 themselves，are used to 後面加動名詞 solving，為使句意更順暢 teachers 前加上 their，而考慮到文法正確性（見以下的說明），provide 使用不定詞 to provide。

　　most students are not used to solving problems by <u>themselves</u> and they always expect <u>their</u> teachers to provide standard answers

考生注意：

英文一句話只有一個動詞，如果出現兩個動作，另一個動作要用 V-ing、V-ed 或 to V。如：They always expect teachers to provide standard answers.

步驟五、其他：檢查基本相關文法，包括句首大寫，句尾加句點。

Most students are not used to solving problems by themselves and they always expect their teachers to provide standard answers.

完成翻譯！

例 題

除了用功讀書獲取知識外，學生也應該培養獨立思考的能力。

步驟一、切割：句子切割成片段，翻譯。

除了 / 用功讀書 / 獲取知識外，

↓　　　　　↓　　　　　↓

besides　study hard　obtain knowledge

學生　　/ 也 / 應該 　/ 培養 　/ 獨立思考的 / 　能力。

↓　　　　↓　　↓　　　↓　　　　　↓　　　　　↓

students　also　should　develop　think independently　ability

步驟二、結構：確定主詞、動詞，本例為介系詞片語加一主要句子。

besides　study hard　obtain knowledge　← 介系詞片語

students　also　should develop　think independently　ability ←主要句子
　　　　S.　　　　　　　　V.

步驟三、字序：本例句要更動詞字序，副詞 also 通常在助動詞 should 之後；形容詞片語 to think independently 放在名詞 the ability 後。

besides　　study hard　obtain knowledge

students　　<u>should</u> <u>also</u> develop <u>the ability</u>　<u>think independently</u>

步驟四、時態：本例句為現在簡單式。主詞為 students，介系詞片語中，介系詞後加 studying，obtain 為第二個動詞，要使用不定詞形式 to obtain；think 因為是第二個動作，要使用不定詞形式 to think。

besides　　<u>studying hard</u>　<u>to obtain</u> knowledge

students　　should also　develop　the ability　<u>to think independently</u>

步驟五、其他：檢查基本相關文法，包括句首大寫，介系詞片語後面加逗點，句尾加句點。

Besides studying hard to obtain knowledge, students should also develop the ability to think independently.

完成翻譯！

● 英翻中：小心兩個語言的差異！

英文句子翻譯成中文，步驟與中翻英大同小異，原則上仍為步驟一：切割、步驟二：結構、步驟三：字序、步驟四：時態、步驟五：檢查基本相關句法文法。

當然要翻譯出道地的中文，絕不能被英文原文牽著鼻子走，要小心兩種語言間的差異。例如前述中、英文時間片語等字序的不同、英文形容詞子句翻成中文的方式、英文變化多端的時態等。甚至英文特有的句法，如 there are 結構、否定副詞（no、never、hardly、no longer、in no way、not until、not even、only）放句首的倒裝句，以及英文喜歡用的被動式等。

舉例說明如下：

1. The birth rate in our country has sharply declined in the last twenty years.
2. This may result in a serious shortage of human resources in the future.

（參考 99 年指考）

例 題

The birth rate in our country has sharply declined in the last twenty years.

步驟一、切割：句子切割成片段，翻譯。

The birth rate / in our country / has sharply declined / in the last twenty years.

| 出生率 | 在我國 | 快速下降 | 近二十年 |

步驟二、結構：確定主詞、動詞等詞性。

出生率　在我國　快速下降　近二十年
↓　　　↓　　　↓
主詞　改為所有格　動詞

步驟三、字序：中文習慣將時間放在句首或主詞後。

近二十年 我國的出生率 快速下降　或
我國的出生率 近二十年 快速下降

步驟四、時態：本例句時態不需修正。

步驟五、其他：檢查基本相關文法，包括句尾加句點。

近二十年<u>來</u>我國的出生率快速下滑。
　　　　↑
　　　中文習慣說法
完成**翻譯**！

例題

This may result in a serious shortage of human resources in the future.

步驟一、切割：句子切割成片段，翻譯。

This may result / in a serious shortage / of human resources / in the future

   ↓   ↓   ↓   ↓

  這可能導致   嚴重不足   人力資源的   未來

步驟二、結構：確定主詞、動詞等詞性。

  這可能導致   嚴重不足   人力資源的   未來

   ↓   ↓   ↓

  主詞   名詞   所有格

步驟三、字序：依語意排字序。中文習慣將時間置句首或主詞後。

  這可能導致 **未來** 人力資源的 嚴重不足

  或

  未來 這可能導致 人力資源的 嚴重不足

步驟四、時態：本例句時態不需修正。

  這可能導致未來人力資源的嚴重不足

  或

  未來這可能導致人力資源的嚴重不足

步驟五、其他：檢查基本相關文法，包括句尾加句點。

  這可能導致<u>我們</u>未來人力資源的嚴重不足。

           ↑

       中文習慣說法

  完成**翻譯**！

◈ 注意句子的切割！

　　以下摘錄近年大考翻譯考題，供各位練習。為了你的方便，我們已幫你切割句子，這樣比較容易看出主要結構與次要結構。

⊙ 102 年指考

1. 對現今的許多學生而言，在課業與課外活動間取得平衡是一大挑戰。

   For many students nowadays, it's a big challenge to strike a balance between their studies and extracurricular activities.

2. 有效的時間管理是每位有責任感的學生必須學習的首要課題。

   Effective time management is the first lesson that every responsible student should learn.

⊙ 101 年指考

1. 有些我們認為安全的包裝食品 / 可能含有對人體有害的成分。

2. 為了我們自身的健康，/ 在購買食物前 / 我們應仔細閱讀包裝上的說明。

1. Some packaged food we consider safe may contain the ingredients harmful to human bodies.

2. For our own health, we have carefully read the description on packages before buying the food.

⊙ 100 年指考

1. 日本的核電廠爆炸 / 已經引起全球對核子能源安全的疑慮。

2. 科學家正尋求安全、乾淨又不昂貴的綠色能源，/ 以滿足我們對電的需求。

1. The explosion at the nuclear power plant in Japan has caused global concerns over the safety of nuclear energy.

2. Scientists are seeking for safe, clean, and inexpensive green energy in order to meet our demands of electricity

1. 近二十年來 / 我國的出生率快速下滑。

2. 這可能導致 / 我們未來人力資源的 / 嚴重不足。

1. The birth rate in our country has sharply declined in the last twenty years.

2. This may result in a serious shortage of human resources in the future.

⊙ 98 年指考

1. 玉山是東亞第一高峰， / 以生態多樣聞名。

2. 大家在網路上投票給它, / 要讓它成為世界七大奇觀之一。

1. Mt. Jade is the highest mountain in East Asia, and it is known for its ecological diversity.

2. People votes on the Internet to help it become one of the world's Seven Wonders.

⊙ 97 年指考

1. 全球糧食危機 / 已經在世界許多地區 / 造成嚴重的社會問題。

2. 專家警告我們 / 不應該再將食物價格低廉 / 視為理所當然。

1. The global food crisis has already created critical social problems in many areas of the world.

2. Experts have warned that we should not take low food prices for granted any more.

⊙ 96 年指考

1. 大眾運輸的快速發展 / 已經逐漸縮短了 / 都市和鄉村的距離。

2. 有了高速鐵路， / 我們可以在半天內 / 往返臺灣南北兩地。

1. The rapid development of mass transportation has gradually shortened the distance between cities and countries.

2. With the High-Speed Rail system, we can travel back and forth between the south and north of Taiwan in half a day.

翻譯題 第十四章

167

1. 為提供一個無煙的用餐環境，/ 許多餐廳不允許室內抽煙。

2. 雖然遭到許多癮君子的反對，/ 這對不抽煙的人的確是 / 一大福音。

1. To provide a smoke-free dining environment, many restaurants do not allow smoking indoors.

2. In spite of objections from many heavy smokers, this is definitely good news for non-smokers.

⊙ 94 年指考

1. 身為地球村的成員，/ 我們不應把自己侷限 / 在這個小島上。

2. 我們不但應該參與 / 國際性的活動，/ 並且應該展現 / 我們自己的文化特色。

1. As members of the global village, we should not limit ourselves to this small island.

2. We should not only participate in international activities, but also try to show our own cultural characteristics.

⊙ 102 年學測

1. 都會地區的高房價對社會產生了嚴重的影響。

High house prices in city areas have resulted in serious effects on the society.

2. 政府正推出新的政策，以滿足人們的住房需求。

The government is launching new policies to satisfy people's housing demand.

⊙ 101 年學測

1. 近年來，/ 許多臺灣製作的影片 / 已經受到國際的重視。

2. 拍攝這些電影的 / 地點 / 也成為熱門的觀光景點。

1. In recent years, a great number of Taiwan-produced movies have attracted international attention.

2. The locations where these movies were shot have become popular sightseeing spots.

1. 臺灣的夜市 / 早已被認為 / 足以代表 / 我們的在地文化。

2. 每年 / 它們都吸引了 / 成千上萬 / 來自不同國家的 / 觀光客。

1. Taiwan's night markets have long been regarded as representing the local culture.

2. Every year the markets attract hundreds and thousands of tourists from many different countries.

⊙ 99 年學測

1. 在過去, / 腳踏車主要是作為 / 一種交通工具。

2. 然而, / 騎腳踏車 / 現在 / 已經成為 / 一種熱門的休閒活動。

1. In the past, bicycles served mainly as a means of transportation.

2. However, riding bicycles has become a popular leisure activity nowadays.

⊙ 98 年學測

1. 大部分學生不習慣自己解決問題, / 他們總是期待老師 / 提供標準答案。

2. 除了用功讀書 / 獲取知識外, / 學生也應該培養 / 獨立思考的 / 能力。

1. Most students are not used to solving problems by themselves and they always expect their teachers to provide standard answers.

2. Besides studying hard to obtain knowledge, students should also develop the ability to think independently.

⊙ 97 年學測

1. 聽音樂 / 是一個你可以終生享受 / 的嗜好。

2. 但 / 能彈奏樂器 / 可以為你 / 帶來更多的喜悅。

1. Listening to music is a hobby that you can enjoy all your life.

2. But being able to play a musical instrument can give you even more pleasure.

⊙ 96 年學測

1. 如果我們只為自己而活, / 就不會真正地感到快樂。

2. 當我們開始為他人著想，/ 快樂之門 / 自然會開啟。

1. If we live only for ourselves, we would not feel really happy.

2. When we start to think for others, the door of happiness will open by itself.

⊙ 95 年學測

1. 一般人都知道 / 閱讀對孩子有益。

2. 老師應該多鼓勵學生 / 到圖書館 / 借書。

1. Everyone knows that reading is good for children.

2. Teachers should encourage their students more to borrow books from the library.

第十五章

寫作題

英文寫作測驗是評量英文「表達技能」（productive skills）重要的一環。語言的學習分「接收技能」（receptive skills），指的是「聽」與「讀」的能力；「表達技能」（productive skills），指「說」與「寫」的能力。將輸入（input）進來的知識與技巧內化後、轉變，再輸出（output）顯現能力，是英語學習的關鍵過程。

很多英文寫作考試主要在評量考生是否具備基礎的語法能力，能否使用適當詞彙、句型寫出一篇具連貫性、統一性的英文作文。

一般來說，任何英文作文大都採整體式評分（holistic scoring），將學生的作答分為五等級：特優（19-20分）、優（15-18分）、可（10-14分）、差（5-9分）、劣（0-4分）。評分時，主要在評估作文內容切題與否、組織是否具連貫性、句子結構與用字能否妥適表達文意，以及拼字與標點符號正確與否等。大學考試所使用的五項分項式評分指標，包含：內容（5分）、組織（5分）、文法句構（4分）、字彙拼字（4分），及體例（2分），可以作為更多寫作考試（如研究所入學考試、轉學考試、公司行號的短文寫作等）的主要參考。

寫作題命題原則

「英文作文」命題原則如下：

1. 題型應適當，並提供評分指標。
2. 題意應清楚明確，提示不過於詳細。
3. 內容應為考生所熟悉的社會、文化、環境、生活，或學習經驗。
4. 可以限制字數、段落數目及內容方向，以便評分。

寫作命題的方式

英文寫作題目，依照其考試目標，可以有幾個形式：

自由發揮，測驗學生的英語能力及創意能力

出題者給一個題目，限定字數，由寫作者自由發揮。利用其熟悉的知識與經驗，針對題目作答。例如：TV and Life（電視與生活）、Leadership and Crisis（領導與危機）、Belief in Yourself（相信自己）、Choice（選擇）等。

限定思考的範圍與方向，考驗學生解決問題的能力

What Can We Do to Save the Earth?（我們要如何拯救地球？）、How to Reduce the Use of Energy?（如何減少能源的使用？）

引導寫作

以一主題為主，限定字數、段落、方向等，主要考學生的英文駕馭能力，非以內容為主。如「以150字、三個段落為限，提出你對於增加收入的幾個方法。」

兩段式寫作（敘述文類＋說明文類）

大部分的寫作都是三段式的寫作：引言、主文、結論（Introduction, body,

conclusion），文章長度不一定是三段，也有可能超過。

　　但是臺灣的大學考試為配合學生學習過程、考試時間及評分方式，以兩段寫作為主。此種寫作大抵使用兩種寫作技巧，其中一段大都為敘述性，講述自己的經驗，另一段大多說明此經驗對個人的影響。

　　如 101 年指考題目：

　　提示：請以運動為主題，寫一篇至少 120 個單詞的文章，說明你最常從事的運動是什麼。文分兩段，第一段描述這項運動如何進行（如地點、活動方式、及可能需要的相關用品等），第二段說明你從事這項運動的原因及這項運動對你生活的影響。

★ 考生秘訣

● 寫作題解答題技巧

　　除了具備基本的文法或寫作觀念，還要時常下筆磨練技巧，才會有「語感」，也才能進步。對於寫作考試偏愛考的描寫文、記敘文、書信、看圖寫作或短篇論說文等文體，更要非常熟悉。

　　英文作文答題步驟可循以下模式：第一、看題目，瞭解題意，判斷題目文類；第二、記下浮現的關鍵字，擬大綱，想例子；第三、開始寫作，視時間長短決定是否打草稿再謄寫；最後，逐字逐句檢查，包括用字、拼字、時態、單複數等。

　　尤其要瞭解英文作文慣常使用的寫作方式。答題技巧如下：

⊙ 英文文章直接切入主題

　　中文的寫作習慣運用鋪陳技巧，醞釀背景，再帶出文章的主題。英文寫作則是開門見山，一開始就進入主題直接說明。每一段先以主題句（topic sentence）提出一論點，此句子常常是段落的第一句，清楚說明整個段落的重點，接著以支持句（support sentences）解釋或證明此論點，可以再加上實例、數據或引證，最後以結論句 (concluding sentence) 標示段落的完結。

例題

　　Alishan National Scenic Area is the most famous mountain resort in Taiwan. ←主題句

　　The area is also well-known for its high mountain tea. ←支持句

　　（阿里山森林遊樂園是臺灣最有名的山間度假名勝。那裡也因高山茶而聞名遐邇。）

⊙英文文章重視文章段落間的連貫性（coherence）

　　英文的文章通常一段只有一個主題，一段接著一段，承先啟後，將上下文緊密連結。段落間關係綿密，轉承順暢，利用前段最後一句扣住後段的第一句。

例題

---Those are the reasons why <u>people usually eat outside</u> on holidays.

　　（……這些就是人們假日常會外食的原因。）

　　<u>When people eat outside</u>, many prefer night markets to restaurants. ---------

----

　　（外食時，有許多人比較喜歡去夜市，而不是餐廳。……）

　　常用來維持段落連續性的技巧有二：

　　a. 將論點以三種邏輯順序排列──時間順序（time order）、空間順序（spatial order）、重要性順序（order of importance）。

　　(1) 時間順序：用於敘述過程，分析最先發生了什麼事，然後隨著時間而有什麼樣的變化，最後再如何；出現字詞如：first、second、then、the next step、later on、finally、ten days ago、since then、an hour later、as soon as 等。

　　(2) 空間順序：主要用於描述地點、空間，由上至下，由左至右，由外到內；出現字詞如：here（這裡）、over there（那裡）、beyond（更遠處）、

opposite（對面）, above（在……上面）、to the left（往左邊）、 in the distance（遠處）等。

(3) 重要性順序：依照事件的重要性排列順序陳述；出現字詞如：first of all（首先）、finally（最後）等。

b. 運用適當的**轉折語**（transition）、**連接詞**（conjunction）、**介系詞**（proposition）來串聯句子間、段落間的關係。

(1) **轉折語**：轉折語是副詞，常放在句首，如表「因果」的 as a result（結果）、consequently（結果，因此）、hence（因此）、therefore（所以）；表「對比」的 in contrast（反之）、instead、on the other hand、on the contrary、rather、 however、表「相似」的 likewise（同樣地）、similarly（同樣地）、moreover（而且）；表「結論」的 all in all（總的來說）、in conclusion（總之）、in short（總之）、to sum up（總結來說）；表「再者、進一步來說」的 in addition（此外）、moreover（而且）、furthermore（再者）等。

(2) **連接詞**：連接詞用來連接兩個句子，如表「原因」的 because（因為）、since（由於）、as（因為）、for（因為）；表「對比」的 but（但是）、yet（可是）；表「相似」的 both...and...（兩者都）、neither...nor...（不是……也不是……）、not only...but also...（不但……而且……）；表「再者」的 and（再說）、表「結果」的 so（所以）等。

(3) **介詞**：介系詞後接名詞或片語，如表「因果」的 because of（因為）, due to（因為）；表「對比」的 different from（與……不同）, in contrast to（與……相反）；表「相似」的 like（像是）, similar to（類似於）；表「再者」的 in addition to（除了……以外）。

⊙英文文章重視段落的統一性（unity）

好的英文段落具有統一性，也就是說一個段落只討論一個論點，且支持句要緊扣段落的主題。所有的句子都必需與該主題的開展（expand）、例證（exemplify），或闡釋（explain）有關。段落裡每個句子前後互相連接，以關鍵字相互緊扣，重複提及關鍵字詞。

⊙生動的字詞能增加文章可看度

善用「有力」的字詞，不僅能精準表達意思，還可以讓文章生動有趣。少用「無說服力」的動詞，如 let、make、get、say、think、give、come、take 等。

例題

The party <u>made</u> me (feel) relaxed. （✘）

The party <u>relaxed</u> me. （✔）

（這個派對讓我很放鬆。）

People <u>make</u> one another laugh with funny stories. （✘）

People <u>amuse</u> each other with jokes and tricks. （✔）

（人們講笑話或玩把戲來逗彼此開心。）

He <u>looks</u> at my watch. （✘）

He <u>gazed</u> at my watch. （✔）

He <u>stared</u> at my watch. （✔）

He <u>glanced</u> at my watch. （✔）

（他凝視 / 瞪著我著手錶 / 他瞥了我的手錶一眼。）

「無說服力」的字詞，如名詞的 thing、stuff，形容詞的 nice 等。要讓作文生動，就要多背些好單字，以 nice 為例，可用 outstanding、fabulous、fantastic、splendid、magnificent、exceptional、unique、awesome、brilliant 取代。

⊙適當運用句型變化

句型變化能增加文章的活潑度，而且合併句子讓文章精簡而流暢。為了防止每個句子都是同一主詞開頭（例如 I），以下提供四個好用的方法：

a. 分詞構句

V-ing/V-ed, S+V，讓讀者知道重點是 V-ing/V-ed 後面的 S+V

I studied hard in my senior high. I always went to bed late.

→ Studying hard in my senior high, I always went to bed late.

（我高中時讀書很認真，總是很晚才就寢。）

b. 同位語：S, + 同位語 , + V

Jennifer was my English teacher. She spoke English very fluently.

→ My English teacher, Jennifer, spoke English very fluently.

（我的英文老師珍妮佛英文非常流利。）

c. 分詞片語

N + V-ing/V-ed，讓讀者知道重點是 Ving/Ved 前面的先行詞 N

Mr. Johnson saved the poor little girl. She was only 30 pounds

→ Mr. Johnson saved the poor little girl who was only 30 pounds.

→ Mr. Johnson saved the poor little girl being only 30 pounds.

（強森先生救了那個體重僅三十磅的小女孩。）

d. 連接詞

S+V+conj+S+V 或 conj+S+V, S+V，連接詞連接兩句子，讓讀者覺得兩句子關係密切。

If I have a chance to study abroad, I will definitely go to Japan.

（如果我有機會出國唸書，一定會去日本。）

⊙善用生動的細節與小故事：利用 5W 及 1H 協助思考，豐富文章內容。

英文寫作重視細節與故事性。寫作時可以舉自身經驗或一些生動的小故事作為例證。只要是用英文寫作，切記別用很華麗、浮誇的敘述，文字要精確，而有趣細節與故事，則會增加文章的可讀性。

如：When I was a little boy, I used to squat in front of the pond, watching my brother diving into the muddy water and surfacing a few minutes later with two frogs in his hands.（當我年紀還小時，我常會蹲在池塘前面，看著老哥潛進髒髒的水裡，等他再浮出水面時手裡抓了兩隻青蛙。） 本文用字精確，如動詞 squat、diving、surfacing 等，情節經過鋪陳，相當生動。

● 寫作題的變化題型：看圖寫作的答題技巧

　　寫作題的變化題型是「看圖寫作」，在學測、全民英檢、TOEIC、IELTS 都出現過看圖寫作，有一張圖考題、三張圖考題、四張圖考題（變化題：三張圖加一張開放式沒有提供結局的空白圖，或四張可自由更動順序的圖畫，由考生自行選定順序編寫故事。）

例題

（99 年學測）

　　不管形式為何，看圖寫作的重點都是故事內容，要根據圖片發展，情節必須完整且合理。

　　看圖寫作的答題要點如下：

1. 看圖寫作，同樣一開始就要切入主題，最好有很多細節：提供背景（setting），包括「人事時地物」。要告訴讀者事件主角是誰（who）、時間（when）、地點（where）、發生什麼事情（setting）。建立主角與背景的關係（why）：為何主角此時出現此地、為何會發生某事（what）、如何發生（how）。如果能在整個文章前，先有一兩個句子鋪陳介紹故事的背景資料（background）會更好。

2. 活用 5W1H 的寫作方式，依照圖片次序敘述故事，並活用句型變化：如 S+V, V-ing (V-ed)；To V, S+V（相關句型變化，可參考聯經出版的《全球英語文法》）

● 寫作技巧

　　利用前述 5W1H 描述圖片，循著時間順序或空間順序描述圖片。每一張圖片都要寫到，而且每一張圖的句子長度盡量平均，不要虎頭蛇尾，潦草結束或畫蛇添足；也不要過度描述不必要的情節，因而模糊焦點，偏離主題。

　　在不離題的前提下，可能盡量發揮想像力，寫出有創意的文章。例如，文章開頭先賣個關子、給一個意想不到的結局等。換句話說，雖然圖片沒有出現，但只要不離題，卻能增加故事的可看性，就要盡情發揮。

　　活用有力的動詞、形容詞、副詞、片語，來描述圖片的細節。想想我們看到的顏色、形狀、表情，聞到的香味，聽到的聲音，摸到的軟硬、材質，嚐到的冷熱、酸甜等。文章若能使用精確的字詞，肯定讓人驚艷。

　　使用第三人稱來敘述是不錯的方式，但還是要讓主角與自己有連結，像是哥哥、鄰居、同學、年輕時的爸爸，給個好名字，不要一直用 he，這樣寫起來的文章才會親近讀者。有些人喜歡用第一人稱描述（I），可以更加生動，這種寫法還能加上自已主觀的看法、感受或態度。

　　時態用「過去簡單式」或「現在式」。一般來說，看圖寫作常描述已發生的事，故用過去式。接著依時間發展的順序繼續書寫，結尾給讀者一個驚喜，用一個畫龍點睛的句子結束。不過，有時，為了強調故事的即時性，也可以使用現在式。但不管使用過去式或現在式，整篇作文都要一致，不要任意變換時態。

　　此外，字跡請力求整齊端正，用黑筆書寫，盡量不塗改。

● 英文寫作失分原因

1. 離題：出現不相關之敘述、贅字或廢話，語氣模擬兩可或含糊不清。
2. 長度不夠：字數低於要求，意思未能完全表達。
3. 文法用法錯誤，甚至使用中式英文。
4. 字跡潦草：潦草或塗改太多，給閱卷老師的第一印象很差，並導致閱讀困難。
5. 標點錯誤：未依循逗點、句點前面不空格，後面空一格；甚至出現中文標點符號，如「」；此外，表示強調或寫到書名，可以劃底線。

6. 錯誤格式：單行不成段，又如列數時，寫 1... , 2...。

除了一般考試的寫作題目外，以下列舉常出現的記敘文、描寫文、書信等文體，可以多作試題練習。

⊙記敘文（narration）

記敘文是所有寫作體裁中，出現頻率最高的文體，以記敘、描寫的方式來記敘人、事、景、物。寫作者可以採第一人稱和第三人稱兩種角度進行。第一人稱敘述自己親身經歷，加入主觀好惡與個人見解。第三人稱則以旁觀者的角度，客觀記錄事件發生始末。

記敘文的敘寫方式主要有「順敘」、「倒敘」、「插敘」幾種。順敘法以時間、或事件發生的先後次序進行。倒敘法從最後發生的事件開始書寫。插敘法則是在主要的順敘、倒敘結構中插入補充的內容。

大考中心的考試說明，提及英文作文特別以評量考生書寫記敘文的能力為主，考生應多多練習此種文體。

練習

敘述自己曾經接觸外國人士或文化的經驗

範例

I once helped a foreigner with my poor English when I was a first-year student in senior high school. One day, I went to a traditional beef-noodles store for lunch with my best friend, Carol. No sooner had we gobbled up our food than we heard a tall blonde man arguing with the store owner. "I want beef noodles," the foreigner spoke in English. Unfortunately, English was all Greek to the owner, so she couldn't communicate with the English-speaking man at all. At this moment, Carol signaled me to help. Though nervous and shy, I stood up and volunteered to translate English into Taiwanese and Taiwanese to English for them. When the blonde man finally received the steaming noodles, he thanked me with a heartwarming smile and complimented me on my fluent English. I flushed with embarrassment and pleasure.

After stepping out of the store, I was so thrilled that I screamed and jumped. In my life, I had never talked to a foreigner before. Yet from then on, I became more confident about my English, and I made up my mind to master it in the future.

⊙描寫文（Description）

描寫文是寫作者將觀察人物、事物、景物的結果，直接生動且細緻描述的文章。描寫文沒有時間先後順序，主要是以第一人稱寫作。成功的描寫文能讓當時的景象活生生地出現在讀者眼前。

描寫文可分「客觀描寫」與「主觀描寫」兩種。客觀描寫用名詞及動詞，將描寫的對象不帶感情成分地描繪出來；主觀描寫多用形容詞，將寫作者的情緒與情感融入字裡行間。不過無論是客觀描寫或主觀描寫，都是感官印象的呈現，須將視覺、聽覺、嗅覺、味覺、觸覺的感受，生動地呈現原貌。

練習

描寫你最喜歡的一位老師

範例

My English teacher was a guardian angel in my high school days. I remember when I was in the first year of senior high school, I was regarded as a disagreeable person by my classmates. I was very shy, knowing little about communication skills. My classmates all thought of me as a freak and loser.

One time, I got the highest scores on the English test. When I was overjoyed with my improvement and triumph, unexpectedly I was accused of cheating by my classmates. It was at that moment my English teacher chose to believe me and asked the whole class to show respect to me for my achievements. I was so touched that I would made up my mind to study hard to repay my teacher for her trust.

My English teacher Jenny always showed confidence in her students. She encouraged her students to express their opinions, never showing impatience even though our ideas sounded stupid. It was because of her trust and encouragement that I started to hold positive attitudes toward life and work harder on my academics. Without her, I cannot be what I am now. I am grateful to have her as a guardian angel in my life.

⊙書信

很多英文寫作考試，都會要求考生寫一篇書信或 email，公司行號的英文寫作更是如此。書信或電子郵件有基本的格式，包含三部分：問候語（greeting）、信件主體（body）、結尾（conclusion）。

練習

請寫一封電子郵件，邀請國外學者（或廠商）來台參加會議

範例

Dear Mr. Freemon,

On behalf of W.W. Company, I am writing to invite you to be an honorable guest at our International Exhibition on Auto and Auto Parts, hosted by Taiwan's International Trade Institute on November 9-12, 2013.

The Exhibition, with its theme on the Future Auto, will be attended by more than 1,300 manufacturers in Asia. We would like to introduce to you the most advanced technology and innovation in this field. Be kind to inform us if you could show up in this event.

We are looking forward to your favorable reply.

Sincerely yours,

（加上自己的名字）

中譯

弗瑞蒙先生，您好：

我謹代表 W.W. 公司寫信邀請您擔任我們國際汽車暨零配件大展的榮譽貴賓，本展由臺灣國際貿易協會主辦，展期是 2013 年十一月九日到十二日。

這次大展的主題為未來汽車，有超過一千三百家的亞洲廠商參展。我們也想將此產業最先進的科技與創新技術介紹給您。如果您能蒞臨參加的話，請務必通知我們。

　　靜候您的佳音。

　　（自己的名字）謹上

　　更多寫作技巧與練習，請參考聯經出版《一生必學的英文寫作》、《大考英文寫作搶分秘笈》。

第十六章

聽力測驗

　　聽力測驗（listening comprehension）屬於「接收技能」（receptive skills）的考試，是所有語言測驗必考的項目。其測驗目標主要是測試考生的聽字辨意能力以及對於情境用語的熟悉。

　　目前國人最多接觸到的大概是大考中心、全民英檢以及多益的聽力測驗。

★ 給出題者的建議

◉ 聽力測驗變化題型

　　聽力測驗在評量考生對於詞彙、句子、對話、篇章的聽解能力。常見的聽力測驗變化題型有四種：「圖片描述」（photographs）、「應答問題」（Questions and Responses）、「簡短對話」（Short Conversions）與「簡短獨白」（Short Talks）。一般來說，「應答問題」為單一題、「簡短獨白」為題組，至於「圖片描述」與「簡短對話」，則單一題及題組試題都會出現。

　　聽力測驗都是依據測驗目標設計，因此以「大考中心聽力測驗」為例，測驗內容與高中生的生活情境有關，涵蓋生活化、實用性的主題，包括家庭、校園、公共場所、社交場合等。詞彙範圍也是以高中英文常用的 4,500 字詞為主。而「全民英檢」依照初級（basic）、中級（intermediate）、中高級（high-intermediate）、高級（advanced）、優級（superior）的不同，其目標與測試內容分別為：

初級—能聽懂與日常生活相關的淺易談話，包括價格、時間及地點等。

中級—在日常生活情境中，能聽懂一般的會話；能大致聽懂公共場所廣播、氣象報告及廣告等。在工作情境中，能聽懂簡易的**產品介紹與操作說明**。能大致聽懂外籍人士的談話及詢問。

中高級—在日常生活情境中，能聽懂社交談話，並能大致聽懂一般的**演講、報導及節目**等。在工作情境中，能聽懂簡報、討論、產品介紹與操作說明。

高級—在日常生活情境中，能聽懂各類主題的談話、辯論、演講、報導及節目等。在工作情境中，參與業務會議或談判時，能聽懂報告及討論的內容。

優級—能聽懂各類主題及體裁的內容，理解程度與受過高等教育之母語人士相當。

至於「多益」的聽力測驗，目的是評量考生在國際溝通上的英語聽力能力，以工作上的需要為主。

題目內容蒐羅自世界各地的職場會用到的英文資料，題材相當多元，包含各種地點與情境，而且特別採美國、英國、加拿大、澳洲四種國家不同的英語腔調入題。

● 聽力測驗命題原則

聽力的命題大原則可歸類為下列三點：

⊙原則一：考單字發音的混淆

a. 同（似）音異義，如：sight / site、way / weigh、bored / board、sail / sale、wait / weight、higher / hire、band / banned、write / right、knew / new、sea / see、fair / fare、die / dye、stare / stair 等。

b. 一字多義，如：tear 動詞為「拆除」、名詞為「眼淚」；object 動詞為「反對」、名詞為「物品」；present 動詞為「呈現」、名詞為「禮物」；leave 動詞為「離開」、名詞為「請假」；address 動詞為「演說」、名詞為「住址」；present

動詞為「呈現」、名詞為「禮物」等。

c. **易混淆相似音**，如：dock / duck、crown / clown、menu / manual、cloudy / crowd、bed / bad、dress / address、contact / contract / contrast 等。

d. **連音造成誤判的單字片語**，如：at eight / late, have a seat / haven't see 等。

⊙原則二：考 5W 的語意理解；

　　大約以 who, when, what, where 為主，how 與 why 在聽力測驗比較難出題，較少出現。

⊙原則三：考動詞、名詞、介系詞的用法

　　大約以 who, when, what, where 為主，動作、身分、位置（on、at、under 等）。

　　以下就聽力測驗的四種變化題型，分別討論其出題原則。

● 圖片描述

　　CD 會播放對答案本上一張照片的四句描述，考生聽完後判斷哪一個描述正確。

　　出題原則：照片要有焦點（focus），動作、場景、人物要清楚。

　　誘答：出兩個不同的動作的誘答、兩個混淆音的誘答。

例題

（錄音）

(A) The bicycles are lying on the ground.

(B) The people are riding their bicycles along the street.

(C) The people are driving with their bicycles.

(D) The bicycles are parked on the sidewalk.

(A) 腳踏車倒在地上。

(B) 人們沿街騎著腳踏車。

(C) 人們開車載著腳踏車。

(D) 腳踏車停在人行道上面。

說明

　　(D) 為正答，但(A)、(B)、(C)、(D)都出現 bicycle 這個單字；(A)、(B)、(D)出現與 bicycle 相關的單字 ground、along the street、parking；(A) 的 lying、(B) 的 riding 與 (C) 的 driving 發音接近，很容易混淆。

● 應答問題

　　在這類題型，考生會聽到一個問句和三個答案，考生必須在這三個答案選項中選出一個最好的答案。問句和選項都是錄音播放，考生在題本上並不會看到考題。

　　出題原則：通常考 5W 及 Yes-No 問題，一問一答。

　　誘答：三個答案常明顯不同，如地點、人名、動作、時間等，以察覺考生對問題關鍵字的敏感度。

例題

　　（錄音） Where have you been?

　　（錄音） (A) He is from Japan.

　　　　　　 (B) The supermarket.

　　　　　　 (C) No, too late.

你去哪裡了？

(A) 他來自日本。

(B) 超市。

(C) 不，太晚了。

說明

(B) 為正答，但 (A) 的 Japan 是對 have you been 的誘答；(C) 是對 WH 問題與 Yes-No 問題的誘答。

🌸 簡短對話

簡短對話的題型，顧名思義就是聽一段簡短的對話後，回答問題；題目中 A 與 B 兩人對話，依不同的考試有 ABA 及 ABAB 不同長度的考題；題組從 2 題到 4 題都有。

說話者 A 會先丟出一個話題或問題， B 則提出他對此事的看法或解答 A 的問題，最後 A 再回應 B 的談話。簡短對話結束後會播出問題，考生看題本上每一題的問句和四個選項，根據聽到的對話內容，選出最好的答案。

出題原則：一樣是考 5W 問題，尤其是問談話的 what：談話的主題、 A 需要的訊息、 B 給的建議。錄音採一男一女，便於辨識 A 與 B。

誘答：在兩三個答案中放入對話中出現的單字，但卻非正答。此外，錯誤答案在各題間有連結關係，以下題為例，若考生在第一題誤選成 (B) A waitress，到第二題會被 (C) Make a restaurant reservation 繼續誤導。

例題

（錄音）　　W: Registration desk. How may I help you?

　　　　　　M: Hi, I am calling to make an appointment with Dr. Laska.

　　　　　　W: Have you been a patient here at St. Joseph Hospital, sir?

　　　　　　M: Yes, I went to see Dr. Benitez two month ago.

（錄音）　　Q 1: Who most likely is the woman?

（試題本）　Q 1: Who most likely is the woman?

　　　　　　(A) Dr. Laska.

　　　　　　(B) A waitress.

　　　　　　(C) A patient in St. Joseph.

　　　　　　(D) An office receptionist.

女：掛號處。我能會為你效勞嗎？

男：妳好，我打來預約拉司卡醫師的門診。

女：先生，您以前來過聖約瑟夫醫院嗎？

男：是的，我兩個月前看過貝尼德斯醫師的門診。

問題 1：這名女子最有可能是誰？

(A) 拉司卡醫師。

(B) 女服務生。

(C) 聖約瑟夫醫院的病患。

(D) 辦公室櫃臺人員。.

說明

(D) 為正答，但 (A) 的 Dr. Laska 與 (C) 的 St. Joseph 都是題目對話中出現的單字，用來誤導考生。

（錄音）　　Q 2: What does the man want to do?

（試題本）　Q 2: What does the man want to do?

(A) Schedule an appointment.

(B) Talk to a doctor.

(C) Make a restaurant reservation.

(D) Sign up a course at a university.

問題 2：這名男子想做什麼？

(A) 預約門診時間。

(B) 和醫生談話。

(C) 預訂餐廳。

(D) 報名大學的課程。

說明

(A) 為正答，但 (C) 的 Make a restaurant reservation 是對應上題 a waitress 的誘答；(D) 的 Sign up a course at a university（選課）及 (B) 的答案都是對應 doctor（醫生，教授）的誘答。

　　這種考題中，考生聽到一小段個人獨白，例如導遊介紹風景、學生或職員上台簡報、個人敘述旅遊經驗、老師在課堂上的簡單授課內容、公共場所（車站、機場等）的廣播、廣播裡的新聞報導或氣象報告等。簡短獨白後會播放問題，考生看題本上的問句和四個選項，根據聽到的對話內容，選出最好的答案。題組約2題到4題。

　　出題原則：考 5W1H 的問題。根據考試的性質來決定情境，如是大考聽力，就與學生相關的校園情境為主，如是 TOEIC，則以國際溝通、工作情境居多。題目可問獨白的主題、獨白的目的、判斷說話者的身分及說話的對象、說話者為何提出此訊息等。

例題

　　（錄音）Margret and I have been married for 3 years. Although it is not a very long period of time, it is already an achievement for us to have reached this far. Three years was a journey that we had to work out. Now we are expecting a new family member, we know the life is getting much happier. In this short film, I am going to share with you our years together. I will keep it updated as we add more years and more journeys to come into our life. I do hope you enjoy the film as we do.

　　（錄音）　　Q 1: Who most likely does the man speak to?
　　（試題本）　　Q 1: Who most likely does the man speak to?

(A) His family and friends.

(B) His new born baby.

(C) His customers.

(D) His students.

　　（我跟瑪格麗特結婚三年了。雖然時間不算長，但對我們來說，可以一路攜手到現在意義非凡。這三年就像是一趟我們必須完成的旅程一樣。現在我們正要迎接家裡的新成員，也知道我們生活會更加幸福的。在這支短片裡，我要跟你們

分享我們牽手的這段歲月。往後幾年，當我們增加更多的人生旅程，我會再隨時跟各位更新近況。衷心希望大家喜歡我們這支影片。）

問題 1：這名男子最有可能說話的對象是誰？

(A) 他的家人與朋友。

(B) 他新出生的寶寶。

(C) 他的客戶。

(D) 他的學生。

說明

(A) 為正答，但 (B) 的 new born baby 與題目獨白中出現的單字 a new family member 有關，用來誤導考生。

（錄音）　　Q 2: What does the man say about his marriage?

（試題本）　Q 2: What does the man say about his marriage?

(A) It is long and happy.

(B) It is exhausted but interesting.

(C) It is not easy but successful.

(D) It is enjoyable but tiring.

問題 2：關於他的婚姻，這名男子說了什麼？

(A) 長久幸福。

(B) 很累但有趣。．

(C) 維繫不容易但很成功。

(D) 很有樂趣卻也累人。

說明

(C) 為正答，但 (A) 與 (D) 的 long、happy、enjoy 都有在題目獨白中出現，用來誤導考生。

◉ 聽力測驗解題技巧

　　許多人在聽力測驗吃足了苦頭，尤其是像簡短獨白那種較長的英語段落。其實，回答聽力題是有技巧的，總的來說，只要記住下列幾個重點：

1. 聽力測驗不太會考時態，或是介系詞等「虛詞」、「功能字」，因此可以略過此部分。
2. 聽力測驗不太會考數字。因為真正的對話中若遇到數字，說話者會再次確認（refirm），不會聽一次就定江山。
3. 遇到動詞要留意，因為聽力測驗常考做什麼動作、做甚麼事。
4. 注意前述所提的發音陷阱。

◉ 圖片描述的解題技巧

　　遇到圖片、照片題，要有快速瀏覽圖片的能力。

　　照片分「人物」和「非人物」兩種。「人物」的照片最常考的就是這些人「正在做什麼」，以及其職業、身分、表情和彼此間互動的關係。「非人物」類的照片，重點可放在場景的地點和狀況，其次是關鍵的細節，如東西的位置等。

◉ 應答問題的解題技巧

　　問題的第一個字一定要聽清楚，必須掌握問句在問什麼：是以疑問詞為首的問句，問 Who、問 Where、問 When、問 What；或是以 Be 動詞或 Can、Did 等助動詞為首、句末語調上揚的 Yes/No 問句。留意這點，就能知道答案的方向。

● 簡短對話的解題技巧

對話的題組題，要在聽到對話前，先把題目看完，記下是問 5W1H 中的哪幾項，聽對話及獨白時，就有方向。

接著，每一題答完後，在播放下一題問題前，先把下一題的答案及選項都快速瀏覽一遍。

注意對話及獨白的發生「場景」在何處。雖然情境未明白說出，但可經由對話內容推論得知，例如說話兩人的關係、談話的時間及地點、說話者的職業等。

簡短對句的第一句通常是 Hello、Hi 之類，第二句就很重要，常會提到發話者說話的目的，要注意聽。

● 簡短獨白的解題技巧

跟簡短對話相同，簡短獨白的題組題，也是要在聽到獨白前，先把題目看完，掌握 5W1H，事先找出聆聽的重點。接著，每一題答完，聽下一題題之前，先快速瀏覽下一題的答案及選項。

不同於簡短對話題型，簡短獨白的題組題目是以一個人的獨白呈現。因此說話者的「目的」（purpose），以及說話的對象（who is talked to）就成了這類題型考生要特別留心之處。

★ 聽力測驗試題練習

聽力測驗題目，可參考聯經出版《TOEIC 一生必學的英文聽力》一書

教戰篇
各項考試出題分析與解題技巧

在第一篇「觀念篇」，我們談了對各類英語測驗，以及英語評量應有的基本觀念，也提出了出題者出題的技巧及考生應有的認知。

第二篇「實務篇」將各種英語測驗的題目類型，做了實務原則與技巧的講解。從出題者的觀點出發，介紹各種出題的原則及技巧；也從考生的角度來觀看試題，希望從出題原則中，找到解題的竅門，並熟悉英語能力測驗到底要考什麼。

接下來，我們將在第三篇「教戰篇」，針對一些常見的各類考試，進行題目分析與解題技巧。期盼這樣的真實教戰，讓老師未來出題與審題，更為精確熟悉；考生解題與答題，更有信心。

第十七章

國小英語能力評量

臺灣國民小學自 2001 年開始實施國小英語教學，為檢驗教學及學習成效，各縣市都會舉行全縣市的國小英語檢測。由於教育部明訂國小自三年級開始教授英語，故檢測年級多為四年級與六年級。

此處討論樣本來自「新北市 99 學年度國小六年級英語檢測卷」。考卷試題分「A 聽力測驗」與「B 閱讀測驗」兩大項。「A 聽力測驗」的五大題，內容為：字母 Phonics、單字讀音辨識、看圖片聽敘述、聽句子及聽問句選答句。「B 閱讀測驗」有三大題，內容分別是：看單字或句子選出正確圖片、看圖片選出正確單字或句子、問句選答句及短篇閱讀測驗。

檢視此份考題，最需要強化的是出題老師群對「測驗評量」的概念。這一類的階段學習檢測卷，評量目標在「強化學習」、「瞭解學習成效」，因此不應混淆或誘導，以免讓學童混淆所學的語言概念。

刻意去測驗學童會不會「不小心答錯」，減低學生的英語學習成就感，並不是國小英語能力評量的主要目標。

以下抽樣題目，分析出題品質與解題技巧，來檢視考題的品質。

● 「A 聽力測驗」出題分析與解題技巧

⊙ 1. 字母 Phonics

本大題考學生辨音能力，如「bl、pl、gl」、「br、pr、dr」、「sp、st、sk」相似音之間的辨識能力。如：錄音帶念 bread，考生能聽辨選出答案 br，而非 dr 或 tr。

分析

此種考題設計方式不盡理想，因為一般人鮮少有需要在日常對話中辨識「br，dr，tr」。建議將答案選項改為單字，同時加入語意概念，如錄音念：She has a better brain than we do. Brain. Brain. 選項為：brain、train、drain。

準備或提升聽音能力，最重要是單音、單字要會念；將發音清楚念出來，不但口語會進步，聽力也會提升。

第二大題考單字讀音，如：題目為：「bear、hair、bike」，錄音念 bike，考生聽辨後，選出錄音所念的單字。

分析

考點可能是母音或子音，錯誤選項亦有誘答力，基本上符合測量目的。但若能如第一大題一樣，將單子放在句子中更佳。

⊙ 3. 看圖片聽敘述

第 11 題：圖片是「一小男孩頭的旁邊有一閃亮的燈泡」，錄音播放的三個答案選項為：1. I want some cookies, too. 2. I have an idea. 3. What's wrong？（1. 我也要一些餅乾。2. 我有個想法。3. 怎麼了？）

分析

錯答選項為 1 與 3，但 3 的選項與 1、2 的同質性不高，並不是好的選項。如改為 I need to take a shower.（我需要沖個澡。）就能讓答案兼具高誘答性和高同質性。

第 13 題：圖片是「一小男孩雙手壓著一本翻開的書」，錄音播放的三個答

案選項為：1. Let's count. 2. Let's have fun. 3. Let's read.（1. 我們來算數吧。2. 我們開心地玩吧。3. 我們來看書吧。）

分析

本題正答與誤答都出得很好，符合評量目的與原則。

⊙ 4. 聽句子

本大題測驗目的單純、單一，屬於不錯的一大題。舉兩個例題來討論：

第 19 題：錄音聽到的題目為 I'm twelve years old.（我十二歲。）三個答案選項為：1. It's twelve dollars. 2. I have twelve dollar. 3. I'm twelve years old.（1. 十二元。2. 我有十二元。3. 我十二歲。）

分析

答案 1 與 2 的誘答性足，但同質性高，建議答案 1 修改為 It's twelve o'clock.（現在十二點。）

第 20 題：錄音聽到的題目為 I did my homework last night.（我昨晚做了功課。）三答案選項為 1. I did my homework yesterday. 2. I did my homework last night. 3. I did my homework this morning.（1. 我昨天把功課做完了。2. 我昨晚把功課做完了。3. 我今天早上把功課做完了。）

分析

此題較 19 題簡單，只考時間副詞部分。

⊙ 5. 聽問句、選答句

本大題要學生聽問句，選出適當答案。有幾題出得技巧不夠好，例如：

第 21 題：錄音聽到的題目為 What can you do?（你會做什麼？）出現單字「can」，三個答案選項為 1. I drink some juice. 2. I can draw. 3. I'm writing.（1. 我喝一些果汁。2. 我會畫畫。3. 我正在寫。）答案 2 出現題目所念的 can，考生容易直接選。相同情形在 24 與 25 也有出現。

第 24 題：錄音聽到的題目為 Where are you from?（你來自哪裡？）出現單字「from」（從……來），三答案選項為 1. I'm in Japan. 2. I'm from Japan. 3. I'm going to Japan.（1. 我人在日本。2. 我來自日本。3. 我要去日本。）答案

2 出現題目所念的 from，學生很容易直接選，此題無誘答性。

第 25 題：錄音聽到的題目為 What do you want to be?（你想做什麼？）出現單字「want to be」（想要（做）……），三答案選項為 1. I want to be a doctor. 2. I'm a doctor. 3. I'm going to see a doctor.（1. 我想當醫生。2. 我是醫生。3. 我要去看醫生。）答案 1 出現 want to be。

至於第 22 題就出得還不錯。

第 22 題：錄音聽到的題目為 How many monkeys are there?（有多少隻猴子？）三答案選項為 1. They like monkeys. 2. There are five monkeys. 3. There are five keys.（1. 他們喜歡猴子。2. 有五隻猴子。3. 有五把鑰匙。）答案 3 出現 there are 與 keys 當誘答，算是難的題目。

● 「B 閱讀測驗」出題分析與解題技巧

本份考卷的閱讀測驗共三大題：第六大題的「看單字或句子選出正確圖片」，第七大題的「看圖片選出正確單字或句子」和第八大題的「問句選答句及短篇閱讀測驗」。

第六大題與第七大題等同文意與字彙題，然出題方式卻放在單字或句子的選擇上，並不合適。單字或句子最好能以上下文（context）的概念來考，才合乎語意測驗的原則。

● 第八大題：短篇閱讀測驗

此大題才是真正的閱讀測驗考題。

例題

(Jenny is talking to a new student in class.)

Jenny : Hi! Welcome to our class. My name's Jenny. What's your name?

Simon: My name's Simon. Nice to meet you.

Jenny : Nice to meet you, too. Where are you from, Simon?

Simon: I'm from the U.S.A.

Jenny : Do you like Taiwanese food?

Simon: Yes, I do. I like dumpling and beef noodles.

Jenny : Me too. There's a great dumpling store next to our school. Do you want to go with me after school today?

Simon: Sounds great. Thank you.

46. Where's Simon from?

    (1) He's from Taiwan.

    (2) He's from England.

    (3) He's from the U.S.A.

47. What does Simon like to eat?

    (1) He likes to eat chicken.

    (2) He likes to eat dumplings.

    (3) He likes to eat hamburgers

48. Where's the dumpling store?

    (1) It's next to the school.

    (2) It's next to the bookstore.

    (3) It's next to the bank.

（珍妮跟班上新同學說話。）

珍妮：嗨！歡迎來我們班。我叫珍妮。你叫什麼名字。

賽門：我叫賽門。很高興認識妳。

珍妮：我也很高興認識你。賽門，你從哪裡來的呢？

賽門：我從美國來的。

珍妮：你喜歡臺灣料理嗎？

賽門：喜歡。我喜歡水餃和牛肉麵。

珍妮：我也是。我們學校隔壁有間很棒的餃子館。你今天放學後想跟我一塊去嗎？

賽門：聽起來很棒。謝謝。

46. 賽門來自哪裡？

    (1) 他來自臺灣。

    (2) 他來自英國。

    (3) 他來自美國。

47. 賽門喜歡吃什麼？

    (1) 他喜歡吃雞肉。

    (2) 他喜歡吃水餃。

    (3) 他喜歡吃漢堡。

48. 餃子館在哪裡？

    (1) 學校隔壁。

    (2) 書店隔壁。

    (3) 銀行隔壁。

例題

Peter is a 6th grade student. He gets up at 6:30 and goes to school at 7:00 every morning. He's never late for school. His favorite subject is English. He practices basketball after school every Wednesday. He's really busy.

49. What subject does Peter like?

    (1) He likes English.

    (2) He likes math.

    (3) He likes art.

50. When does Peter practice basketball?

    (1) Every day.

    (2) Every Tuesday.

    (3) Every Wednesday.

（彼得念六年級。他每天早上六點半起床，七點上學。他上學從來沒有遲到過。他最愛的科目是英文。他每週三放學後會練籃球。他真的很忙。）

49. 彼得喜歡什麼科目？答：他喜歡英文。

50. 彼得什麼時候練籃球？答：每週三。

分析

　　五題都是考對話文章的事實敘述（facts），屬於最初階的閱讀測驗題目。閱讀測驗應該要求考生能融會貫通文章前後語意，一個題目至少要能利用兩句以上的句意來作答。例如問 What are they talking about?（他們正在說什麼？）、Which one of the following statement is true?（下列何者敘述正確？）等。

　　其他的答案選項毫無誘答性也是一大敗筆。如 46，47，48 這三題的錯誤選項 Taiwan, England, chicken, hamburgers, bookstore, bank 都未出現在閱讀測驗中，學生怎麼可能會選呢？這樣無法真正檢視學生閱讀能力。學生只要比較選項與文章的出現單字，不需閱讀且不必瞭解文意即可作答，實非很好的選項設計。

　　此外，閱讀測驗出題的目的，主要是檢驗學生的字彙量與上下文的理解能力。本篇考題，都停留在找事實答案，非閱讀測驗目的，出題技巧有待改善。

第十八章

國中會考

2013 年國中「基本學力測驗」進入尾聲。從明年開始，十二年國教上路。針對國中英語學習的整體評量，主要以國中會考為主；此外，對於高中各校的特色招生，也將推出語文方面的能力測驗。

國中會考，依照現有資料的分析，大抵上是種能力測驗，也是一種診斷測驗（有關此兩種考試之不同定義，請見第一單元觀念篇）。

國中會考是模仿國外一種所謂素養或讀寫能力的測驗。以美國 7 ～ 9 年級為例，各州教育主管當局，為維持學生的基本素養，每年都會針對 9 年級，實施全州的能力測驗，以檢驗教學成效與各校的辦學績效。儘管各州作法不同，但測驗性質大抵以能力測驗為主。此外，各州也會在 7 年級或 8 年級，針對不同需求，進行診斷測驗。

● **高中特色招生的英文考試是什麼？ PISA 測驗又是什麼？**

臺灣的國中基測，基本上以美國中學的基本讀寫能力測驗為本，未來各高中特色招生的英語文考試，大抵也會遵循此方向。但如以素養為主，也可能會以 OECD（經濟合作暨發展組織，Organization for Economic Cooperation and Development）所啟動的 PISA（國際學生能力評量計畫，Programme for International Student Assessment）為參考範本。此測驗不僅包含基本能力的量

化部分，更有質化能力的分析與描述，以任務導向（task-based）的測驗題目呈現，對臺灣學生挑戰性更高。

　　為了篩選出具語文特色與較進階英語文能力的學生，進入所謂前幾志願的明星學校，著重閱讀及分析能力的英語文測驗，應該是未來的重點。除了聽力測驗及選擇題外，非選擇題（如簡短寫作、看圖寫作等題型）都可能成為各校特色招生的考試內容。

● 國中會考：分析 102 年試辦的國中會考題目

　　為了檢驗國中會考題本的信度、效度與鑑別度，102 年台師大心測中心舉辦第一次考試。我們在此分析此題目，一方面檢視相關命題的技巧，一方面也可以看出未來國中會考的方向。

　　依照心測中心所公布的資料顯示，國中會考是種能力測驗，將分成三等級的評量結果：「精熟」、「基礎」及「待加強」，但由於分發的爭議，可能增加等級，以區分學生程度。目前教育部傾向將前兩級「精熟」與「基礎」再細分為「A++、A+、A、B++、B+、B」，加上「待加強」共有七級。

　　從考後的統計資料看來，英語科精熟級佔約 15.42%；基礎 55.86%；待加強 28.72%。在所有考科中，英語科待加強的比例最高，基礎級的比例最低。其原因大概可歸因於國中學生英語的雙峰現象比其他學科嚴重。此外，由於本考試是種能力測驗，英語科脫離學生原本以「課本」為基準的成就考試，完全是種生活能力應用，對於學生而言，相對較難，也較有挑戰性。

　　整體而言，國中會考的英語科分成兩項：一為閱讀，一為聽力。其中閱讀能力等級的整體表現描述如下（以下資料引用台師大心測中心公布的能力指標）：

⊙ 閱讀能力

　　精熟：能整合應用字詞、語法結構及語用慣例等多項語言知識；能理解主題較為抽象、訊息或情境多元複雜、語句結構長且複雜的文本，指出各類文本的主旨、結論與作者立場等重要訊息，並從文本結構、解釋或例子等做進一步的推論或評論。

基礎：能理解字詞基本語意及語法概念；能理解主題具體或貼近日常生活、訊息或情境略為複雜、語句結構略長的文本，指出文本主旨、結論與作者立場等重要訊息，並從文本的解釋或例子做出推論。

　　待加強：僅能理解主題貼近日常生活、訊息或情境單純且明顯、語句結構簡單的文本或語句，僅能指出文本明白陳述的主旨、結論與作者立場等重要訊息，僅能藉文本明顯的線索做出簡易的推論。

⊙ 聽力

　　102 年會考的英語聽力題共 20 題，以基本簡易的日常語句及短篇言談為主。

　　精熟：能聽懂主題熟悉、訊息稍為複雜、段落較長的言談，指出言談的主旨與結論等重要訊息，並從言談中的言語及其他如語調與節奏等線索做出推論；能理解短片及廣播節目的大意。

　　基礎：能聽懂日常生活主題、訊息單純的短篇言談，指出言談的主旨與結論等重要訊息，並從言談中明顯的言語及其他如語調與節奏等線索做出簡易推論。

　　待加強：僅能聽懂單句及簡易問答；僅能有限的理解短篇言談。

　　相關的國中會考英語科資訊，請參考國中教育會考網站：http://cap.ntnu. edu.tw/index.html；有關英語科考試內容，請參考：http://cap.ntnu.edu.tw/ test_4_3.html。

　　以下針對 102 年試辦會考的英語科題目加以分析：本次考試共分兩部分：聽力 20 題；閱讀 40 題。均為單一選擇題。

　　聽力題分三部分：辨識句意（單句＋圖表）；基本問答（簡易對話）；言談理解（短文及對話，評量細節、推論、猜字、主旨等）。

　　第一部分為聽簡短敘述，選出回應所聽內容的圖片。此種看圖辨識句意的題目，大抵以情境人物的動作或物品的位置為主。注意人物的動作（有時以現在式 V(es) 或現在進行式 V-ing 表示）或位置的介系詞，這些都是考點。

1.

Tom and Mary are talking on the telephone.

（湯姆和瑪麗正在講電話。）

分析

　　注意兩人的動作，掌握動詞 are talking on the phone（正在講電話）即可知道答案為 (B)。

2.

My cousin is roller-skating beautifully.

（我表妹正優美地溜著冰。）

分析

　　此題除了動作 is roller-skating （正在溜冰），也考動作的表現 beautifully（優美地）。此題有兩個考點，算是比較難的題目。

3.

The comic books are under the desk.

（漫畫書在書桌底下。）

圖片題常考方向或位置，因此有關位置或方向的介系詞就是考點。此題為 under（在……之下）。

第二部分基本問題，大抵以 6W1H 的問題為主，主要以說話者角色、時間、地點、動作、原因等內容為主，先聽出所問的疑問詞（who, where, when, why, what, which, how），就可依照疑問詞的方向回答。通常選項的誘答除了有些類似音的辨識外，大都是同樣的情境表達（如以車站為內容），但是列出不同的動作或重點。

有時問題也會出現 Yes-No 問題，但回答不一定是 Yes 或 No，其後應該有更具體的內容，選項的誘答也都放在所謂的內容上。請看以下試題分析：

4. Excuse me, how can I get to the station?

(A) The train leaves at 6 o' clock.

(B) Walk along this street two blocks.

(C) You can find the store in the station.

不好意思，車站怎麼走？

(A) 火車六點離站。

(B) 沿著這條街走兩個街區。

(C) 你可以在車站找到那家店。

分析

此題問 how（如何，怎麼），因此答案為 (B)。其餘兩個誘答都跟車站有關，是個很好的題目。

5. I can't find my cellphone. Did you see it?

(A) The number is 0949-168-999.

(B) No, I don't have one.

(C) Yes, it's on the desk.

我找不到手機。你有看到嗎？

(A) 電話號碼是 0949-168-999。

(B) 沒有，我沒有手機。

(C) 有啊，在書桌上。

分析

　　此題重點在後面，詢問「手機在哪裡？」為 Yes-no 問題，大抵以 Yes 或 No 來回應。

6. How did you spend your holiday?

　　(A) It took me NT$2,000.

　　(B) I don't go to school on holidays.

　　(C) I stayed at home all day.

你假日怎麼過的呢？

　　(A) 花了我台幣兩千元。

　　(B) 我假日不用上學。

　　(C) 我整天待在家裡。

分析

　　此題又是 how 的題目，在短短三題內，出現兩題 how 的選題，其實並不恰當，題目應更有多樣性。儘管題目安排不恰當，不過此題的選項非常具誘答性，選項 (A) 為金錢，主要是混淆題目的 spend（花時間或金錢；度過），而選項 (B) holidays，也是要混淆題幹的 holiday，以造成考生的誤解。兩個誘答均是非常好的安排。

　　第三部分：言談理解（共十題）以兩人對話為主，主要針對情境（如去看電影、逛街、親子對話等）及情境中所安排的資訊重點。與前面基本問題一樣，仍然以 6W1H 的問題為主，所以應該注意對話播完後，所問的問題問的是動作、對話人物、時間、地點、方式、原因等。

11. A: Hurry up! We only have ten minutes.

　　B: Then, we have to take a taxi to the theater.

　　Question: What are they going to do?

　　(A) To see a movie.

(B) To go to a ball game.

(C) To take a trip.

A：動作快，我們只有十分鐘。

B：既然這樣，我們得搭計程車去電影院了。

問題：他們要做什麼？

(A) 看電影。

(B) 去看球賽。

(C) 去旅行。

分析

　　此題較為簡單，主要詢問 what（什麼），關鍵字為 theater（電影院）。因此，聽力測驗必須多注意動詞與名詞，這些字詞才是資訊的重點。

13. A: Are you ready to go?

　　B: Yes, but give me one more minute.

　　Question: What does the man mean?

　　(A) He'll go very soon.

　　(B) He doesn't want to go.

　　(C) He has been there twice.

　　A：你準備走了嗎？

　　B：好了，不過再等我一下。

　　問題：這名男子的意思是什麼？

　　(A) 他很快就會走了。

　　(B) 他不想走。

　　(C) 他已經去過那裡兩次了。

分析

　　此題跳脫一般聽力測驗的機械性題目（如問 6W1H），而以上下文的語意為主，甚至必須知道說話者的口氣。題目除了資訊重點外，更加入了推理分析的部分，可說是相當具有鑑別度的題目。但選項中的 (C) 缺乏誘答性，與主題偏離甚遠。

　　男生回答：Yes, but give me one more minute. 表示會跟女生走，但時間會

晚一點。三個選項，除了 (C) 較為偏離，(A)、(B) 兩個選項都必須參考說話者的口氣：男生會走，只是要耽擱一下，也就表示 He'll go very soon. 一般考生可能無法理解這種語氣的轉換或不同的說法，而不知答案為 (A)。

閱讀部分共四十題。單題題目，除了上下文語意的字彙題，也包含文法題（動詞時態、介系詞用法、關係代名詞、人稱代名詞、問句用法等為主）；題組題目大都以語意為主的閱讀能力。

● 單題怎麼考：掌握關鍵字彙 & 文法

⊙ 字彙

23. It's raining _____. I think you should stay here until the rain stops.
    (A) politely   **(B) heavily**   (C) clearly   (D) easily

    雨下得很大。我想你應該待在這裡，直到雨停為止。

    (A) 禮貌地   (B) 大量地   (C) 清楚地   (D) 容易地

分析

此題考搭配用語（collocation）。修飾下雨的副詞為 heavily，其餘用詞的語意都不合適。此題題目主要是考 rain heavily（下大雨），整句的語意對於選項沒有決定性的影響，也就是說，考生就算不看後面那句話，也可以選出答案。上下文語意在此並未發揮功能。這種制式的搭配用語，並非很好的題目。

⊙ 文法

22 . I enjoy drinking a cup of black coffee _____ Friday nights.
    (A) at   (B) by   (C) in   **(D) on**

    我喜歡在星期五晚上喝杯黑咖啡。

    (A) 在（幾點） (B) 在……之前 (C) 在（地點） (D) 在（特定日期）

分析

此題以文法的介系詞用法為主，屬於記憶題目。考生知道特定時間的晚上，

介系詞要用 on，即使不看整句或不懂句意，都可以作答。這種偏重記憶或機械性的文法試題，對於學生的英文使用能力並無幫助。國中會考如果是以測驗學生的語言使用能力為主，這種題目非常不宜。

本次會考中的文法題目，甚多這種記憶或機械性的填答題目（如 23, 25, 26, 27, 34），這些題目缺乏語意與文法結合，只是測驗學生對文法正確性的認識，缺乏語言使用能力的辨識，已經不符合現今語言能力測驗的理論與實作。

國中會考的出題能力仍有待改進。以避免誤導學生去學習一些無助於語言能力的文法規則！

不過也有出得很好的例子，如 32 題的代名詞用法，即使考文法，但結合語意與文法用法，考生必須讀完上下文才知道選擇適當的代名詞。

32.Stella: Is this Simon's book? I found it under the chair.

Joyce: No, it's _____. Thank you. I've been looking for it.

(A) I　　　(B) me　　(C) my　　　**(D) mine**

史黛拉：這是賽門的書嗎？我在椅子下發現的。

喬伊斯：不是，那是我的書。謝謝妳。我一直在找它。

(A) 我（主格）(B) 我（受格）(C) 我的（所有格）(D) 我的（所有格代名詞）

● 閱讀的題組題，以閱讀能力為主！

本次國中會考題目，聽力題目不只題型，誘答性的選項也符合出題原則與考試目標。不過，閱讀部分的字彙、搭配詞及文法試題，仍然不甚理想；而題組題的閱讀能力，以尋找資訊重點及理解、分析內容，頗能符合之前所各級能力分類所要達成的考試目標。

如第 37-38 題：

Below is a report on four new restaurants.

	Food Station	Aunt Lucy's	Fresh & Hot	Full House
Food	excellent	good	good	poor
Price	US$10~US$25	US$25~US$50	US$10~US$25	US$25~US$50
Service	poor	excellent	excellent	poor
Restroom	very clean	clean	dirty	very clean
Seating	60	25	80	25
Pets	Yes	No	Yes	No

37. Which CANNOT be found in the report?

(A) How many seats each restaurant has.

(B) Whether dogs can enter the restaurant.

(C) What food can be ordered in each restaurant.

(D) How much it may cost to eat in each restaurant.

38. Sherry is talking about one of the four restaurants:

"It's a clean and comfortable place. Even the floor of the restroom shines. The food is delicious. But each of their waiters has to take care of so many tables that you seldom see them smiling and may get spaghetti when you order steak. It's difficult to get a table on weekends. To save time, it's better to visit on weekdays."

Which restaurant is Sherry talking about?

(A)Food Station.   (B)Aunt Lucy's.

(C)Fresh & Hot.   (D)Full House.

中譯

以下是四間新餐廳的報告。

	美食站	露西阿姨的店	鮮熱	客滿
料理	極佳	佳	佳	差
價格	10~25 美元	25~50 美元	10~25 美元	25~50 美元
服務	差	極佳	極佳	差
洗手間	很乾淨	乾淨	髒亂	很乾淨
座位數	60	25	80	25
可否攜帶寵物	可	不可	可	不可

37. 報告中沒提到什麼？

    (A) 每間餐廳有多少座位。

    (B) 狗狗能不能進入餐廳。

    (C) 每間餐廳能點的料理。

    (D) 每間餐廳大概的用餐價格。

38. 雪莉正在談論這四家餐廳家的其中一間：

    「餐廳很乾淨舒適，連洗手間的地板都閃閃發亮。餐點很美味，不過每個服務生必須負責的桌數太多，所以幾乎看不到他們的笑容，而且點牛排可能會上成義大利麵。週末很難訂位。為了節省時間，平日去吃比較好。」

    雪莉說的是哪家餐廳？

    (A) 美食站。

    (B) 露西阿姨的店。

    (C) 鮮熱。

    (D) 客滿。

分析

    從表格中所列出的報告，第 37 題以全面整合（global）的方式來測試考生如何整理資料的能力（What cannot be found in the report?），題目出得非常好，達到了測驗目標。 第 38 題更以一段敘述來測驗學生比較與推理分析的高階閱讀能力，題目具有效度與鑑別度，選項也能兼顧整體性。這兩題很能鑑別出學生的理解力。

    整體而言，此部分的題目，除了少數為簡單的事實題（如 44, 47, 49），其他都是測驗學生綜合整理資訊與分析資訊的能力。對於大部分的題目，考生必須理解整篇內容，才能找出適當的敘述，一般來說，如 What can we learn from the reading?（我們可以從文章中學到什麼？）、Which is true?（何者正確？）、Which is not said...?（何者沒有提到？）這類的題目都是整合性題目，可說是本次會考中最成功的題型。

第十九章

各校國中段考

檢驗許多國中的英文段考題目後，發現國中老師對於評量的觀念、英文測驗的目的與技巧，仍應更進一步地釐清與熟練。

教師首先必須瞭解，學校定期評量是一種「成就測驗」，用來檢驗學生經過教育或訓練後，是否達到學習目標。成就測驗是測驗學習成效，必須符合教學目標。把學生考倒，絕非測驗的目標。

單字、句型、文法、內容應該是教學涵蓋的範圍。以下舉台北市某國中九年級第一學期第三次英語科評量為例，分析出題與解題技巧。

本份考卷分「第一部分：聽力評量 20%」與「第二部分 80%」。

● 「第一部分：聽力評量 20%」出題分析與解題技巧

第一部分聽力評量共有三大題，內容分別是：1. 選出錄音念的單字，2. 選出錄音念的句子，3. 根據聽到的對話或句子，選出正確答案或正確圖片。

⊙ 選出錄音念的單字

本大題考學生辨音能力。例如：錄音念「sentence, wrong」，考生從選項 (A) sandwich (B) sentence (C) write (D) wrong 中選出 (B) 與 (D)。

分析

　　對這大題的建議，仍是希望出題時盡量結合單字的語音和語意，讓學生聽一整個句子，再選出單字。如只是純粹單字辨音的測驗，對單字熟悉度並無幫助。

　　考生準備這類的考題，平常就是要從聲音來熟悉單字。單字的發音絕對是熟悉單字最重要的部分。建議學生一定要多開口念單字，並熟悉自然發音法，對於單字辨音，將會更有幫助。

● 「第二部分 80%」出題分析與解題技巧

　　第二部分共有四大題：1. 綜合測驗、2. 克漏字、3. 閱讀測驗、4. 標示關係子句（形容詞子句）。

⊙ 綜合測驗

　　本份考卷將所有文法、用詞、慣用語、短閱讀測驗都放「綜合測驗」大題。

負面學習的考題，不宜出！

　　此大題的出題方式並不好，將所有項目放在同一單元中，缺乏學生學習的導向。此外，在此必須重申，「成就測驗」要暸解學生是否學會某段進度，達成某教學目標，而非「負面學習」，使得學生更混淆所學的知識與觀念。

　　此份考卷中，有不少的例子就是負面學習，值得英文科出題老師借鏡。以下試舉幾題當作例子說明：

12. A: Do you see the teacher over there? B: Which one? A: The one _____.

　　(A) wore blue pants

　　(B) with blue pant

　　(C) he wears blue pants

　　(D) who is wearing blue pants

　　（A: 看到那邊的老師了嗎？ B: 哪一個？ A: 那個穿著藍色褲子的人。）

這是典型的「負面學習」。換句話說，選項不可以出現本身錯誤的答案。答案 (B) with blue pant 本身是錯誤的英文，pant 未加 s，答案本身文法有誤，不可以成為選項之一。

出題老師要記得，文法錯誤、單字拼字錯誤都不可以出現在答案選項中。

14. Emma, who is a _____ student, always _____ other people when she sees them.

    (A) rude; fighting with

    (B) hard-working; kissed

    (C) lucky; wave at

    (D) polite; greets

    （愛瑪是個有禮貌的學生，看到其他人時總會打招呼。）

分析

此題出得不盡理想，不知出題老師想要測試學生對「語意」的瞭解，還是「時態」的認識？如果是「語意」的瞭解，用「時態」可以馬上作答；如果是「時態」的瞭解，不需大費周章寫出各種單字來混淆學生。

17. Kate is not the only girl _____ in our class.

    (A) who passed the exam

    (B) that is interested in English

    (C) with long leg

    (D) to who I asked out

    （凱特不是我們班上唯一對英文有興趣的學生。）

分析

17 題考關係子句或片語，(C) with a long leg 與 (D) to whom I asked out 的文法與用法錯誤，又是「負面學習」的例子。正答是選項 (B)。

25. A: Mrs. Brown always talks about how good her student's Chinese is.

    B: She's talking about Michael Jordan, isn't she?

A: Yes. Mrs. Brown said Michael can write sentences that most senior high school students can't.

B: Wow, he must be very excellent at Chinese.

(Choose the right answer.)

(A) Mrs. Brown is so proud of the sentences she wrote.

(B) Michael is not good enough to write Chinese sentences well.

(C) Mrs. Brown is proud of her student's Chinese.

(D) Michael Jordan is too good to study Chinese well.

A: 布朗老師老是說她學生的中文有多好。

B: 她說的是麥可‧喬登，對吧？

A: 對啊。布朗老師說麥可可以寫出大多數高中生寫不出來的句子。

B: 哇，他的中文一定很棒。

（選出正確答案。）

(A) 布朗老師非常以她寫的句子為傲。

(B) 麥可的中文還沒有好到可以寫出好的句子。

(C) 布朗老師對她學生的中文程度感到驕傲。

(D) 麥可‧喬登好到無法把中文讀好。

分析

　　首先，這題目應放在「閱讀測驗」類的題型。其次，遇到這種三句或四句的對話組，通常考生要綜合兩三句話的語意，或是看到第三句話後，累積足夠理解資訊才有辦法作答。然而選項答案卻在第一句中 "Mrs. Brown always talks about how good her student's Chinese is." 就可找到答案，後面的對話，本身已經沒有構成閱讀與上下文的連接。此種選項設計，缺乏理解能力的評量。

　　建議不如將正答 (C) 修正為 "Michael's Chinese is better than that of most senior high school students." （麥可的中文比大多數高中生都好。）這樣，考生必須看完對話後，才能找到正答。

26. Jerry: I met my Net friend, Jennifer, in person yesterday, but I won't do it anymore.

　　Amy: Why not?

Jerry: The girl who I think is so sweet and funny is too crazy to believe.

Amy: I told you before, but you didn't take my advice.

(A) Jerry used to like his Net friend, Amy.

(B) Jerry thought Jennifer was crazy, but now he doesn't think so.

(C) Amy gave Jerry some advice on meeting an Internet friend.

(D) Jerry didn't use to make friends online.

傑瑞：我昨天親自去見網友珍妮佛了，但我以後不會再見她了。

愛咪：為什麼？

傑瑞：我以為的甜蜜和有趣女孩，事實上卻瘋狂到令人難以置信。

愛咪：我以前就告訴過你啦，但你不聽我的建議。

(A) 傑瑞以前喜歡他的網友愛咪。

(B) 傑瑞以為珍妮很瘋狂，但現在他不這麼想了。

(C) 愛咪針對傑瑞要見網友這件事給了一些建議。

(D) 傑瑞以前不在網路上交友。

分析

此題的題幹，部分的英文有些拗口 "The girl who I think is so sweet and funny is too crazy to believe." think 用的不對，而且 too crazy to believe 建議改為 awful、terrible 等。如下：

The girl who I thought is so sweet and funny is awful.

（我原本以為的甜蜜有趣女孩其實很可怕。）

The girl who I imagined is so sweet and funny is terrible.

（我原本想像中的甜蜜有趣女孩其實很糟糕。）

28. I'm wondering _____ (Choose the wrong answer.)

(A) if I can decide on the thing that I want to do in the future.

(B) who attacked the class leader that plays a big part in this school.

(C) how to balance my studies and club activities.

(D) what is the most import thing of all.

我不知道 _____ 。（選出錯誤的答案。）

(A) 我可不可以決定未來想做的事情。

(B) 是誰攻擊在學校占有一席之地的班長。

(C) 如何平衡我的學業與社團活動。

(D) （錯誤英文）

分析

本題乍看題目就讓人瞠目結舌，任何題目都不應該讓學生 "Choose the wrong answer." 出題老師的意思應該是「選出錯誤的敘述」，英文應改為 Which one is not true?（哪個選項不正確？）或 Which one of the following statements is not correct?（下列何者敘述不正確），所以正確答案變成 (D)，選 (A)、(B)、(C) 反而錯了嗎？

⊙ 克漏字

這整份考卷的重點應該是放在關係代名詞與關係子句的用法上。克漏字的方向亦是如此。分析考題後，發現問題又是出在題幹的英文上。題目為：

In some cultures, ___31___ another person is considered very close so it is an act for people ___32(who)___ know each other very well. In the United States, for example, young children are taught by their parents and teacher that it is ___33(rude)___ to stand too close to people. By the time ___34___, Americans have learned to feel the most comfortable at about arm's length away from people to whom they are talking.

31. (A) attacking   **(B) touching**   (C) waving   (D) fighting

34. (A) they are dead   (B) they get in schools

    (C) they become adults   (D) they were born

在有些文化中，碰觸別人被認為是非常親密的行為，所以只有互相熟識或親近的朋友之間才會這麼做。以美國為例，父母和師長教會叫小朋友別和別人站太近，很沒禮貌。等到孩童長大成人後，已經知道跟別人說話時，距離一個手臂的距離，感覺最為舒服。

31. (A) 攻擊   (B) 碰觸   (C) 對……揮手   (D) 打

34. (A) 他們過世   (B) 他們上學   (C) 他們長大成人   (D) 他們出生

題幹第一個句子 "In some cultures, touching another person is considered very close." 主詞 touching another person 是個動作，通常不會「被認為」close（親密）；兩個人會「被認為」close，但動作不會。此句英文本身有誤，上下邏輯不通，會造成語意誤解，非常不妥。

34 題正答是 (C)，但答案 (B) 也可。

⊙ 閱讀測驗

閱讀測驗前兩題要求學生解讀圖表。

The comparison among iPad, iPhone 4, and iPod touch.

	iPad	iPhone 4	iPod touch
Capacity	16GB, 32GB, 64GB	16GB, 32GB	8GB, 32GB, 64GB
Screen size	9.7 inches	3.5 inches	3.5 inches
GPS	Yes	Yes	No
Battery life (in hours)	10	up to 10 talk/ 10 video/ 40 audio	up to 7 video/ 40 audio
Networking	Yes	Yes	Yes
Bluetooth	Yes	Yes	Yes
Camera	No	Yes	Yes
Phone	No	Yes	No
Size (in inches)	9.56 x 7.47 x 0.5	4.51 x 2.31 x 0.37	4.4 x 2.3 x 0.28
Weight (in pounds)	1.5 (1.6 on 3G models)	0.3	0.22
Price	$499 - $829	$199 - $299	$229 - $399

36. Emma bought something for her father as his seventieth birthday gift. He enjoys seeing the pictures of Emma's baby girl online with his big screen. What would the gift be?

(A) iPhone　　　　　**(B)iPad**　　　　　(C) iPod touch　　(D)all of the above

37. Which statement is <u>NOT</u> true?

 (A) People who have any of the three products are able to surf the Internet anytime and anywhere.

 (B) People usually upload the pictures which they take with an iPad.

 (C) iPhone 4 is the only product that people can use it to talk with someone far away.

 (D) The bigger the capacity of the product is, the higher the price is.

iPad、iPhone 4 和 iPod touch 的比較表

	iPad	iPhone 4	iPod touch
容量	16GB、32GB、64GB	16GB、32GB	8GB、32GB、64GB
螢幕尺寸	9.7 吋	3.5 吋	3.5 吋
GPS 全球衛星導航系統	有	有	無
電池壽命（以小時為單位）	10	最長可持續 10 ／錄影最長可持續 10 ／聽音樂最長可持續 40	錄影最長可持續 7 ／聽音樂最長可持續 40
上網功能	有	有	有
藍牙	有	有	有
相機	無	有	有
電話功能	無	有	無
尺寸（以吋為單位）	9.56 x 7.47 x 0.5	4.51 x 2.31 x 0.37	4.4 x 2.3 x 0.28
重量（以磅為單位）	1.5（3G 機型 1.6）	0.3	0.22
價格	499 - 829 美元	199 - 299 美元	229 - 399 美元

36. 愛瑪買了某樣東西給爸爸當七十歲生日禮物。他很喜歡用他的大螢幕上網看愛瑪寶貝女兒的照片。這樣禮物是什麼？

 (A) iPhone　　　(B) iPad　　　(C) iPod touch　　　(D) 以上皆是

37. 哪個敘述不正確？

　　(A) 擁有其中一樣產品的人都可以隨時隨地上網。

　　(B) 人們通常會上傳他們用 iPad 拍的照片

　　(C) 要跟遠方的人通話的話只能用 iPhone 4 這個產品。

　　(D) 容量最大的產品也是價格最貴的。

分析

　　此題組設計貼近考生生活，解讀圖表也是實用的技能。36 題要求考生兩階段的思考，第一個關鍵字是 online，所有產品的 Networking 欄都是 yes，顯示都有上網功能。接著敘述買的產品有 big screen，比較三者的 screen size，iPad 的螢幕顯然最大，故為正答。但建議將題目的題幹修正以 biggest 來發問，因為所謂的 big 是看個人觀感，很難斷言 iPhone 螢幕很小！

　　37 題要學生選出錯誤敘述，題幹寫成 Which statement is NOT true?，正確英文應該是 Which of the following statements is NOT true?（以下敘述何者錯誤？）

題組 43-45

　　Some doctors write neatly and clearly, but most doctors don't. They write very quickly and untidily. Druggists have lots of practice in reading doctors' notes, but sometimes doctors write so badly that even the druggist cannot read them.

　　One day a lady wrote a letter to a doctor inviting him to have dinner at her house. The doctor wrote a reply, but he wrote so carelessly that the lady couldn't read it.

　　"What shall I do?" she said to her husband anxiously. "I don't know if he is going to come or not. And I don't want to phone him and say that I can't read his writing."

　　Her husband frowned thoughtfully. Then he had an idea.

　　"Take it to the druggist," he said. "He will be able to read it easily."

　　"Thank you," said his wife gratefully. "That's a very good idea."

　　She went to the drugstore and gave the doctor's note to the druggist. The druggist looked at it very carefully. Then he got his glasses and looked at the note more closely.

"Could you wait a moment, Madam?" he said politely. He went to the back of his store. After a few minutes he returned, smiling cheerfully and carrying a large bottle. He gave the bottle to the lady.

"Take one spoonful before every meal." he said!

（有些醫生字跡整齊清楚，但大部分醫生卻不是如此，寫字快又凌亂。藥師常要看很多醫生的字跡，但有時候醫生的字卻亂到連藥師都看不懂。

有一天，一位女士寫信給一位醫生，邀請他到她家吃晚餐。那位醫生回了信，但太草了，女士看不懂。

女士焦慮地對丈夫說：「我該怎麼辦？我不知道他要不要來。我也不想打電話告訴他我看不懂他在寫什麼。」

她的丈夫皺眉深思。然後想了一個辦法。

他說：「把這拿去給藥師看，對他來說應該是小事一件。」

太太很感謝地說：「謝謝。這是個好主意。」

女士去了藥局，把醫師寫的便條交給藥師。該藥師仔細地看過。然後他戴上眼鏡，把便條拿得更近地看。

藥師禮貌地問：「女士，能請您稍等一下嗎？」然後去了藥房後面。過了幾分鐘，他回來了，臉上掛著愉快的微笑，手裡拿著一個大瓶子。他把瓶子交給那位女士。

他說：「餐前一匙。」）

這篇閱讀測驗用一個故事來說明醫生字跡潦草的情形。

38. The doctor in the story wrote a note to the lady to _____.

(A) accept her invitation

(B) say no to her

(C) answer her letter

(D) have dinner at her house

故事中的醫生寫了一張便條給女士，＿＿＿＿＿＿＿。

(A) 接受她的邀請

(B) 拒絕她

(C) 回覆她的信

(D) 在她家用晚餐

分析

本題考的就是考生是否瞭解文意。以 reply 與 answer 的同義關係，應可輕鬆作答。

此外，任何題幹最好是完整的一句話，盡量不要以不完整句子加上空格來出題。因此這題題目最好寫成 "Why did the doctor write a note to the lady?"。

39. Why did the lady take the note to the druggist?

(A) Because her husband needed some medicine.

(B) Because she could not read it.

(C) Because she was sick.

(D) Because her husband wanted to know what's on it.

這位女士為什麼把便條拿去給藥師看？

(A) 因為她丈夫需要一些藥。

(B) 因為她看不懂。

(C) 因為她生病了。

(D) 因為她丈夫想知道上面是什麼。

分析

這題題目不錯，考生必須要融會貫通文意；只不過答案選項出得不好，因為 (D) 也是可選答案。

40. Which statement is TRUE?

(A) Most of the notes written by doctors are neat and clear.

(B) The druggist can easily and correctly read the doctor's note.

(C) The lady's husband advised her to ask the druggist for help.

(D) The druggist did not give the right medicine to the lady.

哪個敘述正確？

(A) 醫生寫的大多數便條都很整齊清楚。

(B) 這位藥師很輕易就能正確判讀醫生的便條。

(C) 女士的丈夫建議她去找藥師求助。

(D) 這位藥師沒有把正確的藥拿給女士。

分析

題目問法應改為 Which of the following statements is TRUE? 其次，本題可用消去法找答案。文章第一句就協助消去選項 (A) 和選項 (B)：選項 (D) 並未提及，因此正答剩下 (C)。也就是說，除了正答外，其他選項答案應有誘答性，以消去法來消除的選項誘答，並非出題的好原則，本題沒有達到這項要求。

第二十章 大學學測

　　根據大考中心公布，民國 102 年開始，「學科能力測驗英文考科」將依據 99 學年度實施之「普通高級中學課程綱要」（簡稱「99 課綱」）命題。99 課綱教材新增「A、B 分版」的設計，以因應學生程度差異。針對 A、B 分版學習，英文考科的命題原則是「依適性學習的原則，強化學測、指考之區別，學測難度較低，指考難度較高。」

　　因此，學測與指考在命題上，並未以 A、B 版區分測驗範圍，而是以分版概念，分別設計一份涵蓋不同難度的試題，讓不同程度的考生在應試時，皆有「適性」的發揮空間。詞彙範圍以高中英文課程常用 4500 個單詞為主。

　　大學學測英文科目的測驗範圍涵蓋 99 學年度正式實施的 99 課綱所訂之第一至第四學期必修課程。測驗目標包括：

一、測驗考生對高中常用實詞詞彙（content words）的構詞、語意、搭配詞（collocation）的瞭解與運用能力。

二、測驗考生參酌上下文意發展，掌握各類詞彙（含實詞、虛詞、慣用語及轉折詞等）、句法及篇章結構應用的能力。

三、測驗考生依據篇章段落的文意發展，掌握實詞詞彙（含慣用語）及轉折詞運用的能力。

四、測驗考生綜合運用詞彙、慣用語、語意、語法、語用的知識，瞭解整篇

或部分文意，並加以分析與推理的能力。

五、測驗考生書寫正確、通順、達意句子的能力。

六、測驗考生依據提示，運用所學詞彙、句法，寫出切合主題並具有連貫性短文的能力。

七、測驗考生邏輯思考、判斷與發揮創意的能力。

學測所測驗的語言能力，主要評量學生英文詞彙、閱讀、翻譯及寫作等能力。評量方式分為「**選擇題**」與「**非選擇題**」兩大部分，各部分均包含若干題型。

選擇題中，「**詞彙題**」為單題試題，評量考生基本詞彙的運用；而「**綜合測驗**」、「**文意選填**」、「**閱讀測驗**」為題組型試題，以選文搭配數道試題的方式，評量考生是否能看懂文長約 150 至 250 字的選文。選文內容以生活化、實用性主題為主，並以敘述、論述等多種體裁呈現。取材來源涵蓋報紙、雜誌、書籍、網際網路等。考生平日應多方涉獵各種不同主題及文體的文章，以提昇閱讀各類文章的能力。

非選擇題有兩大題型，第一大題可能採用的題型如「**句子合併／改寫**」或「**中譯英**」（如單句翻譯、克漏式翻譯等），第二大題則為「**英文作文**」（如簡函寫作、看圖作文、主題寫作等）。

第一大題主要目的為評量考生是否具備高中階段的基本拼寫與文法能力，內容以結構較為簡單的句型（如單句、合句、複句）為主；第二大題英文作文的主題與考生日常生活與學習範疇密切配合，以評量考生書寫「記敘文」（narration）的能力為主。

● 第壹部分 選擇題

⊙ 詞彙題

詞彙題的測驗目標在測驗考生對高中常用實詞詞彙（content words）的構詞、語意、搭配詞（collocation）的瞭解與運用能力。本題型每題會提供四個選項，依文意選出最適當的一個選項。

101 學年度詞彙題題幹敘述的議題內容多與日常生活有關，包括電影小說、

規律運動、旅遊探索、文學文化、傳說節日、個性形容、電腦功能等，與時事較為相關的是臺灣電影與觀光產業的話題。在 15 題詞彙題中，語意題多於語法題，考了 4 題名詞、4 題動詞、4 題形容詞以及 3 題副詞，分布平均。對考生比較難的詞彙有「國內航線」（domestic flight）、電腦的「記憶體容量」（memory capacity），但每一題都有充足的答題線索，得以輔助判斷答案。

1. The ending of the movie did not come as a _____ to John because he had already read the novel that the movie was based on.
    (A) vision   (B) focus   **(C) surprise**   (D) conclusion
    （這部電影的結局並不讓 John 感到驚訝，因為他已讀過這部電影的原著小說。）
    (A) 幻覺   (B) 專注   (C) 驚訝   (D) 結束

分析

    此題考語意，回答此類問題，先分割句子，將「子句」、「因果」切開，形成：The ending of the movie / did not come as a _____ to John / because he had already read the novel / that the movie was based on. 四個部分，再來作答。後面的原因，造成前面的結果。考生必須讀到後面，才回來看前面的選項。關鍵字詞或線索（clue）在「had already read...」。

    針對這種題目，出題者必須設計線索詞，一般來說，線索可能只有一項，也可能有兩項。愈多線索的題目，愈難設計，難度也較高。此題大約只有一個線索，屬於中間偏易的題目。考生找到線索字詞，大概就能很容易選出正答。

2. In order to stay healthy and fit, John exercises _____. He works out twice a week in a gym.
    (A) regularly   (B) directly   (C) hardly   (D) gradually
    （為了維持健康與身材，約翰定期運動。他每週在健身房健身兩次。）
    (A) 規律地   (B) 直接地   (C) 幾乎不   (D) 逐漸地

分析

    此題也是考語意，清楚地給了單一線索 twice a week（每週兩次），答案就選 (A)。出題老師也考慮到單字詞性的分配，選項全部是副詞，這是正確的選項

設計方式。但選項間的關係或與題幹的關係不明顯，誘答性不高。

3. Traveling is a good way for us to _____ different cultures and broaden our horizons.

　　(A) assume　　**(B) explore**　　(C) occupy　　(D) inspire

（旅行對我們而言是探索不同文化與擴展視野的好方法。）

　　(A) 以為　　　(B) 探索　　　(C) 占住　　　(D) 鼓舞

分析

　　依舊是考語意的題目，出現當線索的單字有 traveling（旅行）、horizon（視野），搭配詞常出現 explore cultures（探索文化），應該很容易會選 (B)。其他選項跟 cultures 並無關係，也非字形或字意的混淆。因此，此題的選項設計，缺乏誘答性。

⊙ 綜合測驗

　　綜合測驗的測驗目標是測驗考生能否參酌上下文意發展，掌握各類詞彙（含實詞、虛詞、慣用語及轉折詞等）、句法及篇章結構應用的能力。本題型的題幹為段落式短文，選文中含數個空格，每題一個空格，考生依文意選出最適當的一個選項。

　　101 年學測的綜合測驗共三篇選文，每篇選文搭配五題試題。選文主題有「俄羅斯基日島（Kizhi）」、「印度教神話（Brahma）」、「世界問候日（World Hello Day）」。

　　十五題中與文意相關的語意與用法有十三題，考文法的語法題才兩題，分別是第 20 題考分詞、第 27 題考現在完成式。作答綜合測驗，只要考量上下文語意及文意轉折，答題並不困難。

題組 16-20

　　Kizhi is an island on Lake Onega in Karelia, Russia, with a beautiful collection of wooden churches and houses. It is one of the most popular tourist ___16___ in Russia and a United Nations Educational, Scientific, and Cultural Organization (UNESCO) World Heritage Site.

The island is about 7 km long and 0.5 km wide. It is surrounded by about 5,000 other islands, some of __17__ are just rocks sticking out of the ground.

The entire island of Kizhi is, __18__ , an outdoor museum of wooden architecture created in 1966. It contains many historically significant and beautiful wooden structures, __19__ windmills, boathouses, chapels, fish houses, and homes. The jewel of the architecture is the 22-domed Transfiguration Church, built in the early 1700s. It is about 37 m tall, __20__ it one of the tallest log structures in the world. The church was built with pine trees brought from the mainland, which was quite common for the 18th century.

（基日島是俄羅斯聯邦卡累利阿共和國內，奧涅加湖上的一個小島。島上有許多美麗的木造教堂與屋舍。這個小島是俄羅斯最受歡迎的旅遊景點之一，也是聯合國教科文組織（UNESCO）的世界遺產保護區。

這座島幅員約長 7 公里、寬 0.5 公里，四周環繞了約 5 千座島嶼，其中有些島僅僅是突出地表的岩石。

整座基日島事實上是一個建於 1966 年的木造戶外博物館。島上有許多具歷史意義且漂亮的木造建築，包括風車、船屋、教堂、海鮮餐廳及住家。這些建築中最珍貴的是十八世紀初期建造、有 22 個圓頂的顯聖容教堂，因高度約 37 公尺，使此建築成為世界上最高的原木建築之一。建造此教堂的松樹是從俄羅斯運來的，這種情形在 18 世紀相當普遍。）

16. (A) affairs   (B) fashions   (C) industries   **(D) attractions**

    (A) 外遇   (B) 流行   (C) 工業   (D) 景點

分析

此題從上下文語意來找答案，前一句提及基日島，又出現單字 tourist，於是搭配詞 tourist attraction（旅遊景點）便出現了，選 (D)。題目給予足夠的線索，選項又跟文章及 tourist 間有些關連，誘答性佳，是出得很好的題目。

19. (A) except   (B) beside   **(C) including**   (D) regarding

    (A) 除此……之外 (B) 在……旁邊 (C) 包括   (D) 關於

分析

　　此題看起來跟文法有關，但其實是考「舉例說明」的用法：including。空格前面提及 structures，後面列出一些名詞 windmills、boathouses、chapels、fish houses、homes，可見前面的名詞「包括」後面提及事物，選 (C)。

20. (A) make　　**(B) making**　　(C) made　　(D) to make

分析

　　本題考最典型的 S+V, V-ing 句型，前面 S+V（主詞做的事），造成後面的 V-ing（結果）。

> **考生注意**
> 　　英文一句話只有一個動詞，如有兩個動作，第二個動作，如是主動用 Ving、被動 Ved、目的 to V。這種考題幾乎在各項考試中，每年都考，是常見的文法考題。

題組 26-30

　　In the fall of 1973, in an effort to bring attention to the conflict between Egypt and Israel, World Hello Day was born. The objective is to promote peace all over the world, and to __26__ barriers between every nationality. Since then, World Hello Day—November 21st of every year—__27__ observed by people in 180 countries.

　　Taking part couldn't be __28__. All one has to do is say hello to 10 people on the day. However, in response to the __29__ of this event, the concepts of fostering peace and harmony do not have to be confined to one day a year. We can __30__ the spirit going by communicating often and consciously. It is a simple act that anyone can do and it reminds us that communication is more effective than conflict.

　　（1973 年秋天，為了讓大眾關注埃及和以色列間的衝突，「建造和諧社會行動日」就此誕生。其目標是促進世界和平，以及打破國家民族間的藩籬。從那

時起，每年的十一月二十一日，「建造和諧社會行動日」都會被來自一百八十個國家的人慶祝。

　　參加這一天的活動極為簡單。大家只要在那一天跟十個人打招呼就可以了。然而，為響應這個活動的目標，促進和平與和諧的概念不必只限於一年中的這一天。藉由頻繁、自覺地溝通，我們可以讓這樣的精神持續下去。這每個人都做得到，也提醒我們溝通比衝突更有效果。）

27. (A) is　　　　　**(B) has been**　　　(C) was　　　　(D) had been
分析

　　本題考文法時態。題目中的 since then（自從……開始）給予很好的提示：要使用「現在完成式」。這種機械式的文法題目，偶而出現在各項考試中，主要是非母語人士常會不知道如何使用現在完成式。但類似的機械式文法考題，如果未加入語意內容，其實並非好題目。

30. (A)push　　　　**(B) keep**　　　(C) bring　　　(D) make
　　(A) 逼迫　　　　(B) 保持　　　(C) 帶來　　　(D) 使
分析

　　本題考搭配語 keep + O + V-ing 的用法，作答線索在全文文意的理解以及空格後的 the spirit going。此題到底是考語意？還是用法？如是考語意，選項答案應該必須配合用法：V + O + V-ing。但是 push、bring、make，加上 O + V-ing，顯然都是錯誤的。因此，考生只要知道 keep 的用法，便可以忽略語意，直接選答案。此題選項設計不妥，看起來並非好的題目！

⊙ 文意選填

　　文意選填，測驗考生依據篇章段落的文意發展、掌握實詞詞彙（含慣用語）及轉折詞運用的能力。題幹為段落式短文，以一段（或一篇）含十個空格的選文，搭配十個選項，每題一個空格，考生依文意，在提供的選項中，選出最適當的答案。

　　應答此大題，考生首先掌握文章主旨，接著正確把握答案選項的「詞性」，

也就是到底答案是動詞、名詞或形容詞，這樣就可以縮小選答範圍，找到正答。不過此題型考的大都是動詞與名詞，僅有少數填答是形容詞或副詞。

　　這大題算是考動詞用法與語意並重的一大題。101 年學測「文意選填」的主題是颱風命名機制，簡介世界共用的命名系統，後來融入各國文化。

題組 31-40

　　Generally there are two ways to name typhoons: the number-based convention and the list-based convention. Following the number-based convention, typhoons are coded with __31__ types of numbers such as a 4-digit or a 6-digit code. For example, the 14th typhoon in 2003 can be labeled either as Typhoon 0314 or Typhoon 200314. The __32__ of this convention, however, is that a number is hard to remember. The list-based convention, on the other hand, is based on the list of typhoon names compiled in advance by a committee, and is more widely used.

　　At the very beginning, only __33__ names were used because at that time typhoons were named after girlfriends or wives of the experts on the committee. In 1979, however, male names were also included because women protested against the original naming __34__ for reasons of gender equality.

　　In Asia, Western names were used until 2000 when the committee decided to use Asian names to __35__ Asians' awareness of typhoons. The names were chosen from a name pool __36__ of 140 names, 10 each from the 14 members of the committee. Each country has its unique naming preferences. Korea and Japan __37__ animal names and China likes names of gods such as Longwang (dragon king) and Fengshen (god of the wind).

　　After the 140 names are all used in order, they will be __38__. But the names can be changed. If a member country suffers great damage from a certain typhoon, it can __39__ that the name of the typhoon be deleted from the list at the annual committee meeting. For example, the names of Nabi by South Korea, and Longwang by China were __40__ with other names in 2007. The deletion of both names was due to the severe damage caused by the typhoons bearing the names.

(A) request   (B) favor   (C) disadvantage   (D) composed

(E) recycled   (F) practice   (G) replaced   (H) raise

(I) various   (J) female

（颱風通常有兩種命名方式：依據數字或名單的慣用方式。若是依數字慣例，颱風會被以各種不同的數字排列方式編碼，給一個四碼或六碼的代號。例如，2003 年的第 14 個颱風可標示為「0314 號颱風」或「200314 號颱風」。然而這種編排方式的缺點就是數字不容易記。而另一個依名單編排的方式，則是以委員會事先編排的颱風名單為依據，這也是較廣泛使用的方式。

起初只有採用女性的名字，因為當時颱風都以組成委員會的專家的女友或妻子命名。但是到了 1979 年，因為婦女基於性別平等的理由抗議原先命名的慣例，男性名字也列入考量。

亞洲一直使用西方名字，直到 2000 年，委員會決定使用亞洲名字以提高亞洲人對颱風的意識。這些名字由 140 個名字組成的名單中選取，委員會中的 14 個委員各提供 10 個名字。每個國家都有其獨特的命名偏好。韓國與日本偏好動物名字，而中國喜歡神祇的名號，例如「龍王」與「風神」。

140 個名字依序使用後，就會再循環使用。不過，名字是可以更換的。如果會員國遭受某個颱風的嚴重災害，可以在每年的委員會議中要求從名單中刪除該颱風名字。例如，南韓命名的娜比颱風和中國命名的龍王颱風在 2007 年都被其他名字所取代。這兩個名字會被刪除，均是因為以他們為名的颱風引起了嚴重災害。）

作答本大題先將答案選項詞性標出：

(A) 要求 vt.   (B) 偏好 vt.   (C) 缺點 n.   (D) 由……組成 vt.

(E) 循環利用 vt.   (F) 慣例 n.   (G) 取代 vt.   (H) 提升 vt.

(I) 各式各樣的 adj. (J) 女性的 adj.

分析

名詞有：disadvantage、practice

動詞有：request、favor、raise

過去分詞或動詞過去式：composed、recycled、replaced

形容詞有：various、female

31. _____ types of numbers，空格在名詞前，應選形容詞：various 或 female 之一，選 (I) various。

32. The _____ of this convention，空格在定冠詞 the 之後，應填名詞；而閱讀 上下文後，知數字難記是指這種慣例的缺點，故選 (C) disadvantage。

33. only _____ names were used，空格在名詞之前，應填入形容詞；後文又提 及颱風都是以委員的女朋友或妻子命名，均是女性名字，故選 (J) female。

35. to _____ Asians' awareness of typhoons，空格在不定詞 to 之後，應填入原 形動詞，request、favor 或 raise 都是原型動詞。接下考搭配詞的概念 raise one's awareness（提高……意識），選 (H) raise。

36. a name pool _____ of 140 names，本句已有主要動詞 were，故空格應 填入分詞，依文意「由 140 個名字「組成的」名單」，可知考搭配詞概念 compose of，，選 (D) composed。

37. 答案：偏好（動詞）。

38. they will be _____，在 be 動詞之後，應填入形容詞或過去分詞。文章說， 140 個名字依序用過後，就會再循環使用；且下一句才談論可以更換名字 "But the names can be changed"，故本空格選 (E) recycled。

39. it can _____ that...，空格在助動詞 can 之後，應選原形動詞，選 (A) request。

40. 答案：取代（動詞）。

　　此種出題方式，類似克漏字的綜合測驗，但選項固定，且都以動詞搭配用 法，或是名詞當作主詞為主要考題。設計此題目，重要的是選文，選出一篇結構 完整，且在用字上具變化的文章，對於出題者，會比較容易入手。

　　找到文章中每句話的名詞與動詞，再找上下文的線索，這就是出題的選項 了。最重要的是，每項題目，都有具備上下文的線索字，才是本類題目的關鍵出 題原則。

⊙ 閱讀測驗

　　閱讀測驗的測驗目標：綜合運用詞彙、慣用語、語意、語法、語用的知識， 瞭解整篇或局部文意，並加以分析與推理。

101 年學測的閱讀測驗有四篇選文，各搭配四題試題。文章長度約 250 ～ 300 字。主題有相關文化的「蘇格蘭裙起源」及「叉子的演變」、相關歷史傳記的「爵士歌手 Wesla Whitfield 薇絲拉・惠特菲爾」、相關攝影技巧的「動物攝影的難度與方式」，方向較偏人文類文章。考題包括主旨、細節、字詞釋意、延伸推理等。

　　閱讀測驗會考通篇的整合性（global）問題，也會考單一事實、事件的獨立（local）問題。前者出現在如 41 題的 what 問題，後者出現在如 44 題的 what 問題。

題組 41-44

The kilt is a skirt traditionally worn by Scottish men. It is a tailored garment that is wrapped around the wearer's body at the waist starting from one side around the front and back and across the front again to the opposite side. The overlapping layers in front are called "aprons." Usually, the kilt covers the body from the waist down to just above the knees. A properly made kilt should not be so loose that the wearer can easily twist the kilt around the body, nor should it be so tight that it causes bulging of the fabric where it is buckled. Underwear may be worn as one prefers.

One of the most distinctive features of the kilt is the pattern of squares, or sett, it exhibits. The association of particular patterns with individual families can be traced back hundreds of years. Then in the Victorian era (19th century), weaving companies began to systematically record and formalize the system of setts for commercial purposes. Today there are also setts for States and Provinces, schools and universities, and general patterns that anybody can wear.

The kilt can be worn with accessories. On the front apron, there is often a kilt pin, topped with a small decorative family symbol. A small knife can be worn with the kilt, too. It typically comes in a very wide variety, from fairly plain to quite elaborate silver- and jewel-ornamented designs. The kilt can also be worn with a sporran, which is the Gaelic word for pouch or purse.

41. What's the proper way of wearing the kilt?

    (A) It should be worn with underwear underneath it.

    (B) It should loosely fit on the body to be turned around.

    (C) It should be long enough to cover the wearer's knees.

    (D) It should be wrapped across the front of the body two times.

42. Which of the following is a correct description about setts?

    (A) They were once symbols for different Scottish families.

    (B) They were established by the government for business purposes.

    (C) They represented different States and Provinces in the 19th century.

    (D) They used to come in one general pattern for all individuals and institutions.

43. Which of the following items is NOT typically worn with the kilt for decoration?

    (A) A pin.　　　(B) A purse.　　　**(C) A ruby apron.**　　　(D) A silver knife.

44. What is the purpose of this passage?

    (A) To introduce a Scottish garment.

    (B) To advertise a weaving pattern.

    (C) To persuade men to wear kilts.

    (D) To compare a skirt with a kilt.

（蘇格蘭裙是蘇格蘭男性所穿的傳統裙子。它是一種剪裁特殊，用以包覆住穿著男性身體的服裝，從腰部的一側開始，繞過身體前後一次後，回到身體的前方綁到另一側。前方重疊的幾層稱為「圍裙」。通常蘇格蘭裙覆蓋面積從腰際往下至膝蓋上方。一件剪裁得宜的蘇格蘭裙不應太寬鬆，讓穿的人可以輕易轉動；也不該過於貼身，造成扣環處的布料凸起。而穿著內褲與否則憑各人喜好決定。

蘇格蘭裙最顯著的特色之一是它的方格圖案，又稱 sett。這些特殊的圖案與各個家族的關聯可追溯回數百年前。後來在（十九世紀）維多利亞時代，因商業

考量，紡織公司開始有系統地記錄並將格紋圖案定形。今日有為各州與各省、中學與大學特別設計的格紋圖案，也有一般人可穿的普通圖案。

　　穿著蘇格蘭裙時可搭配配件。在圍裙上，通常別著蘇格蘭裙別針，別針上有象徵家族的小型裝飾圖樣。小刀也可搭配蘇格蘭裙。一般而言，小刀種類繁多，從相當樸素的樣式，到非常精緻的銀製珠寶裝飾的設計都有。蘇格蘭裙也可搭配毛皮袋，「毛皮袋」這個字在蓋爾語中指的是小袋子或錢包。）

41. 穿蘇格蘭裙的適當方式是什麼？
　　(A) 穿蘇格蘭裙子，裡面應穿著內褲。
　　(B) 穿著起來應該很寬鬆，可以轉動。
　　(C) 穿著起來的長度應該要蓋住膝蓋。
　　(D) 應該要繞過身體的正面二次。

42. 有關格子花紋，下列何者敘述？
　　(A) 蘇格蘭裙曾經是蘇格蘭不同家族的象徵。
　　(B) 蘇格蘭裙是政府為了商業目的而設計的。
　　(C) 十九世紀時，蘇格蘭裙代表不同的州與省分。
　　(D) 蘇格蘭裙以前只有一種通用圖案，代表所有人與機構。

43. 下列何者不是典型穿蘇格蘭裙會配戴的裝飾品？
　　(A) 別針。　　　　(B) 皮包。　　　　(C) 暗紅色圍裙。　　(D) 銀製小刀。

44. 本文的用意是什麼？
　　(A) 介紹一種蘇格蘭服飾。
　　(B) 宣傳一種編織圖案。
　　(C) 說服男性穿蘇格蘭裙。
　　(D) 比較普通裙子與蘇格蘭裙。

考生注意：

　　一般考生看到這種不熟悉的文章，尤其是碰到第一句話出現的重要關鍵字 kilt，大多會因沒看過而驚慌，一下子陷入無從理解的迷思中。其實，即使不知道 kilt 這個字，但從第一句話可知道是一種 skirt（裙子）。所以遇到類似的文章或生字時，考生的上下文辨讀能力就很重要。

　　平常試著看文章時，儘量少查字典，培養上下文辨讀的能力。在考試中，碰到不會的單字，才不會緊張！

分析

41. 本題的 what 考第一段的理解，屬 local 問題。問「何者為蘇格蘭裙的正確穿法？」閱讀第一段上下文，知蘇格蘭裙應繞過身體的正面二次才是正答，選 (D)。

42. 本題同樣屬 local 問題，測驗考生掌握文章的內容細節的能力，考第二段的理解。選項 (A) 為本題正答。

44. 本題問本段文章的目的，屬於 global 整體性的問題。由於通篇文意都在介紹蘇格蘭裙的特色和穿法，(A) 為本題正答。

　　考試領導教學？

　　以本次大學學測考題為例，可發現第一大題詞彙題十五題，並沒有考文法；第二大題綜合測驗十五題只有兩題是考文法題；第三大題文意選填也是針對語意的用法題目；第四大題閱讀測驗更是以理解及上下文的辨讀能力。

　　高中師生不要再把太多的時間與精神放在文法題上；應多花時間提升英文文意、語意及閱讀的理解能力。

● 第貳部分：非選擇題

⊙ 句子合併／改寫或中譯英

此大題出現的題型有：「**句子合併／改寫**」和「**中譯英**」。

「**句子合併／改寫**」的測驗目標是測試考生，依提示字詞合併或改寫句子的能力。考生根據提示將二句合併或改寫成一個語意通順、語法正確的英文句子。

「**中譯英**」以「**單句翻譯**」或「**克漏式翻譯**」方式呈現：

單句翻譯測驗考生，是否能將中文句子譯成正確、通順、達意英文的能力。

克漏式翻譯測驗考生，是否能根據選文的上下文意線索（如單字、片語等），將段落中的中文句子譯成正確、達意且連貫之英文句子的能力。

101 年學測考的單句翻譯題，共兩小題。主題是近年臺灣電影製作的成功，帶動地方觀光業的發展。

評量的重點在於考生是否能運用熟悉的字詞，例如：製作 produce/make、影片 films/movies、國際的重視 international attention、地點 locations、拍攝 shot、熱門的 popular、觀光景點 tourist attractions/spots 等。

文法基本句型則考現在完成式 have + p.p.、關係子句以及被動式 be + p.p. 的句法。

翻譯題要以句法為答題重點，並特別注意字序的排列；其次，動詞與名詞的正確使用，以及動詞時態的運用都要留心。

以 101 年題目為例，翻譯用字不難，皆為高中生熟悉的詞彙；但很多考生對於中英文語法的差異不能精準掌握，句型架構的轉換有待加強。而且字序的排列表現也不夠好，例如許多考生會將「臺灣製作的影片」（movies produced in Taiwan）直接翻譯為中式英文「Taiwan make movie」；中英文名詞的概念無法精準掌握，在「movie」或「film」的單字上也會忘記複數形。

題目
1. 近年來，許多臺灣製作的影片已經受到國際的重視。
2. 拍攝這些電影的地點也成為熱門的觀光景點。

建議答案

1.

In recent years		Taiwan-produced	movies
Recently,	a great number of	Taiwan-made	films
Over the past few years,	a lot of		
In the past few years,	many	movies	produced
In the last few years,		films	made	in Taiwan

	attracted	international	
	received	global	attention.
have	gained	worldwide	
	obtained		
	drawn		
have been		internationally recognized.	

2.

	locations	where		movies		shot	
The			these		were		have become
	places	in which		films		made	

popular	tourist	spots.
		attractions.
hot	sightseeing	sites.

⊙ 英文作文

此題型可能以簡函寫作、主題寫作或看圖作文等方式呈現。

測驗目標：測驗考生依據提示，運用所學詞彙、句法寫出切合主題，並具有連貫性短文的能力。

作答說明：依提示寫一篇英文作文，文長至少 120 個單詞（words）。

英文作文評分指標如下：

等級項目	優	可	差	劣
內容	主題（句）清楚切題，並有具體、完整的相關細節支持。（5-4分）	主題不夠清楚或凸顯，部分相關敘述發展不全。（3分）	主題不明，大部分相關敘述發展不全或與主題無關。（2-1分）	文不對題或沒寫（凡文不對題或沒寫者，其他各項均以零分計算）。（0分）
組織	重點分明，有開頭、發展、結尾、前後連貫，轉承語使用得當（5-4分）	重點安排不妥，前後發展比例與轉承語使用欠妥。（3分）	重點不明、前後不連貫。（2-1分）	全文毫無組織或未按提示寫作。（0分）
文法、句構	全文幾無文法錯誤，文句結構富變化。（4分）	文法錯誤少，且未影響文意之表達。（3分）	文法錯誤多，且明顯影響文意之表達。（2-1分）	全文文法錯誤嚴重，導致文意不明。（0分）
字彙、拼字	用字精確、得宜，且幾無拼字錯誤。（4分）	字詞單調、重複，用字偶有不當，少許拼字錯誤，但不影響文意之表達。（3分）	用字、拼字錯誤多，明顯影響文意之表達。（2-1分）	只寫出或抄襲與題意有關的零碎字詞。（0分）
體例	格式、標點、大小寫幾無錯誤。（2分）	格式、標點、大小寫等有錯誤，但不影響文意之表達。（1分）		違背基本的寫作體例或格式，標點、大小寫等錯誤甚多。（0分）

（引自大考中心網站說明）

提示：你最好的朋友最近迷上電玩，因此常常熬夜，疏忽課業，並受到父母的責罵。你（英文名字必須假設為 Jack 或 Jill）打算寫一封信給他／她（英文名字必須假設為 Ken 或 Barbie），適當地給予勸告。

請注意：必須使用上述的 Jack 或 Jill 在信末署名，不得使用自己的真實中文或英文名字。

分析

這是自 97 年後，再次考書信寫作的題型。書信寫作的體例規格明確，考生最好多加練習。

最基本的寫法是第一行以「Dear Barbie/Ken,」開頭，第 2 行開始內文，最後署名「Sincerely yours, Jill/Jack」。想在本次英文作文拿高分，首先要鋪陳友誼交往的細節，表達同理，例如朋友最近的上課情形及成績表現等，更要前後連貫以達到情感聯繫的功能。發揮想像力，運用敘述的結構來寫，先求內容句法正確，前後呼應，再求字彙應用精簡，必有好成績。

有關大考英文作文的詳細練習，請參閱聯經出版《一生必學的英文寫作》、《大考英文作文搶分秘笈》。

第二十一章

大學指考

　　現今大學指考英文科的測驗範圍，涵蓋 99 學年度正式實施的 99 課綱所訂之第一至第六學期必修課程。指考英文科測驗目標與學測大致相同。

　　指考所測驗的語言能力，也與學測相似。主要評量學生英文詞彙、閱讀、翻譯、及寫作等語言能力；評量方式分「**選擇題**」與「**非選擇題**」兩大部分，各包含若干題型。

　　選擇題中，「**詞彙題**」為單題試題，主要評量考生基本詞彙的運用；而「**綜合測驗**」、「**文意選填**」、「**閱讀測驗**」為題組型試題，以選文搭配數道試題的方式，評量考生是否能看懂文長約 200 至 300 字的選文。選文內容配合考生的生活、學習經驗與認知能力，其範圍亦涵蓋較為抽象或專門之主題，並以敘述、論述等多種體裁呈現。取材可能來源則涵蓋報紙、雜誌、書籍等，因此考生平日應多方涉獵各種不同主題及文體的文章，以提昇閱讀各類文章的能力。

　　非選擇題有兩大題，第一大題為中譯英（如單句翻譯、克漏式翻譯、連貫式翻譯等），第二大題則為英文作文（如主題寫作、主題句寫作等）。

　　第一大題的主要目的在於，評量考生是否具備高中階段的進階拼寫與文法能力，內容是結構較為複雜之句型（如合句、複句、複合句等）；第二大題英文作文的主題則與考生日常生活與學習範疇密切配合，以評量考生書寫描述文（description）與說明文（exposition）的能力為主，並搭配記敘文（narration）寫作。

詞彙範圍不但涵蓋高中英文課程常用 4500 個單詞（參考大考中心高中英文參考詞彙表第一至四級），並擴及高中常用 4500~7000 個單詞（參考大考中心高中英文參考詞彙表第一至六級）。

　　101 年指考的試題文章取材廣泛，內容兼具深度及廣度，大部分題型試題符合測驗目標，誘答選項設計良好，提升試題難度與鑑別度，為一份設計甚為良好的試卷。

● **大考學測偏重語意的理解與語法的使用，並無瑣碎的文法知識！**

　　考生應該要加強的是：
　　1. 將單字學習納入「使用」的學習
　　2. 重視文意理解與句法邏輯分析
　　3. 學習用字遣詞
　　4. 加強長篇閱讀的閱讀能力

　　文法只是輔助的角色，用來協助語意的分割與認定，如主詞與動詞、主要子句與附屬子句；或是文法用法與文意的關係，如時態或分詞構句等。

● **第壹部分：選擇題**

⊙ 詞彙題：題幹甚佳，但部分選項誘答有待改進。

　　本大題共十題，所評量的詞彙，動詞三題、名詞三題、形容詞三題、副詞一題。測驗的重點有字詞搭配以及字彙的延伸，其中有三題屬於字詞搭配題（water shortage、persist in、hover over），五題屬於線索推論（assume、magnetic、nutrition、accountable、premature），兩題定義題（resort、inherently）。題幹文字敘述明確、上下文語意清楚、提供作答線索充足；同時各種難度試題皆涵蓋，具有良好鑑別度。

1. Since it hasn't rained for months, there is a water ＿＿＿ in many parts of the country.

(A) resource　　　(B) deposit　　　**(C) shortage**　　　(D) formula

（該國由於好幾個月沒有下雨，許多地區都缺水。）

(A) 資源　　　(B) 堆積　　　(C) 缺乏　　　(D) 公式

分析

　　此題出得很好，線索給得清楚，hasn't rained for months 為關鍵，接著 since（因為）帶出主要子句與從屬子句為「因果關係」：久未下雨導致許多地區缺水，故選 (C)。water shortage 也是常見的搭配用法。

3. Agnes seems to have a _____ personality. Almost everyone is immediately attracted to her when they first see her.

　　(A) clumsy　　　(B) durable　　　(C) furious　　　**(D) magnetic**

（阿格妮斯似乎個性很有魅力。幾乎所有人第一次見到她就會立刻被吸引。）

(A) 笨拙的　　　(B) 耐用的　　　(C) 狂怒的　　　(D) 有魅力的

分析

　　本題的關鍵線索在 attract，答案選 (D) magnetic。選項跟 personality 相關，具誘答性，也是出得很好的題目。

4. Jason always _____ in finishing a task no matter how difficult it may be. He hates to quit halfway in anything he does.

　　(A) persists　　　(B) motivates　　　(C) fascinates　　　(D) sacrifices

（不論有多困難，傑森總是堅持要完成任務。他做事討厭半途而廢。）

(A) 堅持　　　(B) 刺激　　　(C) 迷住　　　(D) 犧牲

分析

　　本題也是考上下文理解與搭配語。第二句告知 Jason 討厭做事半途而廢（quit halfway），推論出他「堅持」完成任務，選 (A) persists。此外，persist in 是常見的搭配語。但其他誘答選項並不理想，如 motivates、fascinates、sacrifices 後面都不會接 in+V-ing，因此透過動詞用法就可以找出正答，對於語意理解並無幫助。本題選項設計有待改進。

6. The helicopters _____ over the sea, looking for the divers who had been

missing for more than 30 hours.

    (A) tackled   (B) rustled   (C) strolled   **(D) hovered**

（直升機在海上盤旋找尋已經失蹤超過三十小時的潛水員。）

    (A) 著手處理   (B) 沙沙作響   (C) 散步   (D) 盤旋

分析

    第 6 題也考上下文理解與搭配語。直升機要尋找失蹤潛水員，因此推論它在空中「盤旋」。搭配詞 hover over 為常用的形式。此題其他誘答選項，仍缺乏誘答性，與直升機無關，也無字形或字義辨識。此外，tackle 一般是及物動詞用法，在此更不合適當誘答選項。選項設計有待改進。

⊙ 綜合測驗：語意與搭配用法題多！

    本年度綜合測驗共兩篇選文，每篇搭配 5 題試題。第一篇介紹位於挪威的諾貝爾和平中心（The Nobel Peace Center）；第二篇介紹 1985 年布魯塞爾發生的足球賽暴動事件。不看文章，光看這時題的答案選項，就知道考試題型與學測相同，重點在語意及搭配語（慣用語）。

    語意題有 8 題，語法題卻只有 2 題，分別是測驗代名詞以及 be 動詞變化。考生應該更瞭解指考的出題方向不在文法。

題組 11-15

    The Nobel Peace Center is located in an old train station building close to the Oslo City Hall and overlooking the harbor. It was officially opened on June 11, 2005 as part of the celebrations to __11__ Norway's centenary as an independent country. It is a center where you can experience and learn about the various Nobel Peace Prize Laureates and their activities __12__ the remarkable history of Alfred Nobel, the founder of the Nobel Prize. In addition, it serves as a meeting place where exhibits, discussions, and reflections __13__ to war, peace, and conflict resolution are in focus. The Center combines exhibits and films with digital communication and interactive installations and has already received attention for its use of state-of-the-art technology. Visitors are welcome to experience the Center __14__ or join a guided tour. Since its opening, the Nobel Peace Center has been educating, inspiring and entertaining its visitors __15__ exhibitions, activities, lectures, and cultural events. The Center is financed by private and public institutions.

11. (A) help   (B) solve   (C) take   **(D) mark**
12. (A) so much as   **(B) as well as**   (C) in spite of   (D) on behalf of
13. **(A) related**   (B) limited   (C) addicted   (D) contributed
14. (A) in this regard   (B) one on one   **(C) on their own**   (D) by and large
15. (A) among   (B) regarding   **(C) including**   (D) through

（諾貝爾和平中心位於鄰近奧斯陸市政府並能俯瞰港口的一個舊火車站。此和平中心在 2005 年 6 月 11 日正式開幕，為慶賀挪威獨立百年的慶祝活動之一。在這個中心裡，你能得知諾貝爾和平獎得主的生平軼事和諾貝爾獎創辦人阿爾弗雷德‧諾貝爾非凡的事蹟。此外，它也是一處專門舉辦有關戰爭、和平以及消解衝突的展覽、討論與記錄的場所。此中心藉由數位傳播和互動裝置來結合展覽及影片，並應用尖端科技而獲得關注。訪客可自行參觀，也可參加導覽行程。自諾貝爾和平中心開幕以來，透過展覽、活動、演講與文化活動，不斷教育、啟發並娛樂參觀者。中心的經費來自私人和公營機構。）

11. (A) 幫助   (B) 解決   (C) 將……視為   (D) 慶賀
12 (A) 甚至於   (B) 和   (C) 儘管   (D) 代表
13. (A) 與……有關   (B) 限定   (C) 沉溺   (D) 貢獻
14. (A) 就這一點而言   (B) 一對一   (C) 他們自己   (D) 總的來說
15. (A) 在……之中   (B) 關於   (C) 包括   (D) 透過

題組 16-20

In 1985, a riot at a Brussels soccer match occurred, in which many fans lost their lives. The __16__ began 45 minutes before the start of the European Cup final. The British team was scheduled to __17__ the Italian team in the game.

Noisy British fans, after setting off some rockets and fireworks to cheer for __18__ team, broke through a thin wire fence and started to attack the Italian fans. The Italians, in panic, __19__ the main exit in their section when a six-foot concrete wall collapsed.

By the end of the night, 38 soccer fans had died and 437 were injured. The majority of the deaths resulted from people __20__ trampled underfoot or crushed against barriers in the stadium. As a result of this 1985 soccer incident, security measures have since been tightened at major sports competitions to prevent similar events from happening.

16. (A) circumstance　(B) sequence　**(C) tragedy**　(D) phenomenon
17. (A) oppose to　(B) fight over　(C) battle for　**(D) compete against**
18. (A) a　(B) that　(C) each　**(D) their**
19. **(A) headed for**　(B) backed up　(C) called out　(D) passed on
20. (A) be　(B) been　**(C) being**　(D) to be

（1985 年在布魯塞爾舉行的足球賽發生了一起暴動，許多球迷因而喪命。這場悲劇發生在歐洲盃決賽開始前的 45 分鐘。英國隊預訂與義大利隊在決賽中對決。吵鬧的英國球迷為他們的球隊點燃加油的煙火後，衝破鐵絲網開始攻擊義大利球迷。義大利球迷在驚慌之下，前進衝向座位區的主要出口，當時一面六呎高的水泥牆應聲塌陷。

當晚共計有 38 名足球迷喪命、437 名受傷。大多數的死因來自人們遭到踩踏或推撞到體育館的屏障。鑒於 1985 年這起足球意外，自此大型運動比賽的安全措施變得更嚴格，以避免類似事件發生。）

16. (A) 情況　(B) 順序　(C) 悲劇　(D) 現象
17. (A) 反對　(B) 爭吵　(C) 為……而戰　(D) 與……對抗
18. (A) 一個　(B) 那個　(C) 每一個　(D) 他們的
19. (A) 朝……前進　(B) 支持　(C) 大聲呼叫　(D) 傳遞
20. (A) be　(B) been　(C) being　(D) to be

分析

這十題中，只有第 18 題與 20 題考文法。第 18 題考代名詞與先行詞一致性，主詞為 British fans，為 their（他們的）隊伍加油。

第 20 題問考分詞構句，即省略關係代名詞 who，將 be 動詞改為分詞 being。原來句子為 "The majority of the deaths resulted from people who were trampled ..."。

其餘八題考字彙三題 (11、13、16)、片語四題 (12、14、17、19)、介系詞一題 (15)。考生實在不需要再斤斤計較文法的用法了，多學習如何從上下文意分析推論出答案。

⊙ 文意選填

文意選填為一篇選文搭配十題試題。選文內容是本土文化布袋戲，要理解文章意思不難，亦沒有複雜難懂的文法觀念。作答線索充足，大部分的題目依據上下文意思即可作答。

其中名詞五個、動詞四個、形容詞一個。其中 appeal（吸引力）、succeed（繼承）、supporting（配角的）在本選文中的用法，不同於一般考生熟悉的字意，算是比較難度的單字，因此本考題有鑑別度。

題組 21-30

The Taiwanese puppet show("Budaixi") is a distinguished form of performing arts in Taiwan. Although basically hand puppets, the __21__ appear as complete forms, with hands and feet, on an elaborately decorated stage. The puppet performance is typically __22__ by a small orchestra. The backstage music is directed by the drum player. The drummer needs to pay attention to what is going on in the plot and follow the rhythm of the characters. He also uses the drum to __23__ the other musicians. There are generally around four to five musicians who perform the backstage music. The form of music used is often associated with various performance __24__ , including acrobatics and skills like window-jumping, stage movement, and fighting. Sometimes unusual animal puppets also appear on stage for extra ___25___ , especially for children in the audience.

In general, a show needs two performers. The main performer is generally the chief or ___26___ of the troupe. He is the one in charge of the whole show, manipulating the main puppets, singing, and narrating. The ___27___ performer manipulates the puppets to coordinate with the main performer. He also changes the costumes of the puppets, and takes care of the stage. The relationship between the main performer and his partner is one of master and apprentice. Frequently, the master trains his sons to eventually ___28___ him as puppet masters. Budaixi troupes are often hired to perform at processions and festivals held in honor of local gods, and on happy ___29___ such as weddings, births, and promotions. The main purpose of Budaixi is to ___30___ and offer thanks to the deities. The shows also serve as a popular means of folk entertainment.

(A) attracted	(B) appeal	(C) accompanied	(D) conduct
(E) director	(F) figures	(G) occasions	(H) succeed
(I) transparent	(J) supporting	(K) techniques	(L) worship

（臺灣的布袋戲是一項卓越的表演藝術。雖然基本上只是掌上玩偶，但這些人物皆以擁有雙手雙腳的完整外型，在裝飾精美的舞臺上登場。一般來說，這種手偶表演會有小型樂隊伴奏。幕後音樂由鼓手所指揮。鼓手需要注意劇情推演，跟著角色的節奏，並用鼓來指揮其他的樂手。通常會有大約四到五位樂手來演奏幕後音樂。戲裡使用的音樂型式常和各式各樣的表演技巧有關，包含了雜技和跳窗、舞臺移動、打鬥等等。有時為了增添吸引力一些少見的動物手偶也會出現在舞臺上，特別是在觀眾群裡有小孩的時侯。

一般而言，一場布袋戲需要兩位表演者。主表演者通常是整個布袋戲劇團的團長或導演。他是負責整場表演的靈魂人物，包括了操作主角手偶、唱歌，以及旁白。協助演出者則操作木偶來和主表演者協調配合。他也負責換手偶的服裝，並且控制整個舞臺的狀況。主表演者和副表演者的關係就像是師父和徒弟一般。通常師父最後會訓練他的兒子來繼承成為手偶大師。布袋戲劇團常常被請去在祭

神的遊行和節慶，以及像是婚禮、生日、晉升等快樂的場合中表演。布袋戲的主要目的就是要敬神以及感謝祂們。這種表演也是非常受到歡迎的民俗娛樂。）

答案

21. (F)　22. (C)　23. (D)　24. (K)　25. (B)

26. (E)　27. (J)　28. (H)　29. (G)　30. (L)

動詞：

(A) attracted 吸引　　(C) accompanied 伴隨　　(D) conduct 指揮

(H) succeed 繼承　　(L) worship 崇敬

名詞：

(B) appeal 吸引力　　(E) director 導演　　(F) figures 人物

(G) occasions 場合　　(K) techniques 技巧

形容詞

(I) transparent 透明的　(J) supporting 配角的

⊙ 篇章結構

　　篇章結構，測驗考生掌握篇章結構的理解力與組織能力。

　　題幹為段落式短文，以一段（或一篇）選文搭配五至六個選項，每題一個空格，考生依文意，在所提供的選項中，分別選出最適當者，使結構清晰有條理。

　　本次考試以一篇選文搭配五題試題。選文與廣告（advertising）有關，因連貫性佳，作答線索充足，考生利用上下文線索，就不難作答。

　　不過今年試題作答選項多增加一個誘答選項，考生須從 6 個選項中選 5 個，增加難度，也增加鑑別度。

　　本次題目有三題（第 32、34、35 題）必須由後文推測前面空格的意思，考生一定要加強文句連貫的練習。

題組 31-35

　　All advertising includes an attempt to persuade. ___31___ Even if an advertisement claims to be purely informational, it still has persuasion at its core. The ad informs the consumers with one purpose: to get the consumer to like the brand and, on that basis, to eventually buy the brand. Without this persuasive intent, communication about a product might be news, but it would not be advertising.

Advertising can be persuasive communication not only about a product but also an idea or a person. __32__ Although political ads are supposed to be concerned with the public welfare, they are paid for and they all have a persuasive intent. __33__ A Bush campaign ad, for instance, did not ask anyone to buy anything, yet it attempted to persuade American citizens to view George Bush favorably. __43__ Critics of President Clinton's health care plan used advertising to influence lawmakers and defeat the government's plan.

__35__ For instance, the international organization Greenpeace uses advertising to get their message out. In the ads, they warn people about serious pollution problems and the urgency of protecting the environment. They, too, are selling something and trying to make a point.

(A) Political advertising is one example.
(B) To put it another way, ads are communication designed to get someone to do something.
(C) Advertising can be the most important source of income for the media through which it is conducted.
(D) They differ from commercial ads in that political ads "sell" candidates rather than commercial goods.
(E) Aside from campaign advertising, political advertising is also used to persuade people to support or oppose proposals.
(F) In addition to political parties, environmental groups and human rights organizations also buy advertising to persuade people to accept their way of thinking.

（所有廣告都有說服他人的企圖。也就是說，廣告是設計來讓某人去做某事的一種溝通管道。即使廣告宣稱只是單純提供資訊，其主要目的仍然是說服顧

客。廣告告知消費者只為了一個目的：讓消費者喜歡這個品牌，並在此基礎上，讓消費者最後掏錢購買這個品牌的商品。如果沒有說服的意圖，一個產品的訊息可能就是新聞，而不是廣告了。

　　廣告可以是說服性的溝通管道，宣傳的不單只有產品，也促銷想法或人。政治廣告就是一個例子。雖然政治廣告應該關乎公眾福祉，卻依然是付費廣告，而且全都有說服意圖。不同於商業廣告，政治廣告「銷售」的是候選人而不是商品。舉例來說，小布希的競選廣告沒有要求任何人買東西，但卻試圖說服美國公民對喬治‧布希留下好印象。除了競選廣告之外，政治廣告也被用來說服大眾支持或反對提案。批評柯林頓總統健保計畫的人也用廣告來影響立法的國會議員，致使政府的計畫無效。

　　除了政黨之外，環保團體和人權組織也購買廣告來說服大眾接受他們的想法。舉例來說，國際性的綠色和平組織用廣告來傳遞他們的訊息。在廣告裡，他們警告人們污染問題的嚴重性以及保護環境的急迫性。他們同樣是在進行推銷，試圖陳述某種論點。）

答案

　　31. (B)　　32. (A)　　33. (D)　　34. (E)　　35. (F)

分析

　　31. 空格的前一句和後一句都提到「說服」（persuade 與 persuasion），表示廣告是企圖要「說服」人們，答案選項 (B) 就是此含意，線索清楚，to put it another way 意思就是 put it in other words、that is to say、put it another way（換句話說）。

　　32. 空格前句說廣告不只是促銷產品，也會促銷想法與人物；而空格後句談論政治廣告，可推論空格必先談到「政治」，選項 (A) 就有關鍵字 political advertising，線索清楚。

　　33. 空格前句提到有人「付費」製播政治廣告以說服大眾，空格後句舉例小布希的競選廣告企圖說服美國公民，可知政治廣告「銷售」候選人。本句關鍵字是 sell，呼應 paid，而 candidates 也呼應 Bush，本題選 (D)，同樣線索清楚。

閱讀測驗的平日練習有三方向：第一是「語意的解析」，學習閱讀長句子的方法；第二是「如何避開不懂的單字」，利用字首、字尾、字根是拆字的好方法；第三是「分析段落的結構」，掌握段落間的語意連貫與轉折（transition）。

本試卷有四篇閱讀測驗選文，每篇各搭配四題試題。

101 年選文內容關於幽默種類的介紹、飛行安全、「憤怒鳥」遊戲軟體以及高樓建築爆破拆除。文章取材多元，有雜誌或報紙，卻不失文意完整性；試題包括文章內容整合、分析、推理，涵蓋全文（global）與局部（local）文意理解。此考卷也增加圖解方式，評量考生對於圖表的理解及應用，是一大特色。

題組40-43

On June 23, 2010, a Sunny Airlines captain with 32 years of experience stopped his flight from departing. He was deeply concerned about a balky power component that might eliminate all electrical power on his trans-Pacific flight. Despite his valid concerns, Sunny Airlines' management pressured him to fly the airplane, over the ocean, at night. When he refused to jeopardize the safety of his passengers, Sunny Airlines' security escorted him out of the airport, and threatened to arrest his crew if they did not cooperate.

Besides that, five more Sunny Airlines pilots also refused to fly the aircraft, citing their own concerns about the safety of the plane. It turned out the pilots were right: the power component was faulty and the plane was removed from service and, finally, fixed. Eventually a third crew operated the flight, hours later. In this whole process, Sunny Airlines pressured their highly experienced pilots to ignore their safety concerns and fly passengers over the Pacific Ocean at night in a plane that needed maintenance. Fortunately for all of us, these pilots stood strong and would not be intimidated.

Don't just take our word that this happened. Please research this yourself and learn the facts. Here's a starting point: www.SunnyAirlinePilot.org. Once you review this shocking information, please keep in mind that while their use of Corporate Security to remove a pilot from the airport is a new procedure, the intimidation of flight crews is becoming commonplace at Sunny Airlines, with documented events occurring on a weekly basis.

The flying public deserves the highest levels of safety. No airlines should maximize their revenues by pushing their employees to move their airplanes regardless of the potential human cost. Sunny Airlines' pilots are committed to resisting any practices that compromise your safety for economic gain. We've been trying to fix these problems behind the scenes for quite some time; now we need your help. Go to www.SunnyAirlinePilot.org to get more information and find out what you can do.

（在 2010 年 6 月 23 日，太陽航空一位擁有 32 年飛行經驗的機長阻止了他的班機起飛，他當時非常擔心一個停止運轉的電源組件會切斷這架航越太平洋班機的所有電力。儘管他的擔心合理，太陽航空管理階層卻逼迫他駕駛班機，在晚間航越大洋。在他拒絕冒著乘客安危的同時，太陽航空的航護警衛將他帶出機場，並且要脅他的機組航員若是不肯合作就要接受逮捕。

除此之外，太陽航空其他五名機長也拒絕駕駛該飛機，聲明他們對飛航安全有所顧慮。結果證實機長們是對的：該電力組件有問題，飛機暫停服務，終於修繕完成。最後，數小時後，由第三組機組駕駛該飛機。整個過程中，太陽航空向資深的機長施壓，完全忽略他們的安全考量，要求他們於夜間駕駛需要維修的飛機航越太平洋。所幸，這些駕駛員立場堅定，不接受妥協。

關於這起事件發生，也不要只盡信我們的說法。請自行蒐尋事實。這邊提供一個起點供參考：www.SunnyAirlinePilot.org，一旦你查證過這則震驚的消息，請記住雖然他們用航護警力這種新處置方式將機長驅離機場，但在太陽航空，威脅機組人員妥協卻是常態，幾乎每週都可以看到類似的記錄。

搭機乘客的安全應獲得最高度的重視，航空公司不能為了提升利潤，而罔顧可能的人員損失，強迫員工駕駛。太陽航空的機長承諾不為了追求利潤而向飛安妥協。我們長久以來一直試圖處理這些問題，現在我們需要你的協助。請上www.SunnyAirlinePilot.org 網站瞭解你能為此做些什麼。）

40. According to the passage, what happened to the captain after he refused to fly the aircraft?

(A) He was asked to find another pilot to replace his position.

(B) He was forced to leave the airport by security staff of Sunny Airlines.

(C) He was made to help the Airlines find out what was wrong with the plane.

(D) He was fired for refusing to fly the plane and abandoning the passengers.

根據本文，機長拒絕駕駛飛機後發生了什麼事情？

(A) 他被要求找另一位飛行員取代他的位置。

(B) 他被太陽航空公司的安全人員逼迫離開機場。

(C) 他被迫幫忙航空公司找出飛機的問題。

(D) 他因為拒絕駕駛飛機且拒載乘客而遭到解聘。

分析

本題考獨立（local）的事實問題：機長拒絕駕駛飛機後，被太陽航空公司的安全人員逼迫離開機場。"escorted him out of the airport 就是 forced to leave the airport by security staff"。

41. What is the main purpose of the passage?

(A) To maximize Sunny Airlines' revenues.

(B) To introduce Sunny Airlines' pilot training programs.

(C) To review plans for improving Sunny Airlines' service.

(D) To expose problems with Sunny Airlines' security practices.

本文的主要目的為何？

(A) 為了使太陽航空公司的獲取最高的營收。

(B) 為了介紹太陽航空公司的飛行員訓練計畫。

(C) 為了重新檢視太陽航空公司的服務品質。

(D) 為了揭露太陽航空公司的安全問題。

本題考全文大意的目的為何。線索在由第二段 "Sunny Airlines...ignore their safety concerns..." 與第三段 "the intimidation of flight crews is becoming commonplace at Sunny Airlines..."，兩段話顯示本文是要告訴大眾太陽航空公司的安全問題，故選 (D)。這是屬於整合性的（global）題目。

43. By whom was the passage most likely written?

(A) Sunny Airlines security guards.

(B) Sunny Airlines personnel manager.

(C) Members of Sunny Airlines pilot organization.

(D) One of the passengers of the Sunny Airlines flight.

本文最可能是誰寫的？

(A) 太陽航空公司的安全警衛。

(B) 太陽航空公司的人事經理。

(C) 太陽航空公司飛行員組織的成員。

(D) 太陽航空公司航班的一名乘客。

分析

43 題考推論，評量考生對文章作者身分之辨識，問「本文最可能是誰寫的？」第四段的第四句 "Sunny Airlines' pilots are committed to...We've been trying to fix these problems behind the scenes...now we need your help." 指出「在事實真相背後，我們已試圖解決問題」，可推知作者所說的 We 是指 Sunny Airlines' pilots；文章應是瞭解內情的駕駛人員，故選 (C) 太陽航空公司飛行員組織的成員。

● 第貳部分 非選擇題

一、中譯英：此題型可能以單句翻譯、克漏式翻譯、連貫式翻譯等方式呈現。目標為測驗考生，是否有能力將中文提示句子譯成句法正確、語意連貫之英文小段落的。

今年的中譯英主題與食品安全中「食物包裝」有關。評量的重點在於，考生能否運用熟悉的詞彙與基本句型，將中文翻譯成正確、達意的英文句子，所測驗之詞彙皆控制在大考中心參考詞彙表內。

考生對於英文「字序的排列」、「詞彙的使用」及「中英文句構」之間的差異要注意，例如：「對人體有害的成分」譯成英文時應為 ingredients (that are) harmful to human bodies，兩者字序不同；「包裝上的說明」的翻譯則應為 instructions on the package；包裝食品（packed food）、有害的（harmful）、成分（ingredient）等字，都是生活應用單字。

題目

1. 有些我們認為安全的包裝食品可能含有對人體有害的成分。
2. 為了我們自身的健康，在購買食物前我們應仔細閱讀包裝上的說明。

參考答案：

1. Some package food (which/that) we think/consider safe may contain ingredients (that are) harmful to human bodies.
2. For (the sake of) our own health, we should carefully read the instructions/descriptions on the package before buying/we buy (the) food.

⊙ 英文作文：此題型可能以主題寫作或主題句寫作方式呈現

101 年的英文作文為主題寫作，考生根據作答說明與提示，以運動為主題寫一篇文長至少 120 個單詞（words）的文章。試題內容貼近一般高中生的實際生活經驗，考生要依據作答提示，並且注意內容組織連貫性、用字拼字等。

提示：請以運動為主題，寫一篇至少 120 個單詞的文章，說明你最常從事的運動是什麼。文分兩段，第一段描述這項運動如何進行（如地點、活動方式、及可能需要的相關用品等），第二段說明你從事這項運動的原因及這項運動對你生活的影響。

分析

　　作文題目的主題為「運動」，與考生的生活經驗息息相關。建議動詞時態用現在式。

　　第一段描述最常從事的運動，並說明地點、活動方式及可能需要的相關用品。先寫 topic sentence（主題句：喜歡的運動），接著寫 supporting idea/detail（細節句，說明在何地點從事這活動的、進行方式及可能需要的相關用品。

　　第二段說明從事這項運動的原因及這項運動對生活的影響。一樣先寫 topic sentence（喜歡此運動的原因），再用 supporting idea/detal 延伸說明。最後說明這項運動對你生活的影響當作結論（conclusion）。

　　更多練習，請參考聯經出版《大考英文作文搶分秘笈》。

第二十二章

各校高中段考

目前大學入學考試，無論是學力測驗（學測）或指定科目考試（指考），英文科教學與考題趨勢都是理解詞意，與字詞用法，而不是單考語法或文法。以 101 年學測為例，56 題的非選擇題，屬於文法的題目，不到 1/6。

此種考試符合現今語言學習理論與趨勢，也大都與國際的英語能力測驗（如多益、托福、雅思等）接軌。

然而，臺灣高中學校的段考、期中考、期末考都還停留在傳統的文法考題上，這是值得省思的問題。

● 學校考試為何會與大考脫節？

這大概率涉到兩個原因：

一、考試性質不同

學校的段考或期末考試，屬於「成就測驗」（achievement test），也就是配合學校上課進度或內容，檢驗學生學習成效的考試；大考屬於「能力測驗」（proficiency test），也就是評量學生是否能達到高中所設定的英語文能力。

由於很多學校偏重單字、文法教學，「成就測驗」的考試，自然就會以單字、文法為主要的考試內容，與大考所強調的語言能力有所差異！

但是，我們也應該想想難道學習英文只能停留在單字、文法嗎？其他的語言能力如理解、字詞運用等，可能才是真正的實用語言能力。

二、對於測驗功能的認知不同

大考的測驗主要測驗學生學會的能力，而學校的考試很多偏重在分出學生的成績高下，甚至某些考試還以「考倒學生」為主要考量，希望透過考試，來「挑戰」學生哪裡會弄錯！

所以，大考考的是學生會的能力；學校考試考的是找出學生不會的能力，因此很多題目非常瑣碎或艱深，或出現改正錯誤的一些考題。舉例說明，大考已經好幾年沒有出現假設法（尤其是與過去事實相法的假設法），但是幾乎所有學校都出現很多類似的高深文法題目，目的似乎是要測驗多少菁英學生能理解這麼難懂的文法句型。這種以菁英思維的出題方式，對於學習的回衝效益造成負面結果，也導致愈來愈多的學生放棄英文學習。

⊙ 高中以文法為主軸的出題方式，對於學習造成負面影響！

學校的考試有不同的功能，有些是診斷的、有些是協助學習、有些才是評量成績高低。一律以評量學生能力高低或檢驗學生不會的基礎來命題，加上學習內容偏重單字、文法、片語，自然造成現今高中的段考題目，與現今大學考試脫節，甚至對於學習造成負面現象。

⊙ 負面例子？

以下以台北市某著名公立高中高三英文科期中考為例，分析其出題方式。

此份考題包括兩部分，第一部分：單選題共 55 題，占 75 分，第二部分非選擇題占 25 分。第一部分單選題皆以題組進行，第一大題克漏字共五個題組，25 題；第二大題文意選填一個題組，10 題；第三大題篇章結構一個題組，5 題；第四大題閱讀測驗共四個題組，15 題。第二部分非選擇題，A 大題考單字填空拼寫，B 大題考單句翻譯，共三句。

⊙ 克漏字

此高中英文試卷的克漏字，幾乎全考文法，是非常傳統的考試方式。目前大考中心的題目已經不採用這樣的測驗方式了。

題組 1-5

Scientists have wondered for years whether animals can think. Some animals really show their intelligence. For example, Dandy, a young male chimpanzee, recently did __1__ by showing his ability to plan in advance. He knew that the scientists __2__ some grapefruit in the sand, but he pretended that he had no idea about where the grapefruit was when the other chimps were around. Later, when the other chimps fell asleep, the greedy- __3__ chimp went right to the spot where the grapefruit was buried and ate it. Stories like this __4__ questions about the way animals think and behave. It seems that they don't just behave __5__ or in accordance with memorized rules.

1. **(A) something surprising**   (B) surprising something
   (C) something surprised   (D) surprised something
2. (A) would have buried   (B) who buried
   (C) had buried   (D) have buried
3. (A) nature   (B) naturing   (C) in-nature   **(D) natured**
4. (A) rise   **(B) raise**   (C) arouse   (D) arise
5. (A) in principle   (B) in disguise   **(C) by instinct**   (D) in general

（科學家好幾年來一直想知道動物究竟能不能思考。有些動物的確展現出牠們很聰明。舉例來說，一隻名叫丹迪的年輕公猩猩最近展現了牠能事先計畫的驚人之舉。牠知道科學家在沙裡埋了葡萄柚，不過當其他猩猩在場時牠卻假裝不知道葡萄柚在哪裡。後來，當其他猩猩睡著時，這隻生性貪心的猩猩直接到藏有葡

萸柚的地方，把它挖出來吃掉。類似這樣的故事引起大家對動物思考和行為模式的疑問。動物似乎不只是靠本能或依照記住的規則來行事。

分析

　　題目一看就發現第 1 題、第 2 題、第 3 題、第 4 題都是考文法！只有第 5 題算是考語意。第 3 題選項甚至出現 naturing 這個不存在的單字，這不是一個好的出題。

　　再來檢視後面 6~25 題：

題組 6-10

6. (A) over   (B) of   (C) for   (D) in

7. (A) had had   (B) has been   (C) must be   (D) must have been

8. (A) to be practiced   (B) to practice

     (C) to practice in   (D) to be practiced in

9. (A) no matter how (B) whether or not (C) regardless of (D) whatever

10. (A) that   (B) this   (C) ones   (D) those

題組 11-15

11. (A) torture   (B) expenditure   (C) adventure   (D) furniture

12. (A) What   (B) Which   (C) There   (D) This

13. (A) deserving   (B) deserting   (C) designing   (D) depicting

14. (A) by giving up   (B) given up   (C) to give up   (D) gives up

15. (A) despair   (B) dessert   (C) debris   (D) debut

題組 16-20

16. (A) at length   (B) in width   (C) in depth   (D) in height

17. (A) used to predicting   (B) used to predict

     (C) was used to predict   (D) was used to predicting

18. (A) however   (B) or rather   (C) in addition   (D) as a result

19. (A) Which   (B) What   (C) That   (D) As

20. (A) accompanied　(B) assigned　　　(C) associated　　(D) authorized

21-25

21. (A) when　　　(B) which　　　(C) what　　　(D) where
22. (A) but　　　　(B) that　　　　(C) until　　　(D) without
23. (A) not long　　　　　　　(B) in the long term
　　(C) before long　　　　　　(D) it was not long
24. (A) of her own　　　　　　(B) in her own right
　　(C) from all sides　　　　　(D) for her part
25. (A) Owing to　(B) In spite of　(C) With a view to (D) Instead of

分析

　　檢視這些選項，包括第 6、7、8、10、12、13、14、17、18、19、21、22、23、24 題都是文法題，與語意無關，都是機械性的答題方式。

　　不是文法題目的 9、11、15、16、20、25 題也出得不盡理想，如：第 11 題，找幾個字尾 -ture 的單字來湊答案，第 15 題為字首 de- 的單字，第 20 題為字首 acc-、ass- 的單字。這樣的出題方式，是要測驗學生「字型混淆」還是「字意混淆」？以湊答案的方式出題，沒有考慮誘答，而且有些選項文法錯誤，甚至拼字錯誤，都不是好的出題方向。

⊙ 文意選填

　　Crop circles first appeared in the fields of southern England in the mid-1970s. Early circles were not ___26___ , but simply appeared, overnight, in fields of wheat, rape, oat, and barley. The crops are flattened, the stalks bent but not ___27___ . Wiltshire County is the acknowledged center of the phenomenon. The county is home to some of the most sacred Neolithic sites in Europe, built as far back as 4,600 years ago, ___28___ Stonehenge, Avebury, Silbury Hill, and burial grounds such as West Kennet Long Barrow. As the crop circle phenomenon gained momentum, formations have also been ___29___ in Australia, South Africa, China, Russia, and many other countries, ___30___ in close proximity to ancient sacred sites. Still, each year more than a hundred formations appear in the fields of southern England. In 1991, Doug Bower and Dave Chorley came forward and claimed __31__ for the crop circles over the past 20 years or so, and the battle between artists and other-world believers was __32__. "I think Doug Bower is the greatest artist of the 20th century," said John Lundberg, a graphic design artist, Web site creator, and acknowledged circle maker. Bower's work has the earmarks of all new art forms, "pushing boundaries, opening new doors, working outside of the established __33__ ," Lundberg continued. His group, known as the Circlemakers, considers their practice an art. Lundberg estimates that there are three or four __34__ crop circle art groups operating in the United Kingdom today, and numerous other small groups that make one or two circles a year more or less as a lark. Circlemakers now does quite a bit of __35__ work for profit; in early July, the group created a giant crop formation 140 feet (46 meters) in diameter for the History Channel. But they also still do covert work in the dead of night.

(A) reported   (B) mediums   (C) frequently   (D) broken

(E) commercial (F) engaged   (G) dedicated   (H) responsibility

(I) complicated (J) including

（麥田圈首先於一九七〇年代中期在英國南部出現。早期的麥田圈圖樣並不複雜，只是會一夜之間出現於小麥田、油菜花田、橡樹園和大麥田中，造成農作物倒塌、莖桿彎曲卻沒毀壞。威爾特郡公認是此現象的集中地。該郡是歐洲新石器時代部分最神聖遺跡的所在地，包括巨石陣、埃夫伯里石陣、西爾布利山，以及如 West Kennet 長塚的墓園，建造年代可回溯至四千六百年前。正當麥田圈現象持續出現之際，澳洲、南非、中國、俄羅斯等許多國家也都報導當地在距離神聖遺跡很近的地方圓圈圖案頻頻出現。此外，每年英國南部都有超過一百個圓圈圖案。1991 年，道格・鮑爾和戴夫・喬利出面聲稱過去約二十年來麥田圈都是他們的責任，藝術家和超自然信徒之間展開論戰。約翰・盧德伯格表示：「我認為鮑爾是二十世紀最偉大的藝術家。」盧德伯格是名平面設計師、網站站長，他

也承認自己製造過麥田圈。鮑爾的作品具有所有新藝術的特徵，盧德伯格接著說：「他突破界線、開創新契機、使用跳脫框架的手法。」他的團隊被稱為麥田圈製作者，視他們的行為是藝術。盧德伯格估計英國現在還在致力製造麥田圈的藝術團體約有三、四個。還有無數個小團體因為好玩每年會製造一、兩個麥田圈。麥田圈製作者現在已做出許多營利的商業作品。七月初，他們還為歷史頻道創作了一個直徑一百四十呎（四十六公尺）的巨大圓圈圖案。不過他們還是會趁著夜深人靜時，暗中製作麥田圈。

(A) 報導		(B)（藝術）表現手法	
(C) 頻頻	(D) 毀壞	(E) 商業的	(F) 交戰
(G) 專心致力的	(H) 責任	(I) 複雜的	(J) 包括

答案

26. (I)　27. (D)　28. (J)　29. (A)　30. (C)

31. (H)　32. (F)　33. (B)　34. (G)　35. (E)

　　這篇文意選填的出題並不理想，出題老師應該在上下文給予足夠的線索，考生閱讀文章才知道答案的方向，而非看了所有答案選項，才用消去法找出答案。那樣的出題方向就偏差了。

　　先將答案選項的詞性列出：

名詞：mediums, commercial, responsibility

動詞：engaged, dedicated

分詞或動詞過去式：reported, broken, engaged, dedicated

形容詞：commercial, complicated

副詞：frequently

介系詞：including

分析

26. "Early circles were not ＿26＿, but simply appeared, overnight, in fields of wheat, rape, oat, and barley." 線索不夠，只能用消去法，或最後再答，不是好的出題。

27. 上下文提供不錯的線索，"The crops are flattened, the stalks bent but

not 27 . ”（農作物倒下、莖桿彎曲，但並沒有 ＿＿＿）。思考方向應該是「斷裂」、「死亡」、「毀壞」，果然答案有 broken。讀完文章變知道答案的方向，不用消去法找出答案，是好的出題方式。

28. “In Europe,... 28 Stonehenge, Avebury, Silbury Hill, and burial grounds such as West Kennet Long Barrow.”先點出在歐洲，接著列出一些專有名詞，想必空格是「包括」、「例如」，選 including，給予的線索充足。

⊙ 篇章結構

題組 36-40

Dancer and choreographer, Martha Graham was regarded as one of the foremost pioneers of modern dance, whose influence on dance can be compared to the influence Stravinsky had on music or Picasso had on the visual arts. 36 She invented a new language of movement, and used it to reveal the passion, the rage and the ecstasy common to human experience. She danced and choreographed for over seventy years, and was the first dancer ever to perform at The White House, the first dancer ever to travel abroad as a cultural ambassador, and the first dancer ever to receive the highest civilian award of the USA: the Medal of Freedom.

 37 Graham started her career at an age that was considered late for a dancer. By the late 1960s, she was still dancing and turned increasingly to alcohol to soothe her own despair at her declining body. A younger generation who had heard of her legend went to her later performances and were confused about what all the fuss was about. 38 In the end, when the chorus of critics grew too loud, Graham finally left the stage.

In the years that followed her departure from the stage Graham sank into a deep depression and she abused alcohol to numb her pain. In her autobiography Blood Memory she wrote:

[When I stopped dancing] I had lost my will to live. I stayed home alone, ate very little, and drank too much and brooded. My face was ruined, and people say I looked odd, which I agreed with. 39 I was in the hospital for a long time, much of it in a coma.

To the delight and surprise of her fans, Graham not only survived her hospital stay but she rallied. In 1972 she quit drinking, returned to her studio, reorganized her company and went on to choreograph ten new ballets and many revivals. 40 Graham choreographed until her death from pneumonia in 1991 at the age of 96. In 1998, Time listed her as the "Dancer of the Century" and as one of the most important people of the 20th century.

(A) Her last completed ballet was 1990's Maple Leaf Rag.

(B) Graham was a choreographer of astounding productivity and originality.

(C) At first, Graham's love of dance was so profound that she refused to leave the stage despite criticism which said she was past her prime.

(D) Finally my system just gave in.

(E) However, her dance career was not always a bed of roses.

（舞蹈家暨編舞家瑪莎‧葛蘭姆被視為現代舞先驅之一，她對舞蹈的影響之大，就像史特拉汶斯基之於音樂，畢卡索之於視覺藝術。葛蘭姆是位作品產量驚人且具原創性的編舞家。她創造了新的舞蹈動作語言，用以展現人類平時經歷的熱情、憤怒與狂喜。她跳舞和編舞超過七十年之久，不僅是是史上第一位進白宮表演的舞者，也是第一位以文化大使身分巡迴全球的舞者，更是第一位獲頒美國最高公民獎、「總統自由獎」獎章的舞者。

然而，葛蘭姆的舞蹈生涯並非一帆風順。她開始習舞時，被認為起步年齡太晚。到了一九六〇年代晚期，她依然持續跳舞，但是為了撫慰自己身體日漸衰敗的絕望，她愈來愈依賴酒精。聽過葛蘭姆傳奇的年輕一代看過她晚期的表演，都會對於舞蹈表現出來的惶惶不安感到不解。首先，儘管面對外界批評她已過了巔峰時期，葛蘭姆對舞蹈熱愛，讓她拒絕離開舞臺。到最後，由於批判聲浪太過猛烈，葛蘭姆才終於離開了舞臺。

葛蘭姆離開舞臺後的那些年，飽受憂鬱症所苦，並濫用酒精麻醉自己。她曾

在自傳《血之記憶》寫道：

（當我不再跳舞後）我就失去了生存意志。我獨自在家，很少進食，卻喝了太多酒而陷入憂傷。我的臉孔崩壞了，別人都說我模樣古怪，我也同意。我的身體終究垮了。長期住院期間幾乎都處於昏睡狀態。

為了給舞迷驚喜，葛蘭姆不只康復出院，還重新振作。1972 年，她戒酒成功，回到練舞室，重整公司，編了十支全新的舞作，並重演許多作品。她最後一支作品是 1990 年的《楓葉飄飄》。葛蘭姆持續編舞到 1991 年因肺炎過世為止，享年九十六歲。1998 年，《時代雜誌》將葛蘭姆選為「世紀舞蹈家」，並尊稱她為二十世紀最重要的名人之一。）

答案

36. (B)　37. (A)　38. (C)　39. (D)　40. (A)

分析

篇章結構的出題用心，給予考生足夠的線索。

36. 空格的下句說 She invented a new language of movement（創造新的動作語言），選項 (B) Graham was a choreographer of astounding productivity and originality. 的 productivity（創作力，多產）與 invent（創造）呼應，提供好的思考線索。

37. 空格的前一句為 "the first dancer ever to receive the highest civilian award of the USA: the Medal of Freedom." 提到瑪莎葛萊姆獲獎，下一句敘述她起步太晚。融合上下文語意，上句為成就，下句惋惜，中間的空格應該選語氣轉折的字句。選項 (E) However, her dance career was not always a bed of roses. 呼之欲出。

⊙ 閱讀測驗

題組 41-43

The people of Peru are proud of their Indian past. Walls built by the Incas still stand in and around the city of Cuzco. Peruvians—and tourists from many places—visit Cuzco to study the past. At Cuzco, people board a small train that chugs its way through the Andes Mountains to a city that had been lost for centuries.

That city is called Machu Picchu. Many believe that when the Spanish invaders destroyed Cuzco in the 1530's, the Incas who remained fled to this hideaway in the mountains. They spent the rest of their lives "lost" to the outside world. The people of Machu Picchu eventually died out. Over the centuries, the village's thatched roofs collapsed. Vines climbed over the stone walls and hid them from view.

In 1911, a young explorer, Hiram Bingham, decided to investigate stories of a "lost city" of the Incas. He led an expedition from Cuzco into the mountains. At the top of one mountain, the group stumbled upon strange stones covered by bush. "It was hard to see them," Bingham wrote, "for they were partly covered with trees and moss." The explorers chopped away the tangled growth and hauled out the dirt of centuries. At last, they uncovered the city.

（秘魯人很驕傲自己的印地安歷史。印加人築起的城牆依然屹立不搖，環繞著庫斯科市。秘魯人及各地旅客都會到庫斯科研究過去的歷史。在庫斯科，人們搭乘小火車，一路嘎嘎作響地穿越安地斯山脈，抵達一個消失數百年之久的城市。

該城市名為馬丘比丘。許多人相信西班牙侵略者在 1530 年代摧毀了庫斯科，當時僅存的印加人逃到了山裡這座隱匿處，之後的生活，他們斷絕與外界的聯繫，生活在山裡。馬丘比丘的人最後全數滅絕。歷經數百年，該村的茅草屋頂也已崩塌。石牆上爬滿藤蔓，消失在世人眼前。

1911 年，一名名為海倫・賓漢的年輕探險家，決定調查印加「失落之城」的故事。他領著一支探險隊，從庫斯科進入安地斯山脈，登上了其中一座山的山頂後，隊伍在長滿荒煙漫草的奇怪岩石上蹣跚而行。賓漢曾寫道：「要看見遺跡很難，因為大部分都被樹木和青苔蓋住了。」這些探險家披荊斬棘，在累積數世紀的泥濘中跋涉前進。最後，他們發現了那個城市。）

分析

第 41 與 42 題分別問 "The writer's main purpose is to _____." 作者的主旨是 _____.） 以及 "Machu Picchu had been hidden for centuries by

_____." （馬丘比丘被 _____ 埋藏了數百年之久。） 現在閱讀測驗已盡量不問「空格句」，因此老師出題時要呈現一完整問句。

第41題可改為 What is the main purpose of the passage? （本文的主旨為何？）第42題改為 Why had Macho Picchu been hidden for centuries?（馬丘比丘為什麼被埋藏了數百年之久？）

第二十三章

多益測驗

本章我們將介紹一般學生與社會大眾常參加的考試：多益測驗。

「多益」名稱來自英文的 TOEIC，是 Test of English for International Communication（國際溝通英語測驗）的簡稱。此測驗是 1979 年美國專精教學評量的「教育測驗服務社」（Educational Testing Service，簡稱 ETS），應日本企業領袖的要求，發展出來針對英語非母語人士所設計的英語能力測驗。

由於測驗內容以日常使用的英語為主，毋需具備專業的知識或字彙，因此能反映受測者在國際職場環境中與他人以英語溝通的能力。

多益測驗內容以國際場合溝通所使用的英語為主。很多場景偏重工作或一般的國際溝通，與國人所熟悉的「托福」（TOEFL）考試範圍不同：托福是設計給想要獲得北美大學入學許可的外國學生考的英語能力測驗。

托福內容與校園性、學術性的英文較有關。相較之下，多益就比較親民，也簡單多了。2010 年全球有超過六百萬人報考多益測驗，超過 10,000 家的企業、學校或政府機構採用多益成績，堪稱最被廣泛接受且最方便報考的英語測驗。

多益沒有所謂通不通過的問題，而是以分數來鑑別應考者之語言程度，分數愈高代表能力愈好。目前多益分數範圍由 10 分（就是最低分 0 分）到 990 分（滿分），可分為六級：10-250 分、255-400 分、405-600 分、605-780 分、785-900 分、905-990 分。參加國際訓練課程的要求多為 600 分以上，國際企業最常見的外派要求是 750 分，更高階的談判或採購，往往要求多益 850 分。這幾年，

臺灣地區考生平均分數在 525 分上下。

　　語言能力分聽、說、讀、寫四個技能，語言學者通常將「聽力」與「閱讀能力」稱為「接收技能」（receptive skills），即協助我們接收外界資訊的能力；「口語能力」與「寫作能力」為「產出技能」（productive skills），也就是協助我們應用及產出的技能。

　　一般大眾考的多益，屬於紙筆測驗，只考「聽力」與「閱讀」兩部分，各有一百題，共二百題，全部為單選題。若想知道自己英語口說或寫作的程度，可再參加口說及寫作測驗（Speaking & Writing Tests，簡稱 TOEIC S&W）。

　　在以溝通理解為目的的前提下，多益考題以「情意」為主，考生要熟悉語法、字彙及訊息傳遞；以「文法」為輔，通常只考會影響語意的文法，如時態、動詞用法以及主詞動詞的一致性，避免國際溝通上造成誤會。

　　無論是聽力或閱讀，常出的題目除了 6W1H 外，就是易混淆的發音與字詞。因為多益英檢是「能力測驗」（proficiency tests），需要考生能「使用」該單字，因此考情境的用法居多。

　　總括來說，準備多益要加強以下方面能力：

1. 單字：約是常用英語 4000 字。
2. 語法：注意句中影響語意的關鍵字詞、注意句子的動詞用法及注意句子的字序排列，例如：動詞後加物還是加人、動詞詞後接 V-ing 或 to V，介系詞的位置等。
   3. 情境知識：把握國際英文溝通的重要情境。有十個情境領域是多益考試的重點，考生可多熟悉練習：文書會議、人力資源、出差參訪、辦公協調、財務金融、生產製造、採購總務、社交應酬、企畫行銷、談判合作。
   4. 資訊重點：掌握口語英文的重要特點：如語調（tone）、輕重讀 （stress）、資訊重點（information focus）等。
   5. 熟悉題型：瞭解國際溝通的重要方式，也就是多益的題型，如情景描述、對話、討論與資訊提供等。

　　（註：有關多益的單字、句型及情境完整資料，可參考聯經出版《TOEIC 900》系列叢書。）

● 第一部分：聽力

多益評量考生對於詞彙、句子、對話、篇章的聽解能力，考生會聽到各類英語的直述句、問句、簡短對話以及簡短獨白，然後根據所聽到的內容回答問題。

此測驗目的在評量考生工作上的英語聽力，以國際溝通的需要為主。因此題目內容從全世界各地工作情境或生活的英文資料蒐集而來，題材多元化，包含各種地點與狀況，特別採美國、英國、加拿大、澳洲四種不同國家的英語腔調入題。

聽力測驗共一百題，有四種題型。第一大題為「照片描述」（Picture Description），看一張照片，聽問題選答案，共十題；第二大題為「應答問題」（Questions and Responses），聽問句與三個選項答案，選出正確對應答案，共三十題；第三大題為「簡短對話」（Short Conversations），聽一男一女間的一小段對話，共三十題；第四大題為「簡短獨白」（Short Talks），聽一人一小段獨白，共三十題。聽力考試時間為四十五分鐘。

多益聽力測驗，要瞭解考生在國際英文溝通的重要情境中，能聽懂這些場景常用的關鍵字詞與表達方式的技巧（key words and expressions）；同時藉著掌握口語英文的語調（tone）、輕重讀（stress）及資訊重點（information focus）等，理解對方釋出的訊息。

⊙ 第一大題：照片描述　10 題（四選一）

第一大題「照片描述」（Picture Description），考生看一張照片，聽問題及四答案選項，再選答案。多益的照片通常都很清楚簡潔，照片裡往往聚焦「人」或「物」。圖是「人」就會問「是什麼人」、「做什麼事」、「在哪裡」；圖是「物」就會問「場景」、「名詞、狀態詞」。

　　此照片主題聚焦「手提包」，商店產品陳列在展示櫃的場景照片。與圖片有關的常用相關字彙 bag（手提包）、clothes（衣服）、display case（展示櫃）應該會出現腦海中。這些字詞常是句子的重點，掌握這些字彙，就能聽懂問句的意思。

　　錄音內容（Listening script）：

(A) Some of the bags are in the display case.

(B) There's a flower vase next to the bags.

(C) This display is trimmed with lace.

(D) Some of the clothes are out of place.

(A) 有些包包放在展示櫃裡。

(B) 包包旁邊有一個花瓶。

(C) 此展出用蕾絲裝飾。

(D) 有些衣服沒放在適當的位置。

分析

　　此題為「物」（bag、display case），問名詞的狀態。本照片的重點是 bags 放在 display case 裡，其他選項的字詞，包括 flower vase（花瓶）、lace（蕾絲）、clothes 並未出現在圖片中。選項 (B)、(C)、(D) 中的 vase、lace、place 與 case 發音相近，用來混淆聽者判斷。

　　類似的照片題，必須注意：（一）介系詞的語意：如 on, in , under, next to；（二）名詞：大都為主詞或照片的人或物；（三）動作：主要是照片中的人、

物的舉止或行動。

⊙ 第二大題：應答問題 30 題（三選一）

第二大題為「應答問題」（Questions and Responses），考生聽問句與三個選項答案，選出正確對應答案。應答技巧在聽問題的第一個字：第一個字會告訴我們此題是 Yes-No 問題，還是 WH 問題。Yes-No 問題，開始的字會是：do、does、did、are、is will、can 等；WH 問題，開始的字有：what、where、who、which、why、when、how 等。例如聽到第一個字 Who，接下來的關係人肯定是關鍵。

例題

Can you please help me get to the expressway?
(A) Yes, it's a generous offer.
(B) Cream and sugar?
(C) Follow the signs.

可以請你告訴我怎麼上高速公路嗎？
(A) 好，這個出價很大方。
(B) 奶油和糖嗎？
(C) 跟著路標走。

分析

問題的第一個字是 can，此題是 Yes-No 問題，答案 (A) 明顯不是答案。答案 (B) 是誘答，因為考生可能將 expressway 聽成 espresso 咖啡。正確為 (C)。

⊙ 第三大題：簡短對話 30 題（四選一）
⊙ 第四大題：簡短獨白 30 題（四選一）

作答第三大題「簡短對話」與第四大題「簡短獨白」都要記得眼睛跑在耳朵前：眼睛要在錄音播放該題前，先掃視該題的圖、題目或答案。注意只要「掃視」，

不要「細讀」。

　　這時看到的單字會給我們很棒的提示。耳朵聽到剛才先看到的字，就一定要提高警覺。例如，看到 Mexico，接下來聽到 Mexican Food 時，心裡早有底；看到答案選項中有時間 7:30 或 $3000 等，就得特別留心數字。其次，想像「誰」在「哪裡」講話很重要，要特別運用想像力去猜講話的是甚麼樣的人（who）在何處說話（where）。

　　第三大題「簡短對話」的為男女（A、B）兩人，可能是 A-B-A 來回三段式對話，已可能是 A-B-A-B 四段式對話。A-B-A 中間的 B 是考試題目重點，如同 A-B-A-B 中間的 B 與 A 是考試重點。

例題

考大意（global 問題）

Where does the woman most likely work?

（這名女子最有可能在哪裡工作？）

What are the speakers discussing?

（說話者正在討論什麼？）

考細節（local 問題）

What did the man do last week?

（這名男子上週做了什麼？）

When will Tim's aunt return to work?

（提姆的阿姨何時回到工作崗位？）

What product is the man looking for?

（這名男子正在找什麼樣的產品？）

What does the woman suggest the man do?

（這名女子建議男子做什麼？）

What will take place tomorrow?

（明天會發生什麼事？）

Why is the woman unable to attend the meeting?

（這名女子為什麼不能參加會議？）

How will the man contact the travel agent?

（這名男子要怎了聯絡旅行社的人？）

● 第二部分：閱讀

一份完整的 TOEIC 包括七個部分（parts），其中 Part 1 到 Part 4 是第一大類聽力測驗，Part 5 到 Part 7 是第二大類閱讀測驗。

閱讀測驗設計的題目編排方式：短句最先，再接短文，最後是較長的文章。

全部都是答案四選一的題目：Part 5 為「單句填空」（Incomplete Sentences），共四十題；Part 6 為「短文填空」（Incomplete Texts），共十二題；Part 7「閱讀理解」（Reading Comprehension）又分兩種題型，分別是二十八題的「單篇文章理解」與二十題的「雙篇文章理解」。

答題時間 75 分鐘，平均一題約 45 秒須完成。許多考生抱怨 TOEIC 閱讀測驗考試時間不夠，很難在 75 分鐘之內寫完閱讀測驗全部的 100 題，往往最後落入猜題的命運。其實，前兩部分 Part 5 與 Part 6 就是考單字與文法，所以基本英文能力的單字量和文法認知應該早就要建立；閱讀測驗的要訣就是強化單字量、閱讀相關文章，熟悉該類型文章的表達方式。有時，多益得高分的關鍵在於單字量的強化。

TOEIC 文法概念的重複率很高，大抵以非母語人士常犯的語法錯誤為主。

考生注意：

多益是種「能力測驗」，並非要考倒學生，因此考題不會出現複雜難懂的文法或艱深的語言知識。也就是遵循能力測驗的基本精神：「考學生會的，而不是考學生不會的！」

因此，不管是單字、文法或情境，經常會重複出現，只是表達方式及問題方式不同而已。因此掌握有限的字彙（如 4000-5000 單字），熟悉國際溝通的語法結構與文法知識，接下去都是語言能力的考驗。

⊙ 第五大題：單句填空　40 題（四選一）

　　單字的作答當然首要條件就是字彙量要夠多，單字能力好。答題的技巧有以下幾點：

1. 小心易混淆的單字組

　　TOEIC 會出現一些英語學習者易搞混的單字群，例如：affect 和 effect、be used to 和 used to、rise 和 raise、advise 和 advice、lend 和 borrow、sign 和 assign、convince 和 persuade、imply 和 infer 等。

　　這些平常就很容易誤用的單字片語，在準備考試時，一定要花時間整理分辨。除了易混淆單字字組外，這大題還會出現字首相同易用錯的字群，如：return、retired、reuse 或 assume、assent、assist，以及字尾相同易用錯的字群，如：mainly、sincerely、significantly。

　　TOEIC 從未出現拼錯的字（如 speaked）來混淆考生。

2. 搞懂單字的詞性

　　「單句填空」這大題愛考單字的詞性。以 hesitate 家族來說，hesitate（猶豫）是動詞、hesitation（猶豫）是名詞、hesitated 是動詞過去式及過去分詞、hesitant（遲疑的）是形容詞、hesitative（支吾其辭的）也是形容詞，而 hesitatingly（吞吞吐吐地）是副詞。

　　句子需要單字的何種詞性、認識單字的各種詞性，這兩種能力都要會，才能選出正確答案。請留意，-ate 結尾的單字有可能是動詞或形容詞，而 -ly 結尾的單字可能是形容詞或副詞。

3. 英文句子只有一個動詞

　　英文的句子，簡單的說，由一個主詞加一個動詞形成。一個句子一定要有一個動詞；如果沒有連接詞或分號，一個句子也只能有一個動詞，這是 TOEIC 很愛考的題目。所以要非常注意動詞的變化形式。以 drive 為例，當題目沒有動詞時，drive（現在式）、drove（過去式）、drives（現在式第三人稱單數）、have/has/had driven（完成式）都可能是選項，但若題目已經有動詞了，就要考

慮是 driving（現在分詞）、driven（過去分詞）或 to drive（不定詞）。

4. 理解整句語意。

　　看懂句意，再選答案，當然最為保險。所以不要為了趕時間，含糊掃瞄句子，仍應該看完整個句子，試圖理解後再作答。

　　切記，答案空格的前後，都可能出現線索字。

⊙ 第六大題：短文填空　12 題（四選一）

　　臺灣地區自 2008 年三月起，採用新版多益聽力與閱讀測驗新題型，將原有的挑錯題以短文填空取代，即一般所稱的「克漏字填空測驗」（cloze test）。本大題應對技巧大致與「單句填空」類似。

　　除了語意與語法外，還要注意文章前後文的連貫。

　　作答本大題，第一步先快速「掃描」整篇文章，得知屬性與大意。接著，「細讀」文章求其內容細節。

　　雖然是「細讀」，但速度還是要快。速度是重要的一環。

　　可能的答案或許不只一個，記得選「最佳」、「最適合」的答案。

　　最常考的就是「搭配詞」，即「慣用法」（collocation），文法最常考的有三類：動詞、時態、主動詞一致性等。

⊙ 第七大題：單篇文章理解　28 題（四選一）
　　　　　　雙篇文章理解　20 題（四選一）

　　本大題要考生閱讀一篇文章，再根據文章回答三到四個相關問題。TOEIC 重視商用及溝通英文，文章取自商業廣告、公司報告、商用書信 email、公告、短文、提貨單等。

　　此大題前半部為「單篇文章理解」，後半部為「雙篇文章理解」。建議考生作答一定要注意「場景」、「場所」，其次就是所有 5W1H 的問題。給大家幾個答題技巧：

一、快速掃描文章：

先快速瀏覽每一篇文章的內容，掌握文章內的關鍵字，例如：主題、情境屬性及相關量化資料。

二、文體的考題：

通常「商業書信 email」考題多半針對人、事、物的細節；「公告」愛問地點、時間、人名、事件等問題；「商業廣告」比較簡單，就問題去瀏覽文章找答案即可；「短文」則較難，可能問主旨，也可能問細節。原則上，非散文類的文體，不用逐句閱讀，只要先讀問題的題目看關鍵字，直接就問題找答案即可。

三、主旨句是常考題：

主旨題幾乎是每一篇閱讀測驗的必考題，問題為 Why was the memo/ad written?（為什麼要寫這篇備忘錄／這則廣告？）What is the purpose of the notice/letter?（這篇公告／這封信的主旨為何？）等。如果文章為多段落，通常第一段的最後一句，會是文章的主旨。

文章的最後一句或是最後一段，則往往是結論，當然 TOEIC 也會考結論題。

四、看關鍵字眼睛亮：

閱讀測驗的文章中看到文意關鍵字，例如：on the contrary（恰恰相反、相反地）、however（然而）、but（可是）、on the other hand（另一方面）、in contrast（對照之下）、nevertheless（儘管如此）等，眼睛要睜大，因為這些字將呈現與原先文章的觀念相反的論點，常常就是考題。

有關多益考試練習，可參考聯經出版《TOEIC 900》系列，多益單字可參考《一生必學的英文單字》系列。

第二十四章

全民英檢

「全民英檢」或 GEPT 是「全民英語能力分級檢定測驗」（The General English Proficiency Test）的簡稱，是「語言訓練測驗中心」（The Language Learning and Training Center）於民國 86 年邀集國內各大學英語教學評量相關領域學者專家，研發英語測驗。此測驗能目的在評量考生聽、說、讀、寫四項英語能力。

GEPT 屬「標準參照測驗」（criterion-referenced test），分五種級數，每級訂有明確能力指標。

每一級數測驗項目完整，除初級的初試考「聽力」、「閱讀」與「寫作」外，其餘級數皆分成初試考「聽力」與「閱讀」、複試考「口說」及「寫作」，兩階段進行，內容符合國內之英語教學目標及生活情境。

GEPT 五個級數的對應綜合能力為：

1. 初級（Elementary）：具有基礎英語能力，能理解和使用淺易日常用語。
2. 中級（Intermediate）：具有使用簡單英語，進行日常生活溝通的能力。
3. 中高級（High-intermediate）：英語能力逐漸成熟，應用的領域擴大，雖有錯誤，但無礙溝通。
4. 高級（Advanced）：英語流利順暢，僅有少許錯誤，應用能力擴及學術或專業領域。

5. 優級（Superior）：英語能力接近受過高等教育之母語人士，各種場合均能使用適當策略作最有效的溝通。（註：此考試不接受個人報名，必須由公司行號委託以專案方式辦理。）

● 聽力測驗

聽力測驗在評量考生對於詞彙、句子、對話、篇章的聽解能力。聽力測驗在「初級」、「中級」、「中高級」的變化題型有四種：「看圖辨義」、「問答」、「簡短對話」與「短文聽解」；「高級」則考「短篇對話及談話」（Short Conversations and Talks）、「長篇對話」（Long Conversations）、「長篇談話」（Long Talks）三種題型。大部分考題題型、出題、答題技巧與 TOEIC 相同，不過第一大題「看圖辨義」比較不一樣。

GEPT 的聽力以圖畫出現，而非 TOEIC 的照片形式，而且題材多元，不限於「人」或「物」，還有「圖表」、「地圖」、「行事曆」、「連環圖」、「廣告」等。

題目會出現題組，如一張圖回答兩個問題，這在 TOEIC 沒有出現過。

一般而言，GEPT 的圖畫資訊複雜，資訊取得的判斷難以聚焦。

舉例說明如下：

例題

看到這樣的圖，很難預測會聽到什麼樣的問題，這與 TOEIC 的考法不同。TOEIC 看到圖，常常可以猜出會問什麼。

Weather Forecast for Next Week

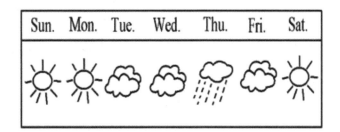

What will the weather be like next week?

A. We'll have sunny skies from Sunday through Tuesday.

B. It'll be cloudy on Tuesday, Wednesday, and Friday.

C. We can expect lots of sunshine on Thursday.

D. It'll rain on Friday and continue through Saturday.

中譯

下週的天氣如何？

A. 星期日到星期二天氣晴朗。

B. 星期二、星期三和星期五多雲。

C. 星期日可以盡情享受陽光。

D. 星期五會持續下雨到星期六。

分析

這題目的挑戰性是高的，每個題目單字、句型都要懂，才能作答。

⊙ GEPT 聽力設定目標與測試內容

1. 初級：能聽懂與日常生活相關的淺易談話，包括價格、時間及地點等。

2. 中級：在日常生活情境中，能聽懂一般的會話；能大致聽懂公共場所廣播、
氣象報告及廣告等。在工作情境中，能聽懂簡易的產品介紹與操作說明。
能大致瞭解外籍人士的談話及詢問。

3. 中高級：在日常生活情境中，能聽懂社交談話，並能大致聽懂一般的演講、

報導及節目等。在工作情境中，能聽懂簡報、討論、產品介紹與操作說明。

4. 高級：在日常生活情境中，能聽懂各類主題的談話、辯論、演講、報導及節目等。在工作情境中，參與業務會議或談判時，能聽懂報告及討論的內容。

5. 優級：能聽懂各類主題及體裁的內容，理解程度與受過高等教育之母語人士相當。

● 閱讀測驗

閱讀測驗在「初級」、「中級」、「中高級」的變化題型有三種：「詞彙和結構」、「段落填空」與「閱讀理解」；「高級」則考「精讀」（Careful Reading）和「略讀」（Skimming & Scanning）兩種題型。

⊙ 配合臺灣英語教學，文法題目較多

大部分考題出題及答題與 TOEIC 相同。不過顯然 GEPT 考「語法」及「文法」的比例比 TOEIC 更高。大概是全民英檢與臺灣的國高中及大學學習階段接軌，仍有相當分量的國高中文法教學！

基本上，「詞彙和結構」仍著重在「單字」、「動詞」、「時態」、「用法」；「段落填空」多「動詞」、「關係代名詞」、「連接詞」；「閱讀理解」人文與社會科學，包括環境議題，還是較受出題老師青睞。考 what 這類 facts 的細節題目多，遇到複雜的文章才會出現 why 與 how。

⊙ GEPT 閱讀設定目標與測試內容

1. 初級：可看懂與日常生活相關的淺易英文，並能閱讀路標、交通標誌、招牌、簡單菜單、時刻表及賀卡等。

2. 中級：在日常生活中, 能閱讀短文、故事、私人信件、廣告、傳單、簡介及使用說明等。在工作時，能閱讀工作須知、公告、操作手冊、例行的文件、傳真、電報等。

3. 中高級：在日常生活中，能閱讀書信、說明書及報章雜誌等。在工作時，能閱讀一般文件、摘要、會議紀錄及報告等。

4. 高級：能閱讀各類不同主題、體裁的文章，包括報章雜誌、文學作品、專業期刊、學術著作及文獻等。

5. 優級：能閱讀各類不同主題、體裁文章。閱讀速度及理解程度與受過高等教育之母語人士相當。

第二十五章
各公司行號之專業英文測驗

　　臺灣在國際市場中要與他國競爭，良好的英語語言能力是極為重要的一環。現在，很多公司行號招考新進人員都要考英文，就算成績占總分比例不很高，也要證明應試者有一定的英文水準。

　　私人大型企業，如金融機構，在招考時，除了取得英語檢定證明，也都要考英文一科。許多人要參加這些私人企業或國營機構的甄試，才發現英文已經荒廢好一段時間了。其實，這些單位的考試，如果應考人多，大都採取選擇題篩選。等到進入複選或面談，有些單位才會加考翻譯或書信寫作。

　　一般大型私人機構或國營事業，英文考試以選擇題為主，但與 TOEIC 和 GEPT 不同。這些考試非標準化測驗，大部分依命題者的喜好為主，但大部分會以單位或機構的性質，增加其情境題目。如金融機構會有部分考題，著重經濟或金融新聞，交通單位可能偏重一些國際旅遊或交通訊息。

　　一般選擇題仍以四選一為主，答錯不倒扣。內容為一般英文，少數題目會增加企業屬性的題目。

　　以下舉某事業機構 100 年新進職員甄試試題為例，解說出題方向與答題技巧。此份考卷單選 50 題，共 100 分，分四大題：第一大題「字彙與片語」15 題，第二大題「文法及慣用語」15 題，第三大題「克漏字」10 題，第一大題「閱讀測驗」10 題。

● 字彙與片語

字彙前面十二題考字彙，後面三題考片語。

1. The production of bread mainly includes the _____ such as flour, sugar, and eggs.

   (A) detergents　　(B) nutrients　　(C) details　　**(D) ingredients**

（製作麵包主要的材料包括麵粉、糖、蛋等。）

   (A) 清潔劑　　　　(B) 營養　　　　(C) 細節　　　　(D) 材料

分析

此題談到「麵包」、「糖」、「蛋」等食材，考生該會從 (B)nutrients （營養）和 (D)ingredients（材料）去選，選項 (B) 的誘答性高；但 (C) details（細節）的誘答性就低了。本題是出得不錯的題目。

2. You should understand that learning a language well results from _____ practice.

   (A) constant　　(B) instant　　(C) hesitant　　(D) assistant

（你應該瞭解要學好一種語言，需要不斷的練習。）

   (A) 不斷的　　　　(B) 立即的　　　　(C) 遲疑的　　　　(D) 助理的

11. It is hard for me to _____ the smell of Chanel No. 5 perfume.

   (A) assist　　　　(B) insist　　　　(C) persist　　　　**(D) resist**

（要我抗拒香奈兒第五號香水的味道很難。）

   (A) 協助　　　　(B) 堅持　　　　(C) 堅持　　　　(D) 抗拒

分析

第 2 題和第 11 題的答案選項用相似的字來混淆學生對語意的理解，屬於字形混淆的單字選項，如能搭配語意用法，可能更佳。

4. _____ are those who act in contradiction to their stated beliefs or feelings.

(A) Philanthropists   **(B) Hypocrites**

(C) Antagonists   (D) Notaries

（偽君子就是那些行為和信念或感覺相衝突的人。）

(A) 慈善家   (B) 偽君子   (C) 對手   (D) 公證人

分析

此題的單字都難，屬於定義題。偏重記憶，如不懂這些單字，完全無法作答。這種題目偏重記憶，不宜過多。

13 題～ 15 題考片語意思：

13. The western coalition is trying to _____ Libya's air-defense system to protect civilians and help rebel forces.

(A) knock out   (B) knock up   (C) knock back   (D) knock around

14. The luxury tax is set to _____ on July 1, but it has already dampened enthusiasm in the real estate market.

(A) take control   (B) take cover   **(C) take effect**   (D) take charge

15. A lot of heavy smokers _____ lung cancer every year.

(A) die of   (B) die out   (C) die with   (D) die off

13. knock out（使昏迷、擊倒）、knock up（敲門喚醒）、knock back（拒絕、妨礙）、knock around（漫遊、出現）。

14. take control（控制)、 take cover（接管）、take effect(生效）、take charge（接管）

15. die of（死於……）、die out（絕跡、消失）、die with 沒有此片語，die off（死去、絕種）

現在許多英語考試已不再考這類的片語題目。英語的慣用語或成語，大都為記憶性，也偏重地域性，也就是美國人用，但英國人不一定會用。在全球化的概念下，這種跟文化或地域結合的英語用法，漸漸失去了使用的優勢。一般國際英文考試已經不考此用法，比較多是藉由上下文瞭解語意。

建議出題者不宜再出此種題目！

● 文法及慣用語

本大題共有十五題，其中十一題考時態、語態與語意的用法，例如：

17. I didn't go to Taipei last week: I wish I _____ there.

    (A) was   (B) had been   **(C) were**   (D) should be

（我上週沒去台北，我希望我當時在那。）

分 析

此題考假設法，表示與過去事實相反的假設法，所以用 had been。

24. The manager insists that the door _____ locked at night.

    (A) is   **(B) be**   (C) to be   (D) should

（經理堅持晚上一定要把門上鎖。）

分 析

此題主要是考 insist 的用法：insist + that + S + (should) + V，should 表示「應該」的意思，可以省略，正答為 (B)。

其他的四題則為兩題介系詞，一題單字題，一題片語題。

16. The judge took pity _____ the poor man.

    (A) with　　　　(B) on　　　　(C) for　　　　(D) in

    （法官同情那個可憐人。）

21. Remember to tie your cow _____ the tree before you go there.

    (A) on　　　　(B) with　　　　(C) to　　　　(D) under

    （去那裡之前，記得把你的牛繫在樹旁。）

分析

　　以上的兩題介系詞考法均非常不適當，即使最好的用法為正答，但 16 題的其他介詞如 with、tie...under... 也不能完全算錯。介系詞在語用上越來越難精確，建議不要出此類題目。

⊙ 單字題

19. They made every possible _____ to overcome the difficulty which they faced.

    (A) effort　　　(B) effect　　　(C) affect　　　(D) perfect

    （他們盡了一切努力克服所面對的困難。）

    (A) 努力　　(B) 影響（名詞）　　(C) 影響（動詞）　　(D) 完美的（形容詞）

分析

　　此題選項詞類不同，不宜一起作為選項。

⊙ 片語題

30. The joke you told me really _____.

    (A) cracks me up　　　　　　(B) gets on my nerves

    (C) blows me up　　　　　　(D) chokes me up

（你說的笑話真的讓我笑了。）

(A) 讓我大笑　　(B) 讓我生氣　　(C) 惹火我了　　(D) 悶死我了

分析

此考試十分重視文法時態、動詞變化。現在大部分的英語檢定、能力測驗已經不太考這些機械式的文法題目。出題者如要考語言能力，應避免出這種題目。

● 克漏字

克漏字有兩段文章，各包含五個題目。十題目中，有三題又是考動詞時態變化。另外考語意、關係代名詞的題目。

Like most people, I was brought up to __31__ life as a process of getting. It was not until my late forties that I made this important discovery: __32__ away makes life so much more exciting. You need not worry if you don't have money. For example, if an idea for improving the window display of a neighborhood store __33__ me, I will step in and make the suggestion to the store-keeper. Hopefully, the store will become more beautiful. If an incident occurs, the story __34__ I think the local church priest could use, I will call him up and tell him about it. I have found that it is almost impossible to give away anything in this world __35__ getting something back, however late it may be.

31. (A) think　　(B) refer　　**(C) regard**　　(D) take
32. (A) give　　**(B) giving**　　(C) to be given　　(D) be giving
33. (A) hits　　(B) happens to　　**(C) strikes**　　(D) appears
34. (A) that　　(B) which　　(C) what　　**(D) of which**
35. **(A) without**　　(B) by　　(C) but for　　(D) unless

（跟大多數人一樣，我在成長過程中一直被灌輸而認為生命就是獲得的過程。直到四十多歲我才有了重大的發現：給予會讓生命變得更令人興奮。不用擔心你沒有錢。舉例來說，如果我想到了一個能夠使附近商家櫥窗擺設更好的點

子，我會進去那家店建議老闆，希望那家店能變得更美觀。如果發生了一件事，而我認為本地教堂的牧師可以幫得上忙，我就會打電話告訴他。我發現這個世界上幾乎都是有施必有得，只不過「獲得」的時間可能來得很晚。）

分析

31. 空格前後說我從小被灌輸認為生命是獲取的過程。答案選 (C) regard...sth as...。

32. It was not until（一直到……）有語氣轉折的意思。以前認為是「獲得」，轉折的答案選 (B) giving（給予）。但此題不以語意來考，卻出現動詞（give）的名詞用法，實在很可惜。如果能夠善用上下文的語意連結，出現不一樣的語詞如 being away（離開）、keeping away（使……遠離）、going away（離開），就是非常好的誘答選項，也不會落入文法考題。

◉ 閱讀測驗

閱讀測驗有兩段文章，各包含五個題目。第一篇文章談歐巴馬的教育理念：

When U.S. President Barack Obama said that the challenges of a new century demand more time in the classroom, he intended to say that U.S. schoolchildren don't spend enough time in the classroom. Obama believes that this puts them at a disadvantage when compared to schoolchildren in other countries.

Obama is lucky that most schoolchildren are too young to vote, as they would not likely reelect a man who supports more time in school and shorter summer vacations, with children staying in school almost until suppertime and enjoying only eight week's break over the summer instead of the 10 weeks U.S. schoolchildren currently enjoy.

If schooling is measured in terms of instructional hours per year, U.S. students receive more than many students in Asia. While U.S. children spend 1,146 hours in the classroom per school year, children in Singapore, Japan and Hong Kong officially spend 903, 1,005 and 1,013 hours in the classroom, respectively. Taiwan outpaces those three with a score of 1,050 hours spent in formal schools, but that is still nearly 100 fewer hours than that of the U.S.

41. According to the passage, what is Obama's education plan?
    (A) Giving schoolchildren more challenges.
    (B) Obtaining voting support from children's parents.
    (C) Changing classroom instruction.
    (D) Implementing longer school days and shorter holidays.

42. In terms of instructional hours per year, schoolchildren in the U.S. currently

    _____.

    (A) receive fewer than students in Taiwan.
    (B) receive more than many Asian students.
    (C) receive fewer than students in Japan.
    (D) receive more than students in the South America.

43. Why is Obama lucky?
    (A) Schoolchildren don't have the right to vote.
    (B) The parents of schoolchildren support his idea.
    (C) Schoolchildren like his plan.
    (D) The parents of schoolchildren don't care for his plan.

44. According to the passage, at present, how many weeks is the summer vacation for schoolchildren in the U.S.?
    (A) eight weeks   (B) not mentioned
    (C) seven weeks   (D) ten weeks

45. According to the passage, which of the following statements is NOT true?
    (A) The number of school hours per year in Taiwan surpasses that of the U.S.
    (B) The number of school hours per year in Japan is 1,005.

(C) The number of school hours per year in Singapore is 903.

(D) American students receive more time in the classroom than many Asian students.

　　（美國總統歐巴馬表示：面對新世紀的挑戰，學童需要更多上學時間，他認為美國就學兒童在課堂上的時間過少。歐巴馬認為這會讓美國的孩子跟其他國家的孩子相比處於劣勢。

　　算歐巴馬幸運，這些就學兒童年紀還太小無法投票，因為他們應該不會想再投給支持更多上課時間而縮短暑期時光的總統，一般其他國家的小孩在學校幾乎待到晚餐時間，只有八週的假期，而美國的學童目前可以享受十週的假期。

　　如果以每年的授課時數來看，美國的學生比起亞洲國家學習的時間更長。美國孩子一年上課 1,146 小時，而新加坡、日本和香港的正式上課時間分別是 903、1,005 及 1,013 個小時。臺灣的正式授課時數最多，共 1,050 小時，但比起美國還是少了 100 多個鐘頭。）

41. 根據本文，歐巴馬的教育計畫為何？

(A) 給予學童更多的挑戰。

(B) 取得孩子父母的選票支持。

(C) 改變課堂規定。

(D) 增加上學時間，減少假期。

42. 就每年的教學時數而言，美國的學童目前 _____。

(A) 比臺灣的學生少

(B) 比亞洲的學生多

(C) 比日本的學生少

(D) 比南美的學生多

43. 為什麼歐巴馬很幸運？

(A) 學童沒有權利投票。

(B) 學童的父母支持他的想法。

(C) 學童喜歡他的計劃。

(D) 學童的父母不喜歡他的計畫。

44. 根據本文，目前美國的學童暑假是幾個星期？

(A) 八週

(B) 文中未提及

(C) 七週

(D) 十週

45. 根據本文，以下敘述何者為非？

(A) 臺灣每年的授課時數超過美國的。

(B) 日本每年的授課時數 1,005 小時。

(C) 新加坡每年的授課時數是 903 小時。

(D) 美國學生的課堂時數比亞洲國家多。

題目前四題（41 到 44）是部分文意理解（local）的題目，45 題是涵蓋全文（global）的題目，問 According to the passage, which of the following statements is NOT true?

第二篇文章談有關「天氣」的英語諺語。文章內容不難，但五題問題都需要推理、思考。

The English language has many expressions about the weather. One famous phrase is, "March comes in like a lion and goes out like a lamb." In many western countries early March is a time of cold and windy weather. People compare this wild weather to a wild lion. In contrast, the weather in later March tends to be far milder. People compare this gentle weather with a lamb.

Another famous phrase says that, "April showers bring May flowers." While the weather in April is often rainy, the phrase reminds people that the rain will bring benefits in the end. Without the rain, the beautiful wild flowers that grow in May would not grow.

Have you ever heard the phrase, "Red sky at night, shepherd's delight, red sky in the morning, shepherds take warning"? The phrase is actually a surprisingly accurate way of forecasting the weather. When the sky is red at night, it often means good weather is on the way. As a result, shepherds—farmers who take care of sheep—will be happy. In contrast, a red sky in the morning often means bad weather is on the way. Shepherds and others who work outside should take a red sky in the morning as a serious warning.

（英文有許多關於天氣的表達方式。一個有名的說法是：「三月來時仿若獅子，離開時有如綿羊。」在許多西方國家，三月上旬的天氣寒冷風大，因此人們將這樣的天氣喻為野生獅子。相較之下，三月下旬的天氣往往溫和許多，因此人們將這樣溫和的天氣比擬為綿羊。

另一個有名的說法為：「四月陣雨帶來五月花。」四月常常下雨，此說法提醒人們下雨最後會帶來好處。不下雨的話，五月就不會開出美麗的花朵。

你還聽過這個說法嗎？「晚霞紅，牧羊人就開心，早霞紅，牧羊人就收到警告了。」此說法令人驚訝地準確預測了天氣狀況。當晚上天空變紅，通常代表好天氣就快來了。因此，牧羊人（照顧羊群的農民）將會很高興。相較之下，早上天空是紅色的話，通常代表壞天氣即將來臨。在外頭工作的牧羊人和其他人應該將早上的紅色天空當作嚴重的警告。）

46. Why is March like a lion?

 (A) It is cold. (B) It is windy. (C) It is mild. **(D) It is wild.**

（三月為什麼像獅子？）

 (A) 天氣很冷。 (B) 風很大。 (C) 天氣溫和。 (D) 天氣很難駕馭。

分析

此題是本題組最簡單的一題，此題題目僅以 wild lion 即可作答，卻缺乏閱讀測驗的基本出題原則：閱讀文章後才知答案！因此並非好的題目。

47. What feeling does the second saying express?

    (A) sadness   **(B) hopefulness**   (C) negativity   (D) disappointment

（第二個諺語傳達什麼樣的感覺？）

    (A) 難過   (B) 希望   (C) 負面   (D) 失望

分析

    答案選 (B) 呼應第二段的 "...the rain will bring benefits in the end"。經過理解與推理才得出答案，題目不錯，可惜選項中有三個負面字，只有一個正面字 hopeful，考生可以不看題目，即可選出此一答案。

48. Which of the phrases can help you predict the day's weather?

    (A) March comes in like a lion and goes out like a lamb.

    (B) April showers bring May flowers.

    (C) Red sky at night, shepherd's delight, red sky in the morning, shepherds take warning.

    (D) None of them.

（哪個說法能幫你預測一天的天氣？）

    (A) 三月來時仿若獅子，離開時有如羔羊。

    (B) 四月陣雨帶來五月花。

    (C) 晚霞紅，牧羊人就開心，早霞紅，牧羊人就收到警告了。

    (D) 以上皆非。

分析

    文章題到三句英文天氣諺語，前兩句都是「月分」相關，只有第三句講到「日夜」，選 (C)。此題考推理能力，算是不錯的題目。

49. Who is most likely to find the third saying useful?

    (A) a doctor   (B) a lawyer

    (C) an office worker   **(D) a construction worker**

（誰最有可能覺得第三個說法有用？）

(A) 醫生　　　　(B) 律師　　　　(C) 上班族　　　(D) 建築工人

分析

第三句諺語是日夜天氣、下雨與否。文章以 other who work outside 來推理出 (D) a construction worker 建築工人最受用。利用簡單的推理分析，得到正答，算是不錯的題目。

50. Which of the following sayings refers to the weather?

(A) It's raining cats and dogs.

(B) I'll believe it when pigs fly.

(C) He's always trying to steal her thunder.

(D) That meeting was a storm in a teacup.

中譯

下列哪個說法與天氣有關？

(A) 雨下得很大。

(B) 我不可能相信你。

(C) 他老是想搶她的鋒頭。

(D) 開那次會議是小題大作。

分析

這題考對其他英語諺語的認知，是一翻兩瞪眼的題目，完全與本篇閱讀無關。這並不是閱讀測驗的好例子。脫離閱讀文本，本題應刪除。

整個來看，這份考卷單字與文法比例相當高，出題過於傳統結構性的出法，已經不合時宜，無法測出應考者真正的語文使用能力。

第二十六章

研究所入學考試

大學研究所入學考試或轉學考試一般都有共同科目：國文和英文。

此英文科目是為所有科系設計，而不單單是為了英文系，所以題目不會極為艱深，但當然因各校期許不同，難易程度仍有差異。

此處我們舉北部某國立大學 101 學年度研究所碩士班招生考試英文試題為例討論。

此英文科試題分字彙、文法、閱讀、作文共四大題。第一大題字彙題有十四題單選題，文法題十一題、閱讀題兩題組各有五題選擇題。

● 字彙題（Vocabulary）

因為是碩士班招生考題，明顯可以看出較前面所討論的英文測驗題目都難多了。十四題題目中，有一題考片語的理解，其餘都是單字的能力測驗。每一題除了正答外，其餘選項的難度都經特別設計，但部分題目出現慣用語，並不妥當。

6. The blockbuster Toy Story series was made with ＿＿＿ computer graphics.

(A) down-to-earth　**(B) state-of-art**　(C) off-the-wall　(D) down-at-heel

中 譯

賣座電影《玩具總動員》系列由最先進的電腦動畫製作而成。

(A) 務實的　　　　(B) 最先進的　　　(C) 古怪不尋常的　(D) 衣衫襤褸的

分析

　　第 6 題是複合單字的理解。此題目的四個選項都是慣用語，部分選項無法從文字中猜出語意。此題為記憶性的題目，也違反現今字彙題目的語意考題，選項並不合宜。正答為 (B)。

9. After the tsunami swept over the Japanese coast, numerous buildings were _____, leaving thousands of people homeless.

　　(A) demolished　(B) established　(C) decomposed　(D) reconstructed

（海嘯橫掃日本港口後，毀壞了無數建築，造成數千人無家可歸。）

　　(A) 毀壞　　　　(B) 建立　　　　(C) 分解　　　　(D) 重建

分析

　　此題考單字能力。題目詢問 tsunami（海嘯）後，建築物的狀況如何。這些單字都與建築或建設有關，選項設計不錯。正答為 (A)。

● 文法題（Grammar）

　　文法十一題，有五題考動詞變化，其餘還有時態、動詞用法、關係代名詞、分詞、代名詞、假設語氣等。

15. Fresh fruits and vegetables are healthier foods than canned _____.

　　(A) ones　　　(B) one　　　　(C) those　　　　(D) these

（新鮮蔬果比罐裝水果健康。）

分析

　　第 15 題為代名詞的考題。前面是「新鮮的水果蔬菜」相較於後面提的「罐裝水果蔬菜」。fruits and vegetables 的代名詞用 (A) ones。

16. When Beth gets tired, she _____.

    (A) stops to work   **(B) stops working**

    (C) is stopping to work   (D) has stopped work

（貝絲累了就會停下工作。）

分析

    第 16 題考動詞 stop 的用法。stop to do 意思是「停止做某事後去做另一件事」、stop doing 是「停止做某事」。由 此可知（B）是正答。此題為記憶式的文法考題，考生對語意完全不知，也可以作答。完全測驗 stop 的固定用法，並非好的題目。

23. After spending 5 hours in the interrogation room and conferring with her lawyer, the secretary eventually confessed to _____ the money that had been earmarked for company travel.

    (A) steal   (B) be stolen   (C) having stolen **(D) have stolen**

（在訊問室待了五個小時並與律師協商後，這名秘書終於承認偷了公司旅遊的經費。）

分析

    又是動詞的變化考題，類似題目常出現。但此類考題，對於語意理解並無幫助，實在不是好考題。

    本題考完成式用法，秘書承認她（已經）偷了公司的錢；那是原本用來員工旅遊的經費，選 (D) have stolen 為正答。

● 閱讀題（Reading Comprehension）

    本考試的閱讀測驗有兩篇，各含五個題目。第一篇選自 *The New York Times*《紐約時報》。以下簡略分析考題。

Chinese and Indian drug makers now manufacture more than 80 percent of the active ingredients in drugs sold worldwide. But they had never been able to copy the complex and expensive biotech medicines increasingly used to treat cancer, diabetes and other diseases in rich nations — until now. These generic drug companies say they are on the verge of selling cheaper copies of such huge sellers as Herceptin for breast cancer, Avastin for colon cancer, Rituxan for non-Hodgkin's lymphoma and Enbrel for rheumatoid arthritis. Their entry into the market in the next year — made possible by hundreds of millions of dollars invested in biotechnology plants — could not only transform the care of patients in much of the world but also ignite a counterattack by major pharmaceutical companies and diplomats from richer countries.

Rich nations and the pharmaceutical industry agreed 10 years ago to give up patent rights and the profits that come with them in the face of an AIDS pandemic that threatened to depopulate much of Africa, but they see deaths from cancer, diabetes and other noncommunicable diseases as less of an emergency. These chronic diseases, however, account for two-thirds of all deaths. Mexico alone spends about $120 million buying Herceptin to treat women with breast cancer, which is nearly one-half of 1 percent of all government spending on health care. These new biotech copycats may be less expensive than the originals, but they will never be cheap.

In retrospect, the battle 10 years ago over AIDS medicines was a small skirmish compared with the one likely to erupt over cancer, diabetes and heart medicines. The AIDS drug market was never a major moneymaker for global drug giants, while cancer and diabetes drugs are central to the companies' very survival.

（中國和印度製藥業者現在製造超過八成藥品中的有效成分，銷售範圍遍及全球。不過他們從來也無法仿製昂貴複雜的生技藥品，生技藥品廣為使用來治療癌症、糖尿病及其他富裕國家常見的疾病。這些無商標製藥業者表示，他們即將

銷售大藥廠抗癌藥物的降價版，鎖定抗癌藥包括乳癌用藥賀癌平（Herceptin）、結腸癌用藥癌思停（Avastin）、非霍奇金氏淋巴瘤用藥利妥昔單抗（Rituxan）和類風濕性關節炎用藥恩博（Enbrel）等。他們預計隔年上市，為了讓計畫成真，已投資生技廠上千萬美元，屆時將不只改變全世界大多數病患的治療方式，還將引起製藥大廠與富裕國家的外交官群起攻擊。

十年前，面對愛滋病橫行，造成非洲大多數國家人民人口劇減，富國和製藥產業同意放棄專利權及週邊效益，不過他們卻認為癌症、糖尿病和其他非傳染性疾病的致死率比較沒有那麼迫切。然而，這類慢性病卻佔了所有死因的三分之二。單單墨西哥就花了一億兩千萬美元購買賀癌平治療罹患乳癌的婦女，接近全球健保經費的千分之五。這些新的降價版生技藥物雖然沒有原版貴，卻也絕對談不上便宜。

回首從前，相較於癌症、糖尿病和心臟病用藥爆發的戰爭，十年前的愛滋藥品之戰不過是小巫見大巫。對全球製藥巨擘來說，愛滋藥的市場一直不是搖錢樹，治療癌症和糖尿病的藥物才攸關公司存亡。

分析

此篇討論醫藥製藥的問題。點出製造與販賣非專利藥品，在開發國家與開發中國家引起的爭論。題組的五個題目分別是：

26. What is the primary purpose of this passage?

（本文的主旨為何？）

27. According to the passage, why did rich nations and drug manufactures give up patent rights and profits for AIDS medicines?

（根據本文，富國和藥商為什麼要放棄愛滋藥物的專利權及利益？）

28. According to the passage, which of the following countries will most welcome the cheaper substitute drugs?

（根據本文，以下哪些國家將最為歡迎便宜的替代藥品？）

29. We can infer from this passage that drugs for the chronic diseases are _____.

（我們可以從本文推論出慢性病藥物是 ＿＿＿。）

30. As used in this passage, the word copycats means ＿＿＿.

（如同本文中的用法，copycat 一字的意思是 ＿＿＿。）

分析

　　26、28、29 題顯然必須閱讀全文，並大致瞭解方向，所以此題為 global 的問題。另外兩題，27 題可以從第二段知道答案，30 題可以從第三段看到答案，屬於 local 片段理解的題目。題目分配比例恰當。

⊙ 提醒出題者

　　一般來說，研究所入學考試，其目標乃檢驗學生未來是否有能力進行高階的學術文章閱讀。因此，理解力與學術字彙的強化，應該是測驗的重點。但是，本測驗題目，除了閱讀測驗內容外，大抵仍以傳統文法或一般字彙、慣用語題目為主，對於測驗學生基本的理解與閱讀能力，很難得到整體的評估結果。

本書後話

　　任何好的測驗，一定先從其測驗目標來考量。再從其測驗目標，來規劃題型。確定好題型後，再選定此次考試所涵蓋的單字量、文章內容及情境。最後，再依照測驗的基本命題原則來命題（請參考第二單元的各題型命題技巧與原則）。

　　考量測驗目標，可以訂定不同的難易度。如果一個測驗是希望分出考生程度（如入學測驗），考題的難易度就能定在：易 25%，中 50%，難 25%；如果這是成就測驗，希望給予學生學習成就感，就可以降低難題的比例。

　　依照老師的評量目標，訂出不同的難易度，再來分配試題比例。

　　此外，英語能力測驗愈來愈重視檢驗學生真實的語言能力，這種重視信度與效度的測驗，也已經成為學習的工具之一。減少一些干擾學習或降低學習的測驗方式，如瑣碎或機械背誦的文法考題、負面學習的考題、慣用語或成語的考題，就可以好好正面來使用測驗。

　　「考試領導教學」或許不是良好的學習模式。但是，既然考試評量不可避免，如何將測驗轉換成一種正面力量，成為學習的方針，未嘗不是一件好事。

　　只要出題者好好出題，也能讓學習者從測驗中，得到正面學習的好典範！

Linking English

破解英文測驗密碼：各類英文考試出題解題關鍵報告

2013年8月初版　　　　　　　　　　　　　　定價：新臺幣380元
有著作權・翻印必究
Printed in Taiwan.

著　　　者	陳	淳	麗	
	陳	超	明	
發 行 人	林	載	爵	

出　版　者	聯 經 出 版 事 業 股 份 有 限 公 司	叢書編輯	李	芃
地　　　址	台 北 市 基 隆 路 一 段 1 8 0 號 4 樓	特約編輯	林 雅	玲 珈
編輯部地址	台 北 市 基 隆 路 一 段 1 8 0 號 4 樓	校　　對	劉 彥	珈
叢書主編電話	(0 2) 8 7 8 7 6 2 4 2 轉 2 2 6	整體設計	江 宜	蔚
台北聯經書房	台 北 市 新 生 南 路 三 段 9 4 號			
電　　　話	(0 2) 2 3 6 2 0 3 0 8			
台 中 分 公 司	台 中 市 北 區 健 行 路 3 2 1 號 1 樓			
暨 門 市 電 話	(0 4) 2 2 3 7 1 2 3 4 e x t . 5			
郵 政 劃 撥 帳 戶 第 0 1 0 0 5 5 9 - 3 號				
郵 撥 電 話	(0 2) 2 3 6 2 0 3 0 8			
印　刷　者	文 聯 彩 色 製 版 印 刷 有 限 公 司			
總　經　銷	聯 合 發 行 股 份 有 限 公 司			
發　行　所	新 北 市 新 店 區 寶 橋 路 2 3 5 巷 6 弄 6 號 2 樓			
電　　　話	(0 2) 2 9 1 7 8 0 2 2			

行政院新聞局出版事業登記證局版臺業字第0130號

國家圖書館出版品預行編目資料

破解英文測驗密碼：各類英文考試出題解題
關鍵報告/陳淳麗、陳超明著．初版．臺北市．聯經．
2013年8月（民102年）．312面．17×23公分（Linking English）
ISBN　978-957-08-4228-9（平裝）

1.英語　2.考試指南

805.189　　　　　　　　　　　　　　　102013421